# SE TI AMASSI
## (Hollywood Hearts, 1)

## Jean C. Joachim

### Sensual Romance

### Moonlight Books

# Dedica

Dedico questo libro ai miei lettori. Senza di voi, i miei libri sarebbero ancora semplici storie che fluttuano nella mia mente.

# Ringraziamenti

Grazie per il vostro supporto e incoraggiamento: Kathleen Ball, Tabitha Bower, il mio editore, Jack Drucker, Sally Gallagher, Ariana Gaynor, Lisa Ingham, Larry Joachim, Marilyn Reisse Lee, Sandy Sullivan, Ben Tanner, e gli scrittori del Tuesday Tales

# In memoria di Jack Harding

La generosità di una vita intera racchiusa in vent'anni.
Ci manchi, Jack.

# Altri libri di Jean C. Joachim

**<u>FIRST & TEN SERIES</u>**
GRIFF MONTGOMERY, QUARTERBACK
BUDDY CARRUTHERS, WIDE RECEIVER
PETE SEBASTIAN, COACH
DEVON DRAKE, CORNERBACK

**<u>THE MANHATTAN DINNER CLUB</u>**
RESCUE MY HEART
SEDUCING HIS HEART
SHINE YOUR LOVE ON ME
TO LOVE OR NOT TO LOVE

**<u>HOLLYWOOD HEARTS SERIES</u>**
RED CARPET ROMANCE
MEMORIES OF LOVE
MOVIE LOVERS
LOVE'S LAST CHANCE
LOVERS & LIARS
His Leading Lady (Series Starter)

**<u>NOW AND FOREVER SERIES</u>**
NOW AND FOREVER 1, A LOVE STORY
NOW AND FOREVER 1, THE BOOK OF
DANNY
NOW AND FOREVER 3, BLIND LOVE
NOW AND FOREVER 4, THE RENOVATED
HEART
NOW AND FOREVER 5, LOVE'S JOURNEY

NOW AND FOREVER, CALLIE'S STORY(series starter)

**<u>MOONLIGHT SERIES</u>**
SUNNY DAYS, MOONLIT NIGHTS
APRIL'S KISS IN THE MOONLIGHT
UNDER THE MIDNIGHT MOON

**<u>SHORT STORY</u>**
SWEET LOVE REMEMBERED

# SE TI AMASSI

## Jean C. Joachim

## Capitolo Uno

Megan riusciva a malapena a respirare. Con la bocca divenuta improvvisamente secca come sabbia del deserto, riuscì a sorridere mentre i suoi occhi incrociavano quelli dell'uomo. Capì all'istante il perché dell'enorme successo del film di Chaz Duncan. La sua presenza aveva riempito la stanza nel momento stesso in cui vi aveva messo piede.

Chaz doveva essere circa un metro e ottanta, con una corporatura snella e due spalle che si estendevano da New York alla California. I lunghi capelli castano scuro dal sapiente taglio spiovente, minacciavano di cadergli davanti agli occhi da un momento all'altro. I suoi occhi erano di un castano intenso, incorniciati da lunghe ciglia nere. Il naso era dritto e proporzionato, le labbra perfette, con il labbro inferiore leggermente più carnoso che sembrava attirare baci da lontano.

Indossava un paio di pantaloni color cioccolato fatti su misura per lui e una camicia di seta bianca aderente che restava aperta sul collo, rivelando un accenno di peluria. La barba incolta sul suo viso era della lunghezza giusta – non troppo lunga da dargli un aspetto trasandato, ma abbastanza lunga da farlo sembrare sexy come il peccato. Sotto il primo bottone della camicia, che aveva lasciato slacciato, pendeva una cravatta a righe rosse e arancione bruciato. Assunse una posa studiatamente casuale, con la giacca marrone del completo gettata su una spalla e trattenuta con un dito. Fece un passo avanti e tese la mano.

Megan fece un respiro profondo, mentre la mano calda di Chaz avvolgeva la sua in una stretta salda. "Piacere di conoscerla, Sig. Duncan. Prego, si accomodi."

"Mi chiami Chaz, la prego," disse lui, sedendosi.

Megan si rimise a sedere. "Caffè?" chiese, rivolgendo lo sguardo al suo ospite.

"Lo adoro. Nero."

"Andy, un caffè nero e acqua per me." Chiamò a gran voce il suo assistente che sedeva alla scrivania di fianco alla porta. *Almeno quattro litri; mezzo litro da bere e il resto da versarmelo addosso, prima che vada a fuoco.*

Chaz sistemò la sua giacca sullo schienale della sedia, prima di piegare le labbra in un sorriso abbagliante. Il calore del suo sguardo, mentre faceva scivolare gli occhi lungo il corpo di lei, soffermandosi su ogni curva attraente, le accese un fuoco dentro. Il calore improvviso provocato dall'attenzione dell'uomo la costrinse a togliersi la giacca. Mentre tirava indietro le braccia, notò l'occhiata fugace che lui lanciò in direzione del suo seno. Megan accostò la sedia alla scrivania, sedendo con la schiena il più dritta possibile e cercando di sfruttare tutto il suo metro e sessantacinque d'altezza. Chaz avvicinò la sedia.

Con mano tremante, Meg raccolse la lista di domande che aveva preparato e si schiarì la voce. Quando incontrò lo sguardo dell'uomo, notò un'aria divertita, come se si stesse sforzando di reprimere una risatina. Andy li interruppe per portare il caffè e l'acqua. Chaz afferrò la sua tazza di caffè con le lunghe dita e si appoggiò allo schienale della sedia. Meg strinse leggermente gli occhi e posò il pezzo di carta sulla scrivania. "Senta, so che lei è famoso. Anche mio fratello è famoso..."

"Mark Davis. Il grande quarterback dei Delaware Demons, giusto?"

"È il mio gemello."

"Non vi assomigliate per niente. Sa lanciare una palla?" Un sorriso gli increspò le labbra.

"Come se non mi avessero già fatto questa battuta un milione di volte. Non me ne frega niente che lei sia famoso, okay. Possiamo chiarire questa cosa? Non sono impressionata e non mi getterò ai suoi piedi. Lei è semplicemente un potenziale cliente di cui potrei trovarmi a gestire i soldi. Niente di più e niente di meno. Non andrò in delirio, non le chiederò nessun autografo e non le salterò addosso. Naturalmente, farò del mio meglio per gestire il suo denaro come se fosse mio, ma niente più di questo."

"Bel modo di usare il suo fascino su di me per ottenere l'affare." Chaz si piegò in avanti.

"Non ho bisogno di fascino; ho cervello." Un sorriso beffardo si dipinse sulle labbra di Megan.

"Wow! Oh, sì...Master ad Harvard, giusto? Harvey me l'ha detto." Chaz tornò a rilassarsi sulla sedia.

"Giusto." Anche Meg si appoggiò indietro, incrociando le braccia sul petto.

"School of Drama di Yale, qui. Quindi non mi tratti con sufficienza. Non sono uno 'stupido' attore innamorato di sé stesso. E per essere una consulente finanziaria con in mente solo dollari e centesimi, è vestita in maniera un po' troppo sexy. Non che abbia qualcosa da obiettare. Adoro certe delizie per gli occhi...e anche un gran bel davanzale..." Le rivolse un grande sorriso e tirò fuori il suo cellulare.

"Delizia per gli occhi? Davanzale? Ha davvero detto *davanzale*? Ma che coraggio! Quello è il suo telefono? Lo spenga..." Megan si alzò dalla sedia.

"Il mio telefono è la mia vita. Non ho intenzione di perdere un'audizione o un'opportunità di visionare qualche copione semplicemente perché lei vuole che lo tenga spento. E *davanzale* è una parola molto più fine di quella che userebbero certi uomini."

Senza parole, Megan si lasciò sprofondare nella sedia, mentre Chaz rispondeva ad un sms.

"Penso che forse dovrebbe rivolgersi a qualcun altro qui..." Si alzò in piedi e si diresse verso la porta, ma la stretta salda di Chaz sul suo braccio la fece fermare.

"Si sieda," disse lui con voce calma.

Meg ritornò alla sua sedia.

"Ora che ci siamo tolti questi pesi dal petto...petto lo posso dire, no? Andiamo avanti. Mi parli di come ha intenzione di investire il mio denaro." Chaz si rilassò nuovamente sulla sedia, intrecciando le dita dietro la nuca.

"Vuole ancora che sia io ad occuparmi del suo denaro?" Megan si tirò su di scatto.

"Lei ha passione...forse principi...e probabilmente cervello," le disse sorridendo. "E questo mi piace. Vediamo se ha anche qualche buona idea su come gestire i soldi." L'intensità del suo sorriso si abbassò di colpo di 500 watt; il suo atteggiamento era brutamente sincero.

Megan prese un lungo sorso d'acqua dalla sua bottiglietta prima di raccogliere i fogli sulla sua scrivania. "Ho preparato alcune domande per capire meglio ciò di cui ha bisogno, signor...ah, Chaz."

"Ciò di cui ho bisogno? Non intendeva parlare davvero dei miei *bisogni*, vero?" Sogghignò, mentre il suo sguardo percorreva il corpo di Megan.

"Intendevo le sue esigenze finanziarie...ah, forse obiettivi è un termine migliore."

"Ah, obiettivi, sì. Obiettivi può andare per me."

"Se ci accordiamo su tre obiettivi principali, preparerò una sorta di proposta..."

"Proposta? Ha intenzione di farmi la proposta? Ci conosciamo da così poco tempo!" Chaz sollevò le sopracciglia in un'espressione di finto shock.

Megan non riuscì a trattenersi e scoppiò in una fragorosa risata, coprendosi la bocca con una mano per attutire il suono. Andy sollevò lo sguardo dalla sua scrivania e lei gli fece cenno di chiudere la porta. Quando riacquistò un minimo di compostezza, fece un altro tentativo. "Le darò un paio di idee su come investire il suo denaro al meglio per raggiugere i suoi obiettivi, e con il minor rischio possibile."

"Sono un grande amante del rischio, signora..."

"Megan."

"Megan. La mia vita è un enorme rischio. Ma non i rischi finanziari. Quelli non mi piacciono affatto."

"Su questo siamo d'accordo. Okay, Chaz, quanto tempo ha?" Lanciò un'occhiata al suo orologio.

"Non ne ho, a dire il vero. Mi aspettano alla *PBS* tra quindici minuti. Vediamo...perché non sceglie tre obiettivi che secondo lei *dovrei* pormi e lavora su quelli?"

"Il suo contributo...Io...Non conosco il suo stile di vita o altro."

"Lei è sveglia...Faccia un tentativo. Passerò a prenderla qui venerdì sera...pensa di avere abbastanza tempo?"

Megan annuì.

"Bene. Venerdì sera alle sei. Mi potrà esporre le sue idee a cena."

"Venerdì sera?" Megan aprì l'agenda sul computer, anche se sapeva già di non aver impegni.

"A meno che non abbia altro da fare. Voglio dire, se ha già in programma di fare l'amore col Principe Azzurro venerdì sera, possiamo tranquillamente riprogrammare. Naturalmente, se venerdì non mi vedo con lei, posso sempre vedere Cutler e Bates..."

"Venerdì sera va bene. In effetti, è perfetto."

"Eccellente. Indossi qualcosa di scollato, sicuramente le dona." Chaz si alzò dalla sedia e si avvicinò alla scrivania.

Megan si alzò in piedi. Chaz le prese la mano, vi posò un bacio e uscì.

Appena se ne fu andato, Andy fece la sua comparsa nell'ufficio. Megan era ferma nello stesso punto e si massaggiava distrattamente il dorso della mano.

"E quello cos'era?" chiese Andy.

"Cary Grant incontra i Signori di Flatbush," mormorò lei, mentre un sorriso le si affacciava lentamente agli angoli della bocca.


Mezz'ora dopo che Chaz se ne fu andato, Harvey Dillon si fermò nell'ufficio di Meg. "Allora? Com'è andata con Chaz Duncan?"

"M'incontrerò di nuovo con lui venerdì."

"Cos'è successo?" Harvey inarcò le sopracciglia.

"Non poteva trattenersi. Ho le informazioni che mi servono. Questa settimana metterò insieme una proposta..." Meg s'interruppe, sorrise, e poi continuò, "un piano...per lui, e glielo presenterò venerdì."

"A cena..." intervenne Andy.

Meg lo fissò finché lui non si chiuse la bocca con una mano.

"Nessun problema, Meg. Gli affari vengono spesso conclusi a cena. Ottimo lavoro. Aspettiamo a festeggiare, ma la situazione promette bene." Harvey sollevò la mano in un cenno di saluto e proseguì per la sua strada.

Meg tirò un sospiro di sollievo. *Grazie a Dio non ho rovinato tutto.*

Meg detestava che grazie alle pareti di vetro degli uffici della Dillon and Weed, Brielle Henderson potesse tener d'occhio ogni suo movimento dall'ufficio di fronte al suo, compreso il suo modo di interagire con Chaz Duncan. La bionda account executive, procace e ambiziosa, uscì dal suo ufficio sul suo tacco dodici con aria disinvolta. Si appollaiò sulla soglia dell'ufficio di Meg, appoggiandosi allo stipite della porta.

"Una cena, eh? Molto intimo. Ti accaparri l'affare...alla vecchia maniera?" Brielle inarcò un sopracciglio.

Un'ondata di rabbia infiammò le guance di Meg. "Io non lavoro in quel modo. È un uomo molto impegnato. Le celebrità hanno una vita diversa dalla nostra...è per una sua comodità."

"Oh, scommetto che lo è. Dovresti saperlo, dato che stai lanciando la nuova divisione *'investimenti per celebrità'* della Dillon and Weed. Sono sicura che avrà preso una decisione entro...il dessert."

"Ma davvero?" Andy lanciò un'occhiata guardinga al suo capo.

Megan annuì in direzione di Andy senza staccare gli occhi da Brielle, che, come un sinuoso serpente, s'incamminò di nuovo verso il suo ufficio.


"Ci esci a cena? Oh mio Dio. Io sono bloccata nel Delaware e tu te ne vai a cena con Chaz Duncan!" piagnucolò al telefono sua cognata Penny, il giovedì sera.

Mark afferrò il telefono. "Niente porcherie con Dunc, Meg."

"Si tratta di affari, Mark."

"Sì, certo, affari..." ridacchiò lui.

"Dunc? Lo chiami 'Dunc'?" chiese Meg a suo fratello.

"L'ho incontrato una volta. Ci siamo fatti un paio di bicchieri dopo una partita."

Qualche interferenza e un fracasso improvviso indicarono che il telefono era caduto. "Meg. Dobbiamo parlare," disse Penny.

Megan non sapeva niente di vestiti sexy e alla moda. Ragazza studiosa all'università, si era sempre concentrata sull'eccellere negli esami piuttosto che sull'apparire sensuale. Dopo la laurea, aveva optato per abiti sobri e conservatori, che abbinava a camicette bianche, per presentarsi al mondo della finanza con un'immagine seria. Comunque, in quanto capo della divisione per le celebrità, aveva dovuto riconsiderare il suo guardaroba. A tale scopo aveva chiesto aiuto a Penny, la *fashionista* della famiglia.

L'insicurezza di Meg legata al proprio aspetto fisico risaliva alla sua infanzia. Considerata da sua madre come la meno carina dei gemelli, Megan divenne insicura e complessata. Si buttò a capofitto sui libri e il più lontano possibile dai bei vestiti. Mentre il biondo e bellissimo Mark era conosciuto come il gemello estroverso, affascinante e atletico, Megan, le cui ciocche scure rispecchiavano spesso il suo umore, era etichettata come quella timida. Preferiva stare col naso sui libri piuttosto che uscire a fare shopping o andare a qualche ballo. Anche ora, ricordava di aver sentito sua madre dire, "Lui ha la bellezza...lei il cervello." Mary Davis non ne era consapevole, ma la sua voce si udiva ben oltre la camera padronale.

"Shhh, ti sentirà." Suo padre aveva chiuso la porta, impedendo così che il resto della conversazione giungesse alle orecchie attente di una Megan magrissima e di appena otto anni.

Uniti come qualunque coppia di gemelli, lei e Mark frequentarono la Kensington State University insieme. Sul campo da football, il suo amato fratello aveva completato più passaggi di qualunque altro quarterback nella sua squadra universitaria. Megan aveva mantenuto una media del 30 senza dover faticare troppo. Aiutava Mark con i compiti, in modo che potesse far parte della squadra di football. In cambio, suo fratello l'aiutava a procurarsi degli appuntamenti. Tuttavia, i ragazzi con cui usciva sembravano essere sempre più interessati ad essere amici di Mark che suoi fidanzati.

Dopo aver giocato come riserva nei Nevada Gamblers, a Mark fu assegnato l'ambito posto di quarterback titolare nei nuovissimi Delaware Demons. Megan andò ad Harvard per conseguire il Master. Diventò una giovane donna molto attraente, con i lunghi capelli color mogano che le cadevano come seta sulle spalle. Il suo corpo fiorì, donandole curve sensuali nei posti giusti. La sua autostima crebbe in concomitanza con i successi professionali.

Ancora non del tutto convinta di aver sviluppato un proprio fascino personale, oltre ad un bell'aspetto, Megan fu piacevolmente sorpresa quando conquistò il suo primo vero ragazzo, Alan Fader, un giovane uomo che non aveva mai sentito parlare di Mark Davis. Una volta conseguito il Master, Alan era stato assunto da una banca di credito finanziario in California, e lei aveva accettato un lavoro a New York. Si erano lasciati da amici.

Quando giunse il venerdì, Megan si alzò presto. Dopo essersi infilata una provocante gonna di seta viola, lasciò scivolare sopra la testa un maglioncino girocollo verde menta. Quel verde tenue rifletteva il colore dei suoi occhi. Una collana di perle a doppio filo e gli orecchini abbinati completavano il suo look. Ricordando la raccomandazione di Penny di non raccogliere i capelli in una coda, li lasciò sciolti sulle spalle.

Dopo aver lanciato un'ultima occhiata allo specchio, Meg afferrò la giacca del completo e uscì dalla porta con passo deciso, emanando un forte senso di sicurezza. Una bella vittoria avrebbe cementato la sua posizione di capo della divisione celebrità alla Dillon and Weed. Chaz Duncan—l'uomo più attraente del mondo—bè, con lui avrebbe fatto i conti più tardi.

Le ore volarono veloci, mentre Megan si concentrava nel perfezionare i tre piani per Chaz, assicurandosi che non vi fossero errori di battitura o incongruenze. Alle cinque e mezza, ripassò tutto un'ultima volta, poi si mise a spazzolarsi i morbidi ricci. Alle sei, Chaz fece di nuovo il suo ingresso nel suo ufficio. La trovò mentre si ripassava il rossetto. "Non vorrei interrompere..."

"Oh!" Megan sussultò. Il rossetto le scivolò dalle mani, atterrando sul pavimento.

Chaz si piegò per raccoglierlo. Mentre glielo porgeva, le loro dita si sfiorarono e lei avvertì un brivido percorrerle il braccio. Il suo sguardo cadde sui mocassini di Gucci di lui, per poi risalire lungo il suo corpo. Indossava un paio di jeans attillati e una maglia a maniche lunghe a righe azzurre aperta sul collo. Una giacca di pelle nera era piegata sul suo braccio. Occhi del colore del cioccolato fondente fuso catturarono lo sguardo di Meg, mentre sollevava gli occhi per incontrare quelli dell'uomo. Rimase immobile per alcuni istanti, come un cervo abbagliato dai fari.

"È tutto pronto." Meg infilò il rossetto nella borsa e i fogli nella ventiquattrore, afferrò la giacca dallo schienale della sua sedia, e si diresse verso di lui.

"Ceneremo al *Le Chien d'Or*. Le piace la cucina francese?"

"L'adoro."

Chaz le posò una mano in fondo alla schiena, mentre lei lo precedeva fuori dall'ufficio. Il tocco del suo palmo era caldo, mentre la spingeva delicatamente avanti. Quando una piacevole folata della sua colonia dal profumo di pino la raggiunse, Megan divenne pienamente consapevole della sua vicinanza.

*È famoso. Niente più celebrità nella mia vita. Inoltre, si tratta solo di affari, ricordi?*

Il suo ufficio sulla Cinquantacinquesima Ovest si trovava in prossimità di una piccola area ricca di eleganti ristorantini francesi, nella parte occidentale di Manhattan. Una volta scesi in strada, non ci volle molto perché la gente cominciasse a riconoscere Chaz. Lui strinse saldamente la mano di Meg nella propria e li guidò velocemente tra la folla crescente dell'orario di punta. Megan sapeva bene cosa voleva dire farsi strada in mezzo alla gente con una persona famosa al seguito, poiché si era trovata in situazioni simili con Mark milioni di volte. Cominciò a muoversi più velocemente, riuscendo facilmente a stare al passo con Chaz, mentre avanzavano a zig zag, sorpassando le persone prima che queste avessero il tempo di riconoscerlo. Alla fine, raggiunsero la porta del ristorante. Una volta entrati, Jean Pierre, il capocameriere, li accompagnò in una piccola sala privata.

"Qui non vi disturberà nessuno, Monsieur Duncan." Pierre indicò un divanetto rosso scuro al lato del tavolo. Megan scorse lungo il divanetto e si sedette. Chaz infilò una banconota in mano al *Maître d* prima di scivolare anche lui sul divanetto, sedendosi di fianco a lei invece che di fronte. Le sue azioni la lasciarono per un attimo sconcertata, finché non ricordò che tutto ciò era di prassi in alcuni dei ristoranti più piccoli. Anche così, sentì che le si seccava la bocca quando le spalle di lui sfiorarono le sue e le sue labbra si trovarono a pochi centimetri di distanza. Alcune goccioline di sudore le imperlarono il palmo della mano.

La saletta aveva delle pareti color mogano profondo. Sedevano ad un tavolo rettangolare coperto da una bianca tovaglia immacolata. La fiamma di una piccola candela aggiungeva un tocco romantico alle luci soffuse dell'ambiente. Sul tavolo c'erano due rose rosa in un vaso di ceramica color lavanda. L'argenteria brillava profusamente, riflettendo la luce delle candele. I calici di cristallo luccicavano sul tavolo. Per un momento, Megan avrebbe giurato di essere entrata sul set di un film.

"Ti conoscono qui?" Megan si spostò leggermente per poterlo guardare in faccia.

*Mio Dio...una cena intima...romantica con Chaz Duncan.* Il battito del suo cuore accelerò. *Non lasciarti trasportare, si tratta di affari, solo di affari.*

"Vengo spesso qui per incontri d'affari. Ho bisogno di un ristorante in cui lo staff mi conosca. Aiuta a ridurre le interruzioni e il servizio è migliore per i clienti abituali." Il suo sguardo si spostò dal menù al volto di lei.

Il cameriere offrì di servir loro un drink, ma Megan declinò educatamente. *Affari e alcol non sono una buona combinazione.*

*Inoltre, non posso bere con lui...Dio solo sa che stupidaggini potrei dire o fare!*

"Sicura? Nemmeno un bicchiere di vino? Devo ripassare le battute stasera, ma ho intenzione di concedermi un bicchiere *piccolo piccolo*." Chaz sollevò la mano con pollice e indice ad un centimetro di distanza.

Megan scosse la testa. La coscia dell'uomo, quasi premuta contro la sua, emanava un calore che le fece venir voglia di avvicinarsi a lui. Resistette. *Mantieni le distanze. Non pendere dalle sue labbra. Questo è lavoro. Basta celebrità nella tua vita...ricordi?*

"Non mi piace bere da solo." L'espressione supplichevole nei suoi occhi dissolse la sua determinazione.

"Mi ha convinta...un bicchiere di Cabernet. Nient'altro."

"Fai due bicchieri, Jean Pierre. *Merci.*" Con un piccolo cenno del capo e un sorriso, il cameriere si dileguò velocemente.

*Parla anche francese. E si mette in mostra. Una gran bella mostra, ma pur sempre un mettersi in mostra.* "Ho tutto ciò di cui abbiamo parlato," disse Megan, raccogliendo la ventiquattrore.

"Bene. Mi spieghi tutto." Chaz si rilassò contro lo schienale imbottito del divanetto e la guardò.

"Presumo lei abbia alcune cose in comune con Mark..." Estrasse due sottili cartelline verde scuro.

"Oltre all'affetto per la sua bellissima sorella?" Schiuse le labbra in un sorriso malizioso.

"Ci vorrà tutta la notte se continua a interrompermi..." Megan aggrottò le sopracciglia.

*Concentrati. Smettila di sbavare. Ricordati che anche lui s'infila i pantaloni una gamba per volta, come tutti. E smettila di pensare ai suoi pantaloni* "Tutta la notte? È compreso nel servizio offerto dalla Dillon and Weed?" Chaz sollevò un sopracciglio, cercando di reprimere un sorriso, inutilmente.

Megan non riuscì a trattenere una risata e il calore si diffuse dal suo collo alle guance.

"Adoro farla arrossire...è così carina." Le sistemò una ciocca di capelli dietro l'orecchio.

Il rossore di Megan divenne più intenso. "Posso continuare...per favore?" *Concentrati, Meg! Oh, toccami ancora...sta zitta, Meg!*

Chaz le fece cenno con la mano di continuare.

"Okay. La carriera di Mark potrebbe finire in un secondo, nel caso di un brutto incidente. E ho pensato che lo stesso potesse valere per lei. Voglio dire, con un incidente o un paio di brutti film..."

"Si morda la lingua." Gli occhi di Chaz si spalancarono a fingere orrore.

"Uno scandalo o due..."

"Lungi da me." Inarcò un sopracciglio ad accompagnare il sorrisetto sulla sua faccia.

"Lo so...è un pensiero spaventoso. Un momento si trova con tutti questi soldi e un attimo dopo è tutto sparito. Non glielo auguro di certo, ma potrebbe capitare. Ho pensato che se riesco a creare un piano d'investimento sicuro, che le consenta di non perdere capitale, ma comunque di farlo crescere... magari un po' più lentamente di come accadrebbe con un investimento più rischioso, a quel punto se dovesse succedere qualcosa di brutto, avrebbe comunque tutto ciò che ha guadagnato...ed anche qualche profitto."

"Può farlo?" Chaz sgranò gli occhi.

Megan s'illuminò. *Finalmente, ho la sua stima.* "Non posso garantirle che non perderà qualche soldo durante i cambiamenti nelle condizioni economiche...il mercato, e così via. Ma posso diversificare i suoi pacchetti in modo da minimizzare le perdite e in più, recuperare ciò che si è perso in un settore con dei guadagni in un altro."

"Come riesce a farlo?" La sua espressione si fece seria.

"Con dello studio, della riflessione, della ricerca...e un pizzico di pura fortuna." Meg numerò quella lista sulle dita di una mano.

Lui sollevò le sopracciglia.

"Le insegnerò. Incoraggio sempre i miei clienti a imparare qualcosa sul mondo degli investimenti. Mark non si prende nemmeno il disturbo. Dice che finché ha me, non ha bisogno di sapere niente."

Il cameriere portò i due bicchieri di vino.

"Ha una sua logica." Chaz prese un sorso.

"Ma io non sono *sua* sorella..."

"Grazie a Dio." Lo sguardo di Chaz cadde sulla sua scollatura per poi ritornare al suo viso.

"Ho preparato tre prop..." Megan fece una breve pausa per modificare le parole, prima di continuare, "piani, con tre diversi livelli di rischio." Gli passò una delle cartelline verdi, ignorando il sudore che le si stava formando sui palmi.

"Posso illustrarglieli brevemente, poi può portarli a casa e pensare a ciò che vuole fare." Megan raccolse il proprio bicchiere e prese un sorso di vino, mentre strofinava la mano tremante sul tovagliolo, cercando di non farsi vedere.

*Fai un bel respiro.*

"Cosa ne dice di illustrarmi quello che lei sarebbe più propensa a mettere in atto? Ne ha uno, no...un piano che le sembra il migliore, giusto?"

"Dipende dai suoi obiettivi..." rispose lei evasiva.

"Ecco che se ne torna fuori con la storia degli obiettivi. Senta...lei mi ha paragonato a Mark. Mossa molto astuta. Sono assolutamente nella sua stessa situazione. Quindi immagino che tra questi piani ce ne sia uno simile a ciò che sta facendo per Mark e che sta funzionando."

Megan annuì. "Piano B."

"Okay. M'illustri quello, allora...nella versione per idioti, okay?"

Lei annuì e aprì la cartellina. *Accidenti. È sveglio.*

Il cameriere arrivò in quel momento. "Gradite l'anatra?" Chaz si voltò a guardare Meg.

Lei annuì.

"Fanno un petto d'oca arrosto favoloso." Chaz s'interruppe e le rivolse uno sguardo divertito. "Posso usare quella parola quando parlo di un'anatra?"

Meg ridacchiò.

"Okay allora. *Pierre, deux Canard Roti aux fruites de saison, s'il vous plait.*"

"*Merci, Monsieur.*" Il cameriere fece un piccolo inchino e se ne andò.

Megan cominciò a spiegare a Chaz la sua strategia d'investimento: i rischi, il guadagno potenziale, le possibilità di crescita e le responsabilità fiscali.

"Ho creato uno schema per Mark. Lui è il proprietario dell'appartamento in cui vivo e io gli pago l'affitto. Ovviamente quello che pago è inferiore al prezzo di mercato per quel posto. Eppure, il guadagno che ne deriva contribuisce ad ammortizzarne il costo. Lui e sua moglie Penny si fermano lì quando vengono a New York e questo fa risparmiare loro il conto salato di un hotel. L'appartamento è comodo, con tre camere da letto e una cucina bella grande. Quando avranno un figlio, metterò i soldi dell'affitto in un fondo scolastico esentasse per il loro bambino."

"Prendere molti piccioni con un appartamento...per dirlo con un mix di metafore."

"L'idea è quella. Inoltre, il valore dell'appartamento crescerà nel tempo."

"È un piano brillante...ma solo se va d'accordo con tuo fratello e Penny. State lì tutti insieme?" Chaz sorseggiò il suo vino.

"Siamo gemelli, ricorda? Siamo sempre andati d'accordo. E sono fortunata ad avere Penny. È la sorella che non ho mai avuto. Sono molto contenta quando ci sono loro. Lei ha qualche fratello o sorella?" Megan prese un sorso di vino.

Lui scosse la testa. "Sono figlio unico."

Il cibo arrivò disposto artisticamente nel piatto. L'anatra da una parte e il riso selvatico dall'altra, il piatto era contornato da

*Haricot verts.* Piccole fette perfette di arance abbracciavano un lato dell'anatra, aggiungendo colore e un delicato profumo di agrumi. I crampi della fame attanagliarono lo stomaco di Megan. Quando prese la prima forchettata, l'anatra le si sciolse praticamente in bocca. "È squisita!" esclamò con enfasi.

"Sapevo che avrebbe apprezzato." Le sorrise calorosamente.

Mentre mangiavano, Chaz la bombardò di domande. Megan teneva il suo taccuino aperto vicino a sé e annotava i quesiti per i quali non aveva una risposta immediata. "Le farò avere le risposte immediatamente. Entro quando vuole riceverle?"

"Non c'è fretta." Chaz si rilassò nuovamente contro il divanetto.

"Quando ha intenzione di prendere una decisione?" Megan prese un'altra forchettata di quell'anatra deliziosa.

"Ho già preso la mia decisione."

"Sul serio?" Gli occhi di Megan si spalancarono.

Chaz annuì. Lei attese che lui aggiungesse qualcos'altro. Il suo sguardo scrutò il volto dell'uomo per tentare di leggervi qualche indizio.

"E la sua decisione è...abbiamo bisogno di un rullo di tamburi?" Megan tentò un piccolo sorriso.

"È la Dillon and Weed...non è forse ovvio?"

"Ha intenzione di assumere noi?" Meg sollevò di scatto le sopracciglia

"Si." Le labbra perfette di Chaz si unirono a formare una linea morbida.

"Perché, se posso chiederglielo?" Il suo cuore cominciò a battere più velocemente.

"Vuole sapere perché ho scelto lei...se per il suo cervello o per gli altri suoi... "attributi"? Il cervello. Mi piacciono gli altri suoi attributi. Li trovo anch'essi...impressionanti. Ma quando si parla di gestione del denaro, devo scegliere il cervello migliore, quello che lavorerà più alacremente. Lei. Senza alcun dubbio."

"Grazie! Grazie mille!"

# Capitolo Due

"Cosa devo fare adesso, per siglare l'accordo e farti prendere in carico i miei soldi, così che tu possa salvaguardarli e farli crescere...tutte le cose che hai promesso?"

"Devi firmare un po' di carte. Quando puoi venire in ufficio?" *Quindi è fatta? Ho davvero ottenuto l'affare? Non posso credere che sia stato così facile. Sigillato da un bacio.*

Chaz estrasse il suo cellulare per controllare la sua agenda. "Hmmm. Mercoledì alle sei potrebbe andare. Dopo posso portarti fuori per una cena di festeggiamento?"

"Direi proprio di essere libera mercoledì sera."

"Nessun appuntamento segreto mercoledì sera, eh?" Ripose il telefono in tasca.

"Non ho detto questo. Ho detto di essere libera per cena." *Non essere patetica, mostrandoti sempre disponibile. Sii misteriosa. Sei sempre troppo sincera, Meg.* Megan raddrizzò le spalle e lo guardò in faccia.

Lui scoppiò a ridere e l'attirò a sé in un abbraccio. "Sei una boccata d'aria fresca." Le baciò i capelli.

"Qualcuno direbbe scortese." Meg sollevò il mento verso di lui.

"Forse. Non io, però." In quel momento arrivò il cameriere e Chaz indietreggiò.

"Solo del tè per me, per favore." Megan si passò le dita tra i capelli.

"Io prenderò un espresso." Quando il cameriere si fu congedato, Chaz rimase a fissarla intensamente, col mento sul

Chaz fece un piccolo cenno col capo. Megan gli gettò le braccia al collo e gli stampò un bacio veloce sulla guancia, per poi tirarsi indietro inorridita dalle proprie azioni. "Oh mio Dio! Mi dispiace. Mi deve scusare...non avrei dovuto farlo...è solo che...significa così tanto per me, per la compagnia, per la mia carriera..." Si avvicinò col tovagliolo per pulire le tracce di rossetto che gli aveva lasciato sulla guancia, ma lui le afferrò il polso.

"Facciamo le cose per bene," sussurrò lui, mentre l'attirava tra le sue braccia. Si abbassò, posando le labbra su quelle di lei, muovendole lentamente mentre lei si scioglieva. La indusse ad aprire la bocca per ricevere la sua lingua. Conquistata dal suo fascino, la resistenza di Megan svanì. Quando lui si ritrasse, lei si ritrovò senza fiato.

"Questo sigilla l'accordo. Ha presente, 'Sigillato da un bacio'?" Gli occhi scuri di Chaz danzavano. Megan sollevò un dito a toccarsi il labbro inferiore. Il suo cuore accelerò i battiti. "Baci sempre così davanti alle telecamere?"

"Ti piacerebbe provare un bacio da grande schermo?" I suoi occhi incontrarono quelli di lei.

"Qual è la differenza?"

"Te la mostro." Chaz le prese il viso con entrambe le mani e si avvicinò per baciarla. Poi, si ritrasse nuovamente.

"Non c'è paragone...quasi quasi questo non era neanche un bacio, mentre il primo era...uh..."

"Era?" La incalzò lui, scivolando più vicino a lei sul divanetto.

"Da togliere il fiato," mormorò lei, rigirando la forchetta nel piatto vuoto.

Pierre comparve senza far rumore, come se qualcuno avesse usato una bacchetta magica.

"Un dessert, *Monsieur*? *Mademoiselle*?" Meg alzò lo sguardo sorpresa.

Il cameriere posò un piccolo menù dei dolci di fronte a loro, prima che Chaz potesse avvicinarsi ancora di più a lei. "Per favore, dacci un minuto, Jean Pierre."

Il cameriere si defilò silenziosamente com'era venuto. Chaz si voltò verso Megan. "Qualcosa di dolce?"

"Ho già avuto qualcosa di dolce," rispose lei, passandosi la lingua sopra il labbro inferiore.

Lui le accarezzò una guancia, poi lasciò cadere la mano.

# Capitolo Due

"Cosa devo fare adesso, per siglare l'accordo e farti prendere in carico i miei soldi, così che tu possa salvaguardarli e farli crescere...tutte le cose che hai promesso?"

"Devi firmare un po' di carte. Quando puoi venire in ufficio?" *Quindi è fatta? Ho davvero ottenuto l'affare? Non posso credere che sia stato così facile. Sigillato da un bacio.*

Chaz estrasse il suo cellulare per controllare la sua agenda. "Hmmm. Mercoledì alle sei potrebbe andare. Dopo posso portarti fuori per una cena di festeggiamento?"

"Direi proprio di essere libera mercoledì sera."

"Nessun appuntamento segreto mercoledì sera, eh?" Ripose il telefono in tasca.

"Non ho detto questo. Ho detto di essere libera per cena." *Non essere patetica, mostrandoti sempre disponibile. Sii misteriosa. Sei sempre troppo sincera, Meg.* Megan raddrizzò le spalle e lo guardò in faccia.

Lui scoppiò a ridere e l'attirò a sé in un abbraccio. "Sei una boccata d'aria fresca." Le baciò i capelli.

"Qualcuno direbbe scortese." Meg sollevò il mento verso di lui.

"Forse. Non io, però." In quel momento arrivò il cameriere e Chaz indietreggiò.

"Solo del tè per me, per favore." Megan si passò le dita tra i capelli.

"Io prenderò un espresso." Quando il cameriere si fu congedato, Chaz rimase a fissarla intensamente, col mento sul palmo della mano e il gomito puntato sul tavolo. "Ora parlami di te."

"Non c'è molto da dire," rispose lei con una scrollata di spalle.

"Impegnata? Sposata? Non porti alcun anello, quindi ho pensato..." Chaz fece scorrere lo sguardo su di lei lentamente.

"Hai pensato che non lo fossi. Corretto." Megan sorrise sfacciatamente, cominciando a sentire gli effetti del vino. *O forse era il fatto di aver ottenuto l'affare? O i baci? Sono ubriaca... di lui.*

"Un ragazzo?" Chaz sollevò un sopracciglio.

Megan scosse la testa.

"Campo libero...mi piace." Chaz si distese.

"E tu? Le grandi star del cinema hanno sempre orde di donne al seguito." Lo cercò con lo sguardo.

"E io le evito come la peste."

"Ti rende le cose facili, no? Avere una donna ogni volta che ne desideri una?" Megan inarcò un sopracciglio verso di lui.

"Questo è offensivo. Pensi che vada a letto con chiunque, basta che respiri?"

"Gli uomini non sono schizzinosi..."

"Io sì. Andare a letto con la donna sbagliata può essere un suicidio per la mia carriera."

"E come?" Sollevò nuovamente un sopracciglio verso di lui.

"Non riesci ad immaginarti i titoli dei giornali? 'Chaz Duncan, e i suoi trenta secondi di gloria' secondo Jane Smith, che è stata con lui la scorsa notte." Rivolse gli occhi al cielo.

"Hai davvero un'autonomia di trenta secondi?" Megan gli lanciò un sorriso civettuolo. *Cosa stai facendo? Smettila di flirtare!*

Chaz scoppiò a ridere. "Non esattamente."

"E allora perché ti preoccupi?"

"Le donne mentono. Mi correggo—le persone mentono. Quando si tratta di persone famose, la gente mente. A volte, le persone mentono perché vogliono essere associate a te...al tuo personaggio...e crogiolarsi nel riflesso della tua fama. Non si fermano mai a pensare a quello che stanno facendo a te, ma si preoccupano solo che il giornale scriva bene il loro nome."

Megan gli posò una mano sul braccio. Lui la coprì con la sua. *È solo. Molto solo. Non può fidarsi di nessuno.* "Quindi non vai a letto con le donne che ti aspettano fuori dai cinema o che ti danno la caccia?"

"Non sono mai andato con delle sconosciute e non intendo cominciare ora."

"Mai avuto la tentazione?"

"Non mi spingerei così tanto in là. Sono umano. Ho avuto la mia parte di donne. Quando hai ventidue anni e sei fuori città per il tuo primo musical, sicuramente sì... sei tentato...molto tentato. Posso aver ceduto qualche volta. S'impara in fretta. Meglio trovare qualcuno del cast...oops. Troppe informazioni."

Megan vide il rossore diffondersi dal suo collo verso il viso per la prima volta e ciò la fece sorridere.

*Si era imbarazzato.* Represse un risolino.

All'improvviso, non sembrava più essere Chaz Duncan, la star del cinema. Era semplicemente un uomo in cerca di una donna, una donna di cui potersi fidare. *Sono io. Più affidabile che mai....*

"Io sono affidabile," disse Megan d'impulso.

*Cosa sto dicendo?*

"Ti stai forse candidando?" Megan vide una scintilla d'umorismo mista a desiderio brillare nei suoi occhi.

"Io? Oh no...no. Non intendevo insinuare...no, assolutamente no. Nossignore...no."

"Non c'è bisogno di essere offensiva a riguardo. Da quanto mi dicono, non è poi così male dividere il letto con me."

"Non intendevo insinuare..." Megan smise di parlare, rendendosi conto che si stava scavando una fossa sempre più profonda.

"Ci stiamo arrampicando sugli specchi?" inarcò un sopracciglio.

Lei rise. "Ok, mi hai beccata. Potresti chiedere il conto, per favore?"

"Naturalmente." Jean Pierre apparve due minuti più tardi e Chaz gli chiese il conto. Megan cominciò a rovistare nella sua borsa, alla ricerca della sua American Express, ma lui aveva già estratto la sua.

"Questo è lavoro. Lascia che sia la Dillon and Weed ad offrirti la cena."

"Non lascio mai pagare una donna." Chaz posò la sua carta sul tavolo.

"Pensa a me come ad Harvey Dillon," disse Meg con una risatina.

"Tu hai un armamentario che il vecchio Harvey non ha. Insisto."

"Avrò dei problemi col signor Dillon, se ti lascio pagare." Soddisfatta di averlo finalmente superato in astuzia, Megan sorrise e si rilassò sul divanetto.

Chaz rimase immerso nei suoi pensieri per un attimo. "In questo caso...devo chiamarti Harvey?" disse mentre riponeva la sua American Express.

Megan proruppe in una fragorosa risata. Lanciò un'occhiata al suo portafogli, prima che lui potesse rimetterlo via, cercando segni dell'anello rivelatore... la sagoma di un preservativo...ma non ne vide alcuno. *Forse ha detto la verità...non va a letto con le groupie.*

Quando si furono infilati le giacche, Megan notò le spalle di Chaz sollevarsi leggermente e il suo corpo irrigidirsi, mentre si preparavano ad uscire nuovamente nel mondo. *Il prezzo della fama. La perdita della privacy. Sette milioni di dollari non arrivano mai senza conseguenze.*

Chaz prese in mano il suo cellulare e premette un pulsante.

"Pronti," disse con la bocca vicinissima al telefono. Lasciando scivolare il cellulare in tasca, le prese il gomito e la guidò verso la porta. "La macchina sarà qui tra un minuto. Ti porto a casa. Dove abiti?"

"Tra Central Park West e l'Ottantesima. E tu?"

"Al momento dormo da un amico. Quinn Roberts."

"Quinn Roberts?" Megan lo seguì fuori dalla porta.

"Eravamo insieme al teatro regionale."

"Non è un tuo rivale?"

"Quello è ciò che la stampa vuole far credere." Lanciò un'occhiata verso la strada, aspettando di veder comparire la macchina.

"Ma sicuramente..."

"È ciò che sembra, lo so. Quinn ha un contratto per altri due dei suoi film d'azione sulla Seconda Guerra Mondiale. Il mio contratto prevede altri tre film della serie *West of the Sun*. Le due cose non c'entrano niente l'una con l'altra. Tutta quella montatura dei media...immagino faccia vendere più giornali. Ecco la macchina. Prima le signore."

Chaz le tenne aperta la portiera per farla salire. La limousine scivolò silenziosamente nel traffico rumoroso e accostò vicino al marciapiede di fronte al Royal, il condominio di lusso in cui abitava Meg. "Ci vediamo mercoledì. Grazie per il duro lavoro e per la magnifica cena."

Le baciò nuovamente la mano prima di lasciar cadere lo sguardo sulle sue labbra.

Temendo di lasciarsi andare a comportamenti ancora più inappropriati, Meg scese velocemente dall'automobile, chiuse la portiera dietro di sé, e fece un cenno di saluto con la mano. Rimase sulla soglia dell'edificio mentre la macchina sfrecciava via. Briny, il portiere, la salutò levandosi il cappello dopo averle aperto la porta. Quando fu nel suo appartamento, Meg controllò il suo cellulare per vedere se c'erano messaggi, dato che l'aveva tenuto spento durante la cena.

Ce n'erano due di Penny, che probabilmente stava impazzendo per avere qualche aggiornamento. Piuttosto che confessare a sua cognata i sentimenti che sentiva sbocciare per Chaz, Meg si sedette di fronte al suo pianoforte a colonna *Woodruff* nel salotto e fece i suoi esercizi. Mentre le sue dita si scaldavano, rifletté su cosa suonare.

*Le canzoni dei musical, naturalmente! Quali musical aveva fatto durante il suo tour estivo? Ricordati di chiederglielo.*

Dopo circa dieci minuti di esercizi, si alzò in piedi e aprì la panca del pianoforte. Rovistando in mezzo agli spartiti, si ritrovò tra le mani un insolito libro che conteneva tutte le canzoni del musical *Carosello*.

*Questo dev'essere di Penny.*

Megan sfogliò il libro, riconoscendo alcuni dei suoi pezzi preferiti—"June is Bustin' Out All Over," "You'll Never Walk Alone," e "If I Loved You." Suonò ogni singolo pezzo prima di cominciare a sbadigliare. Allora chiuse il piano e si diresse verso la camera da letto. *Niente celebrità. Non devi diventare una groupie. Stai lontana da lui. Sì, certo.*

Scivolò lentamente nel sonno pensando a Chaz.


Megan si svegliò di buon mattino e piena d'energia. Saltò giù dal letto e arrivò pimpante in ufficio quindici minuti prima del solito. Non riusciva a smettere di sorridere, mentre ricordava le parole di Harvey Dillon il giorno prima: *"Il conto di Chaz Duncan sarebbe uno dei conti personali più importanti che abbiamo. Potrebbe essere una vittoria enorme, Megan."*

Lanciò un'occhiata fuori dalla finestra, mentre sorseggiava il caffè preso da *Starbucks*. Un colpo alla porta aperta del suo ufficio la fece ruotare sulla sedia girevole. Harvey Dillon era sulla soglia, con uno sguardo carico di anticipazione. "Allora?"

Megan gli mostrò il pollice in su.

"Hai ottenuto il conto di Chaz Duncan?" Dillon inarcò le sopracciglia.

"Si."

"Tutto? Tutti i sette milioni di dollari?" Sollevò le mani aperte.

Lei annuì.

"Fantastico! Megan, sono così fiero di te! Avrai un bonus per questo, lo sai."

"Grazie sig....uh, Harvey."

"Tutti i dipendenti che portano nuovi affari vengono premiati con un bonus. E immagino che questo sarà bello grosso. Dobbiamo festeggiare."

Brielle sopraggiunse dal corridoio diretta al suo ufficio. Harvey la fermò.

"Brielle, Megan ha ottenuto la gestione del conto di Chaz Duncan. Puoi organizzare una festa per stasera? Champagne e *hors d'oeuvres*. Grazie."

Con un rapido cenno della mano diretto a Megan, Harvey Dillon si diresse verso il proprio ufficio. Non vide la faccia disgustata che fece Brielle alle sue spalle, ma Megan sì.

Brielle entrò tranquillamente nell'ufficio di Meg. "Ci sei andata a letto?" Brielle si appoggiò allo stipite della porta.

"Si è trattato strettamente di lavoro. Ha apprezzato il mio piano d'investimento."

"Ah sì? Scommetto che non è l'unica cosa che ha apprezzato." Brielle puntò lo sguardo sulla scollatura della camicia di seta di Megan, che si sentì infiammare le guance.

"Un rapporto d'affari tra un uomo e una donna non deve per forza comprendere il sesso, Brielle."

"Oh?" Quest'ultima sollevò le sopracciglia. "Forse...ma aiuta."

Harvey Dillon ritornò sui suoi passi e s'affacciò con la testa nell'ufficio di Megan.

"Quando viene Chaz a firmare le carte?"

"Mercoledì."

"Forse dovremmo aspettare e festeggiare soltanto allora. Non che non ti creda, ma è già successo che altre persone cambiassero idea. Quindi, Brielle, organizza tutto per mercoledì." Detto ciò, si voltò per andarsene, ma la voce di Megan lo fermò.

"Signor, uh, Harvey...Mercoledì non posso." Megan si morse un labbro.

Harvey la fissò, sollevando entrambe le sopracciglia.

"Chaz ed io avevamo programmato di festeggiare con una cena. Pensavo..."

Harvey alzò una mano. "Nessun problema. Il cliente ha la priorità. Brielle, organizza per giovedì."

"Non è nulla di personale, Harvey...ne abbiamo parlato e ho pensato..."

"Naturalmente, andare a cena con un cliente dopo che questi ha firmato è una procedura standard. Non preoccuparti. Aggiungila alla nota spese." Harvey sparì così velocemente come era riapparso.

"Un'innocente cena per festeggiare? Ci scommetto," esclamò Brielle prima di alzare i tacchi e tornare nel suo ufficio.

Andy arrivò subito dopo Brielle. "Hai stretto l'accordo con Chaz Duncan?"

Megan annuì, prima di ritornare nel suo ufficio.

"Wow! È fantastico! Sei grande, Megan. Come hai fatto?" Andy la seguì.

"Con il nostro piano brillante e un pizzico di fascino." Meg si lasciò cadere sulla sedia, un enorme sorriso le illuminava il volto.

"Sei il mio mito." Andy le manifestò tutta la sua ammirazione con un enorme sorriso.

"È ora di mettersi al lavoro, Andy. Dobbiamo mettere in atto questo piano. Mercoledì devo dire a Chaz...ehm...al signor

Duncan dove intendiamo mettere i suoi soldi. Quindi, ti aspetta un bel po' di lavoro di ricerca. Prendi il tuo block-notes e cominciamo."

Appena Andy fu uscito, le squillò il cellulare. Era Chaz. "Stai camminando a tre metri da terra? Il caro vecchio Harvey ti ha dato una pacca sulla spalla?"

"Come lo sai?" Megan riprese posto sulla sua sedia.

"Sono un pesce grosso. È il minimo che m'aspettassi."

"Si, lo sei. Andy ed io cominceremo a lavorare sul tuo piano d'investimenti appena avrò riagganciato il telefono." Megan sollevò una mano per bloccare Andy, che stava entrando nel suo ufficio, e si rimise a sedere.

"Chi è Andy?" *Era forse un pizzico di gelosia quello che aveva sentito nella sua voce?* Fece un largo sorriso.

"È il mio assistente. E comunque è troppo giovane per me."

"Oh. Bene. Non ti tratterrò, allora."

"Dove sei oggi?" Meg appoggiò i piedi sul cestino della carta.

"Alla *PBS*, sto girando una serie sulla storia americana."

"Qual è il tuo ruolo?" chiese Meg, mentre tamburellava con una penna sulla scrivania.

"Thomas Jefferson...con una parrucca rossa."

"Oh mio Dio!" Megan scoppiò in una fragorosa risata.

"Cosa c'è di così divertente?"

"Dover coprire quei meravigliosi capelli castani con una parrucca rossa, io..."

"Meravigliosi, eh?" La canzonò dall'altra parte del filo.

La mano di Meg si fiondò sulla sua bocca. *Stai zitta, Meg!*

"Bè...si...immagino che siano carini. Se ti piacciono i morettini."

Chaz rise. "E tu preferisci i biondi?"

"Io preferisco...terminare questa conversazione." Meg si raddrizzò sulla sedia.

"Ci vediamo mercoledì alle sei."

Dopo aver riattaccato il telefono, Megan cominciò a farsi aria con la mano. Andy entrò nell'ufficio. "Sei rossa come un peperone. Era una chiamata di lavoro?"

"Non sono affari tuoi. Prendi nota di queste azioni. Voglio che trovi i PE più i prezzi di chiusura di ogni settimana degli ultimi due anni. Fai un grafico. Cominciamo con la General Electric..."


Martedì sera, Megan chiese ad Andy di fermarsi in ufficio. Lavorarono fino alle nove per perfezionare il piano che avrebbe presentato a Chaz il giorno seguente. Esausta, si trascinò finalmente a casa. Dopo aver gettato le chiavi nella ciotola d'argento vicino alla porta, Megan si sfilò le scarpe, si tolse la giacca e si diresse silenziosamente verso la cucina per prendere un bicchiere di vino. Portò il vino con sé in salotto, mentre controllava il suo cellulare. Cinque messaggi di Penny.

Decisa a togliersi subito l'interrogatorio, così poi si sarebbe potuta rilassare, Megan compose il numero di sua cognata. "Come va?" chiese Megan, mentre si buttava sul divano cercando di trattenere uno sbadiglio.

"Domani hai il tuo secondo appuntamento con Chaz. Ho immaginato che dovessimo parlare di ciò che indosserai."

"Si tratta di affari, Penny. Indosserò uno dei completi che abbiamo comprato insieme. Te li ricordi?"

"E con che maglia? Con che orecchini? Hai intenzione di metterti un foulard? E non dimenticarti il nuovo profumo."

"*Lilacs*? Lo so. Ho comprato una boccetta piccola da tenere nel cassetto della scrivania."

"Brava ragazza! Non mi hai ancora detto com'è andato il tuo appunt...ehm, la tua prima cena con Chaz. Mark sta guardando alcuni filmati di gioco quindi ho tutto il tempo che vuoi."

Megan appoggiò i piedi sul tavolino di fronte al divano. "Niente da dire. Ho chiuso un contratto d'affari, tutto qui."

"Sì, certo, adesso una cena con Chaz Dncan non è 'niente.' Tutte le volte che in passato ti sei chiusa a riccio su un ragazzo, sapevo che lo facevi perché lui ti piaceva. Quindi, sputa il rospo."

"Non c'è niente da dire. C'è stata una cena, discorsi di lavoro, e poi lui mi ha riaccompagnata a casa."

"Sciocchezze."

"Onestamente..." Megan sorseggiò il suo vino.

"Neanche un bacio della buonanotte?"

Ci fu silenzio. Megan si morse un labbro.

"Come pensavo. Coraggio...sono io, Penny." Sembrava soddisfatta di sé stessa.

"Okay, okay, un bacio. Quando ha detto che avevamo un accordo..." Megan si rannicchiò sul divano con i piedi piegati sotto al sedere.

"Un bacio? Uno solo?" Dopo aver carpito quella piccola rivelazione, Penny continuò ad andarle sotto.

"Forse...due. Due...è tutto." Megan si stirò sul divano.

"Hmm. Due baci? Questo è molto più di un 'grazie.'" Penny si lasciò andare ad una serie di risolini dall'altro capo del filo.

"Oh e anche un bacio di scena. Ma quello non conta perché non è un bacio vero e proprio."

"Davvero? Implica il toccarsi di due labbra? Allora è un bacio e conta eccome. Tre. Siamo a tre e stiamo ancora contando."

"Questo è davvero tutto."

Megan non riuscì a trattenere una risatina.

"Divertiti domani e...goditela un pochino, Meg."

"Buonanotte, Penny." Meg si raddrizzò sul divano.

La conversazione con Penny ebbe un effetto revitalizzante su di lei. Scomparso completamente il sonno, si diresse al pianoforte col suo calice di vino e tirò fuori il libro con le musiche del *Carosello*. Appoggiando il bicchiere in un posto sicuro, si sedette per suonare. Le sue dita continuavano a ricreare la melodia di "If

I Loved You." Dato che l'appartamento era vuoto, Megan mise da parte la timidezza e cominciò a cantare a piena voce.

Quando si fermò brevemente per cambiare canzone, il tenue suono del piccolo orologio d'epoca che teneva in sala la raggiunse nel soggiorno, informandola che erano le undici. Megan sbadigliò. Neanche mezz'ora dopo era già a letto, profondamente addormentata.


Il mercoledì mattina, Megan si alzò sentendosi stanca, ma l'eccitazione della giornata contribuì a pomparle adrenalina in corpo. Si era svegliata con una canzone sulle labbra, e non riuscì a smettere di cantare "If I Loved You"—nemmeno nella doccia.

S'incamminò per andare al lavoro piena di entusiasmo. La ricerca di nuovi potenziali clienti e le riunioni con i suoi superiori per creare una strategia utile ad attirare altre celebrità fecero sì che la giornata passasse velocemente. Meg trovò difficile concentrarsi, le parole sulla pagina si mescolavano per creare il profilo di Chaz Duncan. Verso mezzogiorno, ricevette un messaggio.

*Ti piace la cucina brasiliana? Ci vediamo alle cinque. Chaz.*

La cucina brasiliana era sostanziosa, ma romantica *Hmm, una Caipirinha*. Fu il suo messaggio di risposta—

*Magnifico! Possiamo brindare con la Caipirinha. A dopo.*

Megan aveva optato per il completo verde smeraldo, perché faceva risaltare il verde dei suoi occhi. Sotto la giacca, indossava un gilet bianco in piqué con profonda scollatura a V, e niente camicia. Una pesante collana d'oro, e gli orecchini in abbinato, completavano il suo look.

"Wow!" Le sopracciglia di Andy si sollevarono quando la vide scendere lungo il corridoio.

Lei gli rivolse un ampio sorriso.

"Sei...incredibile."

"Grazie, Andy. Hai già stampato il piano? Voglio riguardarlo ancora una volta."

"Sarà sulla tua scrivania in cinque minuti," le rispose tornando al suo computer.

Megan tolse il coperchio dalla sua tazza di caffè *Starbucks* e accese il computer. Appena Andy le consegnò il piano d'investimento sulla scrivania, riguardò ogni suggerimento ad uno ad uno, controllando i prezzi delle nuove offerte e riverificando che non vi fossero errori di battitura o aritmetici.

Finalmente soddisfatta della versione finale, si rilassò nuovamente sulla sedia e un piccolo fremito d'eccitazione per il risultato raggiunto le attraversò il corpo.

*Aspetta che lo veda Chaz! Adoro questo lavoro.*

Harvey infilò la testa nell'ufficio di Megan. "Sarebbe un problema se Chaz firmasse qualche autografo per lo staff? Ci sono diverse persone che fremono per incontrarlo."

"Dubito che potrebbe dispiacergli. Sarà qui alle diciassette."

"Bene. Prima firmiamo i documenti, poi possiamo passare ai convenevoli. Va bene per te?"

"Naturalmente," rispose lei.

# Capitolo Tre

Alle cinque e cinque minuti, Chaz incedeva con passo lento lungo il corridoio che portava all'ufficio di Megan, e si fermò in piedi sulla soglia. Si schiarì la voce e sfoggiò il suo sorriso da un milione di watt. "Scusami, sono in ritardo." Entrò nell'ufficio.

"Ah sì?" Megan deglutì. Era più bello che mai con la corta giacca in pelle grigio scura e i jeans stretti. Si tolse prima gli occhiali da sole e poi la giacca.

Le sue labbra s'incurvarono in un sorriso, mentre si lasciava cadere sulla sedia di fronte alla scrivania di Megan.

"Sei...stupenda oggi." Il suo sguardo vagò lungo il corpo di Megan.

*Anche tu. Lavoro, Meg, lavoro!*

Chaz indossava una maglia di lino bianco dal collo tondo. Le maniche arrotolate rivelavano due avambracci forti, ricoperti da una sottile peluria scura. *Accidenti, questo tipo sì che sa come vestirsi.* I suoi capelli erano leggermente spettinati, anziché perfettamente in ordine. Chaz sistemò la giacca sullo schienale della sedia.

"Dove sono le carte da firmare?"

"Prima una domanda. Ti dispiacerebbe firmare alcuni autografi per alcuni membri dello staff?"

"Fan? Naturalmente."

"Vieni con me." Megan si alzò in piedi e lo guidò lungo il corridoio verso l'ufficio di Harvey Dillon. Le segretarie e le assistenti che incontrarono sul loro cammino, restarono a guardarlo senza fiato. Chaz si voltò, sorridendo cortesemente a tutte.

Harvey gli spiegò le varie carte da firmare. Chaz firmò tutto in venti secondi e i due uomini si scambiarono una stretta di mano.

"Benvenuto alla Dillon and Weed, sig. Duncan."

"Grazie. Non vedo l'ora di lavorare con la signorina Davis."

"È uno dei nostri migliori astri nascenti ...oops. Credo che questo abbia un altro significato per lei, dico bene?"

I due uomini ridacchiarono. Megan rimase dietro a Chaz, aspettando il momento giusto. Si schiarì la voce. "Ho un piano d'azione che vorrei illustrarti, Chaz." Megan fece per prendergli la mano, ma si fermò prima di toccarlo. Il sorrisetto che gli si dipinse in faccia le fece capire che lui aveva notato il suo gesto. Gli occhi di Chaz si illuminarono divertiti.

"Bene, non la tratterrò oltre. Vedo che Megan ha tutto sotto controllo. È stato un piacere conoscerla e la ringraziamo per averci scelto." Harvey strinse nuovamente la mano di Chaz prima che quest'ultimo se ne andasse con Megan.

Quando furono di nuovo nel suo ufficio, Megan chiuse la porta.

"Portalo con te. Me lo illustrerai a cena. Sbrighiamo la faccenda degli autografi e andiamocene di qua. Sto morendo di fame."

"Non vi danno da mangiare sul set?"

"È tutto il giorno che penso al cibo brasiliano...e ad essere solo con te."

*Ed io ho pensato a te tutto il giorno.*


Megan diede un colpo di telefono ad Harvey prima di raccogliere la sua ventiquattrore e condurre Chaz alla scrivania di una delle sale conferenza, dove più della metà dello staff l'aspettava in fila. Lui si sedette, firmò gli autografi e diede alle donne più anziane un bacio sulla guancia. Una biondina sexy, che indossava un top scollato, si piegò di fronte a lui di proposito. E lui non poté fare a meno di guardare.

*Bel davanzale, ma niente classe. Troppo sfacciata.*

La donna gli sorrise con fare seducente, mentre si rialzava.

"È in buone mani con Megan, ma se mai avesse bisogno di...ehm...mani più esperte, lavoro in questo campo da più tempo." Lo sbirciò attraverso le lunghe ciglia, mentre scriveva il suo numero di telefono sul suo biglietto da visita, che gli fece poi scivolare in mano. Lui accettò il biglietto da visita, se lo mise in tasca e ricambiò il sorriso sfacciato della donna con uno dei suoi.

"Brielle," disse lei, mentre gli porgeva un piccolo taccuino su cui fare l'autografo.

"È un nome insolito."

"Lo è. È la combinazione di Brinda ed Ellen. Nomi di famiglia."

"Un nome che sarà difficile dimenticare." Le riconsegnò il taccuino autografato prima di girarsi verso la persona successiva nella fila.

Quando ebbe finito, notò che Megan aveva un'espressione accigliata. Harvey Dillon gli strinse la mano per la terza volta.

Chaz girò il polso e diede un'occhiata al suo Rolex. Piegandosi verso Megan, le bisbigliò, "Andiamo."

Lei annuì e raccolse la sua borsetta e la giacca, prima di fare strada per raggiungere l'ascensore. Chaz parlò brevemente al cellulare, poi si voltò verso Megan. "Bobby è qui fuori."

Quando Megan gli rivolse uno sguardo interrogativo, le spiegò, "Bobby è un vecchio amico. È il mio chauffeur quando sono in città." Chaz s'infilò gli occhiali da sole.

L'ascensore era quasi pieno, ma riuscirono a stringersi e salire.

"Chaz Duncan!" Qualcuno che non era stato ingannato dagli occhiali scuri lo chiamò dal fondo dell'ascensore.

Saluti bisbigliati, respiri mozzati e pacche sulla spalla accolsero Chaz. Lui s'incollò sulla faccia un sorriso plastico, facendo un cenno del capo a tutti. Megan e Chaz furono i primi ad uscire dall'ascensore e raggiunsero quasi di corsa il cordolo dove la limousine li stava aspettando. Quando lo sportello si chiuse dietro di lui, Chaz si rilassò contro lo schienale del sedile. Fece un sospiro di sollievo.

"Odio essere intrappolato in un ascensore pieno di fan. Divento claustrofobico. Mi rende incredibilmente nervoso." Tirò fuori un fazzoletto per asciugarsi il sudore dalla fronte.

"Dove, Chaz?" Bobby mise in moto la macchina.

"Rio de Janeiro."

"Rio? Stiamo andando a Rio?" Megan lo fissò.

"È un ristorante sulla Quarantaseiesima strada. Tu pensavi..." Chaz e Bobby scoppiarono a ridere.

"Okay, okay. Ma... il tuo atteggiamento con Brielle?" Megan gli posò una mano sul braccio.

"Quale atteggiamento? Stava flirtando con me, quindi ho flirtato a mia volta. Le fan lo adorano."

"Non era necessario che fossi così convincente."

"Gelosa?" La guardò, sollevando un sopracciglio.

"Per niente." Megan si raddrizzò sul sedile.

*È gelosa.* "Lo eri.... Mi piace." Si piegò verso di lei e la baciò sulla guancia. "Non preoccuparti, non è il mio tipo," le disse, rivolgendole un sorriso.

"Perché, che tipo è Brielle?" disse Megan con tono stizzito.

"Appariscente e scontata. Ecco, tu sei molto più nel mio stile." Chaz le percorse la guancia con un dito.

"Oh?" Megan arrossì leggermente al suo tocco.

"Il tipo riservato, intelligente...sexy." Le baciò il dorso della mano e rimase ad osservarla, mentre le guance le si tingevano di rosso.

La macchina serpeggiò lungo la Settima Avenue, che era congestionata dal traffico dell'ora di punta. Meg guardò fuori dal finestrino. Approfittando del fatto che la sua attenzione era lontana da lui, Chaz poté studiarla di nascosto.

Era adorabile, con la frangia pettinata leggermente di lato e i capelli scuri lasciati sciolti in morbidi riccioli sulle spalle. Il verde acceso del suo completo faceva brillare il verde dei suoi occhi. Lo sguardo di Chaz si abbassò sullo scollo a V del suo gilet bianco, soffermandosi sulla pienezza della scollatura in quel punto. La sua mano cominciò a fremere, il desiderio di toccarla che cresceva pericolosamente, minacciando di uscire completamente dal suo controllo.

Le mani di Megan erano piccole, con unghie perfettamente curate. Indossava uno smalto bianco perla brillante, ma allo stesso tempo discreto. Le gambe snelle erano accavallate. Sbirciò le sue cosce laddove la gonna le era risalita, e si chiese di che colore fossero le sue mutandine. Lanciò un'occhiata al gilet bianco e calcolò che doveva indossare un reggiseno bianco o beige, perché altrimenti si sarebbe visto attraverso il tessuto chiaro. Ciò significava che le mutandine dovevano essere dello stesso colore. Magari bianche con il pizzo...molto, molto pizzo. *Smettila! È una socia d'affari.*

Scosse la testa quasi impercettibilmente proprio un attimo prima che la macchina si fermasse. Bobby smontò dalla vettura per aprire loro la portiera. Chaz uscì per primo e offrì la mano a Megan. La sua gonna si sollevò ulteriormente per qualche istante, mentre usciva dalla macchina. Chaz non si lasciò sfuggire nemmeno uno centimetro di quella pelle deliziosa. *Ancora un paio di centimetri e avrei saputo se sono bianche e di pizzo. Accidenti.*

Il Maitre D' salutò Chaz calorosamente. Fece loro strada verso un tranquillo tavolo in una piccola stanza dove c'erano soltanto altri due tavoli, entrambi vuoti. Le pareti erano color arancio bruciato. Le tovaglie erano bianche. Le sedie e i divanetti erano foderati con tessuti che richiamavano la foresta pluviale in arancio, verde e bianco. Piccole candele che brillavano su ogni tavolo aggiungevano un tocco romantico. Chaz si sedette accanto a Megan sul divanetto.

"Non so proprio come faremo a guardare il piano...l'illuminazione è pessima." *Ma è terribilmente romantica. Resisti. Devi essere forte.*

"Perché non me ne parli? Le carte posso portarle a casa."

Mentre Megan tirava fuori due set di documenti dalla ventiquattrore, Chaz ordinò due Caipirinha.

"Sai cosa significa P/E?" chiese Meg, prendendo un sorso del suo drink.

Chaz scosse la testa in segno di diniego e si sbottonò il primo bottone della camicia.

"Credo che dovremmo iniziare dal primo riquadro. P/E sta per Price Earnings Ratio, cioè rapporto prezzo/utili, che è il prezzo dell'azione in relazione ai guadagni dell'azienda. Quel che devi sapere è che quanto più basso è questo rapporto, tanto migliore è l'azienda." Megan cerchiò i numeri relativi al P/E sul documento.

"E questo perché?" Chaz sollevò il bicchiere per bere.

"Se il prezzo di vendita dell'azione è, diciamo, quindici o anche venti volte gli utili, ciò è indice che l'azienda è ben gestita, sta andando bene e il rischio è migliore. Ma se il prezzo dell'azione è, per fare un esempio, cinquanta volte gli utili, allora l'azienda è più a rischio. Magari non sta andando troppo bene, non sta facendo tanti soldi quanti potrebbe o dovrebbe."

"Capisco. E tu usi questo numero per selezionare le azioni?"

"È uno degli strumenti di riferimento che utilizzo." Megan sorseggiò il suo drink.

"Buono a sapersi." Lui annuì.

"Voglio che tu conosca il più possibile sugli investimenti. Posso insegnarti."

"Sarò sulla location per girare il nuovo film di *West of the Sun* tra un paio di settimane."

"Davvero?" Megan posò la penna.

"Ma puoi insegnarmi su *Skype*." Chaz ingollò un bel sorso di quel liquido fresco e potente.

"*Skype*?"

"Attraverso il computer. Mi sembra di vederti mentre mi insegni. Sono il tipo d'uomo che da molta importanza all'aspetto visivo." Il suo sguardo scivolò sul corpo di Megan.

"Non c'è dubbio," disse lei con una risatina.

"Avrò bisogno di qualcosa che occupi le mie notti."

"Oh? Non c'è nessuna nel cast che possa...ehm...tenerti occupato?" Meg inarcò un sopracciglio.

"Potrebbe esserci. Forse però preferisco guardare te, mentre imparo qualcosa su come gestire il denaro." Le prese la mano.

Megan scoppiò a ridere e quasi rovesciò il suo drink.

"Certo. Come no. Preferisci me a qualche attrice meravigliosa." Sfilò la mano da quella di lui. *Nessun mano nella mano, nessuna manifestazione d'affetto in pubblico...mantieni le distanze.*

"Non sottovalutarti, Meg."

In quel momento tornò il cameriere, interrompendo la conversazione. "Lascia che ordini per te. Ti piace il manzo?"

Lei annuì.

"Okay. Due churrasco Gaucho e altre due Caipirinha, per favore."

"Ecco," Megan inserì uno dei due plichi di documenti in una busta. "Quando avrò finito quest'altro drink, non mi ricorderò nemmeno io cos'è il P/E."

Chaz infilò la busta tra di loro sulla panca. Arrivarono gli altri due cocktail e Megan si rilassò sul comodo divanetto.

*Momento terzo grado.* "Come hai cominciato a recitare?" Si voltò per guardarlo in faccia.

Chaz si spostò sul divanetto, come a cercare una posizione più comoda.

"È una storia molto noiosa. Parliamo di te." Si appoggiò all'indietro e prese il bicchiere dell'acqua.

"Qui sono io quella noiosa. Coraggio. Un'infanzia privilegiata e poi la School of Drama di Yale? Non sapevi cos'altro fare della tua vita?"

Chaz rise mestamente, e il suo sorriso non raggiunse i suoi occhi. "Direi l'opposto."

Il cameriere posò il secondo giro di drink sul tavolo.

"Avanti. Raccontami." Megan sorseggiò il suo cocktail.

Gli occhi di Chaz si ridussero a due fessure e il suo volto divenne una maschera imperscrutabile. Un muro invisibile si era appena innalzato tra di loro. *Dannazione! Che cosa ho combinato? Dov'è andato?*

'La storia della mia vita non è di pubblico dominio...e a me piace così." I suoi occhi s'adombrarono.

"Sono io, la tua consulente finanziaria. Discrezione è il mio secondo nome." Meg posò la mano sulla sua.

"È quello che dicono tutti. Ho visto molte carriere rovinate da qualche lingua lunga. A me non succederà." Chaz sfilò la mano da sotto quella di lei.

Il gelo nell'aria la fece rabbrividire. All'improvviso, Chaz era a milioni di chilometri di distanza. *Bella mossa, Meg. Il modo migliore per costruire la fiducia.* "Pensi che rovinerei la tua carriera?"

"Magari non direttamente, ma se tu parlassi con qualcun altro...I gossip sulle celebrità sono troppo piccanti per tenerseli per sé." Chaz sollevò il suo drink.

"Non tradirei mai la tua fiducia."

"Davvero? E quando un'amica insiste per sapere del *vero* me?" Inarcò un sopracciglio.

"Non ho molte amiche."

"Ne basta una." Chaz prese un lungo sorso.

"Tu hai problemi di fiducia, eh?" Meg addolcì il tono.

"Non sono uno stupido. Ho lavorato duramente per arrivare dove sono e non ho intenzione di rovinare tutto mettendomi a spettegolare con una donna." La rabbia rese la sua voce tagliente.

Megan si fece indietro di scatto, come se lui l'avesse schiaffeggiata. "Mi dispiace che la pensi così su di me." L'emozione le strinse la gola, rendendole impossibile proseguire.

"Non sei tu, è così...con tutti." Chaz posò la mano sopra le sue, ma Megan si ritrasse.

Sorseggiarono i loro cocktail in silenzio per un po'. Meg frugò alacremente nella sua mente in cerca di un segreto da condividere con lui.

"E se ti rivelassi un oscuro segreto su di me?"

"Non è la stessa cosa. Non offenderti, ma tu non sei una celebrità."

"Forse non potrai usarlo contro di me, ma confessarti una cosa che non ho mai rivelato a nessuno prima d'ora richiede una buona dose di fiducia." Questo attirò l'attenzione di Chaz, i suoi occhi si fissarono sul volto di Megan.

Il muro di ghiaccio tra di loro cominciò a sciogliersi un pochino. Megan notò che l'espressione di Chaz si era ammorbidita. "Non devi farlo per forza."

"Voglio farlo. In tutti i modi, è giunto il momento per me di dire la verità a qualcuno." Un'emozione intensa le invase il petto.

"Questo non cambierà la mia opinione sul condividere il mio passato." Chaz sollevò il palmo verso di lei.

"Se non vuoi che ti dica niente..." Megan bevve un sorso d'acqua per bagnarsi la bocca, che improvvisamente era diventata secca.

"Ti prego...per favore...vorrei ascoltarti." Questa volta, le dita di lui avvolsero le sue prima che lei potesse sottrarre la mano. Chaz chiamò il cameriere e ordinò un altro giro.

Megan inalò profondamente e lasciò uscire l'aria lentamente. Batté rapidamente le palpebre per tenere a bada le lacrime.

Raccolse i pensieri e chiuse le piccole dita intorno al pollice dell'uomo. "Mio padre scomparve."

"Cosa?"

"Mio padre scomparve." Megan espirò lentamente.

Quell'affermazione catturò completamente l'attenzione di Chaz. La sua maschera si dissolse.

"Mio padre adorava arrampicarsi in montagna...fare escursioni. Era il tipo d'uomo a cui piaceva stare all'aria aperta. Mia madre invece era, e lo è ancora, una pantofolaia. Lui andava a fare escursioni tre volte all'anno con un club, un gruppo di amici..." Megan si sentì stringere il petto, mentre il ricordo diventava sempre più chiaro. "Il giorno in cui uscì per quell'ultima arrampicata, lui e mia madre litigarono animatamente. Non erano mai andati molto d'accordo, a dire il vero, ma quella volta la lite fu molto, molto accesa. Uscì di casa furioso...non abbiamo mai più avuto sue notizie."

"Avete contattato i suoi compagni d'arrampicata?"

Megan annuì, la mano stringeva convulsamente il suo cocktail. "Si. Contattammo la polizia. Cercammo dappertutto. Sembra che terminato il viaggio, i suoi amici abbiano preso una direzione e lui un'altra. Mia madre pensò che ci avesse abbandonati."

Ci fu silenzio mentre Chaz catturava la mano di lei con entrambe le sue. "Io e mio padre avevamo un bellissimo rapporto. Diciamo che ci capivamo. Mia madre ha sempre preferito Mark. Non ho mai accettato il fatto che ci abbia lasciati...che ci abbia abbandonati."

"Quanti anni avevi quand'è successo?"

"Quindici e mi manca ancora oggi."

"Neanche una parola da parte sua da allora?"

L'emozione le impediva di respirare. Un nodo le strinse la gola, troncando ogni parola. Megan scosse la testa. Le lacrime—che fino a quel momento aveva tenuto a bada—sgorgarono irrefrenabili, scorrendo lungo le sue guance. Chaz la prese tra le braccia e la strinse forte a sé. Lei chiuse gli occhi e lasciò che il calore del suo corpo e la forza delle sue braccia la confortassero.

"Sono onorato che tu abbia deciso di parlarmene" sospirò lui, mentre le accarezzava i capelli.

Megan si calmò e si staccò da lui, appoggiandosi contro lo schienale del divanetto.

"E tua madre...e Mark? Cos'hanno pensato?"

"Mark incolpava mia madre e mio padre. Non ha mai perdonato nessuno dei due. Mia madre ha ottenuto il divorzio da mio padre...per abbandono del tetto coniugale. Ma nemmeno lei l'ha mai perdonato."

"E tu? L'hai perdonato?"

"Quando non si è fatto vivo in occasione della laurea... ho pensato che fosse morto. Con i successi di Mark...Papà non avrebbe mai..." la sua voce s'incrinò, "non ci avrebbe mai abbandonati. Mark si vergogna...non vuole che nessuno lo sappia. Non l'ha mai detto ad anima viva. A nessuno dei suoi compagni di squadra...a nessuno." Megan rovistò nella borsetta in cerca di un fazzoletto, evitando così lo sguardo carico di comprensione di Chaz. Quest'ultimo tracciò la scia di una lacrima sulla sua guancia con il pollice, asciugandola.

*Mark! Merda! Mark!* Le mani di Meg si fecero fredde, sbiancò in volto e sentì un brivido percorrerle la schiena. *Se Chaz lo dice a qualcuno...* "Non avrei mai dovuto dirtelo...se viene fuori, mio fratello mi ammazza. Oddio, se questa storia arriva ai giornali...ti prego...ti prego...ti prego." I suoi occhi si spalancarono e le sue mani attorcigliarono il fazzoletto mentre si mordeva il labbro. *Che cosa sto facendo? Non è un mio amico. È un socio in affari.*

Un piccolo sorriso incurvò gli angoli della bocca di Chaz.

Il cameriere portò loro altri due drink.

"Ora capisci come mi sento...riguardo al parlare del mio passato."

*Dio, ha ragione.*

Chaz si piegò verso di lei, posandole un bacio dolce sulle labbra. "Porterò il tuo segreto con me nella tomba."

"Grazie," sussurrò lei, col labbro inferiore che tremava.

Megan prese un lungo sorso dal suo drink, mentre un debole fremito le attraversava il corpo. Un altro sorso di Caipirinha, e un piacevole calore cominciò a scorrerle nelle vene, calmando le sue emozioni. Esalò un profondo respiro.

Quando il cameriere ritornò con le loro ordinazioni, Chaz si allontanò, tornando a rilassarsi contro lo schienale del divanetto. Il rumore dei piatti contribuì a spezzare l'atmosfera cupa.

"Ha un aspetto delizioso," disse Megan, osservando la bistecca circondata da riso e farofa che troneggiava nel suo piatto.

Quando la cena giunse a termine, Chaz estrasse il suo cellulare. Megan posò la mano sul telefono. "Si sta bene fuori. Camminiamo un po'. È già abbastanza buio, molti non ti riconosceranno."

Chaz digitò un numero sul telefono. "Andiamo a casa a piedi, Bobby. Ci vediamo dopo."

Passeggiarono lungo la Sesta Avenue finché giunsero a Central Park, in prossimità della Cinquantanovesima.

"Prendiamo il parco?"

"È tardi...non è un po' pericoloso?"

"Non fin dopo mezzanotte. Coraggio, un po' d'avventura." Chaz le offrì la mano. Il suo sorriso smagliante la scaldò. Lui allacciò le dita alle sue, guidandola all'interno del parco e lungo il sentiero che portava a nord.

# Capitolo Quattro

Si levò una leggera brezza e Megan si circondò il busto con le braccia per scaldarsi. Chaz si tolse la giacca e gliela posò sulle spalle. Il frusciare degli alberi, ricchi del verde delle nuove foglie primaverili, creava una musica piacevole, mentre passeggiavano lungo il sentiero—senza alcuna fretta di raggiungere la loro destinazione.

"Dev'essere stato orribile per te...quando tuo padre è scomparso."

"Per molto tempo ho pensato che l'avrei visto entrare dalla porta. Sono passati così tanti anni senza alcun contatto. Non posso credere che ci abbia lasciato senza nemmeno una parola."

Chaz le circondò le spalle con un braccio e l'attirò più vicina a sé. Lei sospirò e si allineò al suo passo.

"Anche la mia vita non è stata tutte rose e viole."

Megan lo guardò.

"Se questo arriva ai giornali, saprò chi è la fonte," la avvisò.

Megan si disegnò una croce sul cuore con un dito. "Lo giuro."

"Mia madre si faceva di crack. Sono nato nel sud del Bronx senza un padre. Quando avevo nove anni, mia madre morì di overdose. Sono andato a vivere con delle famiglie affidatarie. Mi sono rifugiato in un mondo fantastico...l'unico modo per riuscire a sopportare la mia vita. Un giorno ero un brillante scienziato...il giorno dopo, un supereroe in incognito...qualunque cosa, tranne chi fossi davvero. Fingere di essere qualcun altro mi permetteva di mantenere la mia sanità mentale, anche se i miei insegnanti non erano molto contenti. I miei genitori affidatari pensavano che fossi pazzo, così passavo da una famiglia affidataria all'altra."

Megan sussultò, incapace di trattenersi.

"Un'insegnante delle medie, Emily Gold, ebbe compassione di me. Incoraggiò le mie fantasie, a cui si riferiva definendole 'recitazione.' La signora Gold mi fece diventare la star della recita scolastica. Una volta che ebbi sentito gli applausi, non potei più farne a meno."

Megan gli passò un braccio intorno alla vita e lo strinse leggermente.

"Poco dopo, Emily e suo marito mi presero in casa loro come bambino in affido. Con il loro aiuto, i miei voti migliorarono. Entrai nel programma di recitazione del liceo LaGuardia. E da lì, sono approdato alla School of Drama di Yale... il resto è abbastanza noioso."

"Mi ero fatta un'idea completamente sbagliata."

"Capita con la maggior parte delle persone. Specialmente quando sentono Yale. Ho potuto studiare lì grazie ad una borsa di studio."

"Dev'essere stata dura per te—con tutto ciò che hai passato. Una borsa di studio...wow! Non è facile. È stupefacente vedere dove sei arrivato."

"I tempi duri mi hanno reso autosufficiente."

"Cos'è successo a Emily e Max?"

"Avevano entrambi oltre i sessant'anni, quando sono andato a stare con loro. Io ora ho trentadue anni. Fai i tuoi calcoli. Sono entrambi passati a miglior vita."

"Mi dispiace tanto, Chaz." Gli strinse il braccio.

Quando Chaz ebbe finito di raccontare la sua storia, avevano raggiunto l'uscita del parco che conduceva al palazzo di Megan. "Non è una bella storia. Non voglio che diventi pubblica. Non voglio la pietà di nessuno." Chaz si fermò.

Megan riconobbe il dolore che balenò nelle profondità dei suoi occhi scuri. Per un attimo, intravide il ragazzino che era stato, rannicchiato nell'oscurità, solo.

"Naturalmente. Lo capisco...ma non è nemmeno una storia finita."

"Sono un 'work-in-progress,' questo è certo," disse Chaz, ridendo.

"Non ne parlerò con nessuno...te lo prometto." Megan gli spostò di lato i capelli che aveva sulla fronte.

Il petto di Chaz si sollevò, mentre faceva un profondo respiro. Un'espressione di sollievo comparve per un attimo sui suoi lineamenti. *Non l'ha mai raccontato a nessuno? Fiducia? Si fida di me?*

Chaz l'attirò nell'ombra e premette le labbra sulle sue. Le passò le dita tra i capelli, mentre rendeva il bacio più profondo. Nell'attimo in cui la lingua di Chaz toccò la sua, un fremito la percorse da capo a piedi. Quando infine la lasciò andare, Megan riusciva a malapena a respirare.

"Se solo potessi migliorare le cose..." mormorò lei, prendendogli il viso tra le mani.

"L'hai appena fatto." Un sorriso gli incurvò un lato della bocca.

*Non è affatto l'uomo che pensavo che fosse.*

"Non so perché mi sto fidando di te con la mia storia...Ti conosco appena," disse, aggrottando le sopracciglia.

"Non lo rivelerei a nessuno...nemmeno sotto tortura."

"Forse non è necessario che ti spinga così in là. Basta che non lo posti su *Facebook*, okay?"

"Mai." Megan gli era così vicina che poteva sentire il calore emanato dal suo petto.

"Grazie." Le sfiorò la fronte con la punta delle dita. "Immagino che se posso fidarmi di te con sette milioni di dollari, posso fidarmi anche con il mio segreto più prezioso."

Proseguirono fuori dal parco e lungo Central Park West, attraversando zone d'ombra e altre illuminate dai lampioni.

*È lavoro, Megan!*

Arrivarono davanti al palazzo di Megan, dove si trattennero ancora. Lei non accennò ad entrare nell'edificio. Lui non se ne andò.

"Puoi chiamarmi ogni volta che desideri sapere come stanno andando le cose con il tuo portafoglio. Inviamo dei resoconti mensili, ma sarò sempre disponibile per te, ventiquattro ore su ventiquattro e sette giorni su sette." Megan spostò il peso sull'altra gamba.

"Oh?" Chaz inarcò le sopracciglia. "Posso chiamarti alle tre del mattino per...un consiglio?"

"Potrebbe non valere molto a quell'ora ma...certo." Megan sorrise.

"E se non sei sola?" Un sorriso malizioso si dipinse sul suo volto.

"Oh, sarò sola."

"Sicura?"

"Sicura. E tu?" Megan si appoggiò contro il muro del palazzo.

"Anche io sono per conto mio ora." Chaz si sostenne con una mano contro il muro.

Megan lo fissò.

"Sono felice che tu...non abbia legami." I suoi occhi brillavano alla luce dei lampioni.

"Oh?" Megan inarcò le sopracciglia.

"Mi piace essere la priorità per le donne della mia vita."

"Ora sono una donna nella tua vita?" Si raddrizzò.

"Naturalmente. Sei la mia consulente finanziaria...e una donna."

"Potresti non pensarla allo stesso modo su di me, dopo che avrò esaminato le tue abitudini di spesa." Megan nascose un sorriso dietro la mano.

"Tu farai cosa?" Chaz spalancò gli occhi.

"Ti darò dei suggerimenti su come ridurre le tue spese e risparmiare più soldi...come ad esempio, liberarti del tuo chauffeur."

"Io e Bobby siamo cresciuti insieme. Bobby mi copre le spalle e io faccio altrettanto con lui. Mi ha messo in riga quando ne ho avuto bisogno. Quando non sono qui, usa la macchina per la sua attività di servizi automobilistici. Mantiene sua moglie e il loro bambino. Potresti assumerlo anche tu, se avessi bisogno di una macchina."

"Bobby rimane. Ricevuto."

"Esaminerai proprio ogni spesa, ogni assegno? La cosa mi fa sentire leggermente nudo."

"Nascondi delle spese per prostitute che non vuoi che veda?" Megan inarcò un sopracciglio.

Chaz diventò tutto rosso. "No...ma sembra una cosa...invadente—nel migliore dei casi."

"Fa parte del servizio della Dillon and Weed. Analizzo il modo in cui spendi i tuoi soldi e ti suggerisco come risparmiare o spendere in maniera più oculata."

"Hmm. Non sapevo che questo facesse parte dell'accordo."

Megan gli posò una mano sul braccio. "Ehi, se la cosa ti mette a disagio, eviterò di farla, questa non è una visita dal medico. Devi essere d'accordo...sei tu a comandare."

"Bene." Un'espressione di sollievo distese i lineamenti di Chaz.

"Nessun problema. Voglio solo che tu sia assennato."

"E tu sei mai...*non* assennata?" La guardò, inarcando un sopracciglio.

"Raramente," ammise lei.

"Voglio vedere se non riesco a trovare un paio di cose meno assennate che dovresti concederti." I suoi occhi brillarono, mentre le rivolgeva un caldo sorriso.

Megan cercò di distogliere lo sguardo, ma l'espressione di Chaz era così sexy, così invitante. I suoi occhi scuri scintillavano, l'ombra sulla sua guancia sembrava invitarla a toccarlo, e le sue labbra erano così provocanti che non poté costringersi ad allontanare lo sguardo da lui; o da sé stessa. Indugiò davanti al Royal, prima fissandosi le punte dei piedi e poi sollevando lo sguardo verso le stelle. I suoi occhi vagavano ovunque, tranne che in quelli di Chaz.

"Posso accompagnarti di sopra?" Chaz le prese il gomito.

"Da qui in poi non corro pericoli..."

"Vorrei vedere dove vivi. Potrei voler prendere casa a Manhattan..."

Megan gli fece cenno di seguirla. Lui s'incamminò dietro di lei oltre la porta.

"Salve, Briny," Megan salutò il robusto portiere, che stava tenendo aperta la porta di vetro e ferro battuto.

L'uomo annuì nella sua direzione prima d'iniziare improvvisamente a sorridere.

"Si, lui è Chaz Duncan. Chaz, Briny."

Chaz strinse la mano dell'uomo. Un carlino si sollevò dalla sua cuccia vicino alla scrivania del portiere e stiracchiò le zampe anteriori.

"Non riesco a credere che Grady Spencer sia qui nel mio palazzo." Briny si tolse il cappello.

"Avanti, Tenente!" Chaz fece il saluto tipico di Grady Spencer nei suoi film. Briny rispose al saluto.

"Cosa ci fa qui Baxter?" chiese Megan, piegandosi per dare una grattatina dietro alle orecchie al carlino cicciottello.

"La signora Bender è in ospedale, così mi prendo cura di lui finché non ritorna."

"Niente di serio, spero."

"La famiglia non me l'ha detto," spiegò Briny.

La porta dell'ascensore si aprì in quel momento. Megan prese Chaz per un braccio e schiacciò il pulsante per il quattordicesimo piano.

"Hai fan dappertutto, eh?" Megan si appoggiò alla parete dell'ascensore.

"Non mi viene mai a noia." Chaz le sorrise.

Aprì la porta di casa, accendendo la luce, mentre Chaz la seguiva all'interno. Lasciando cadere le chiavi dentro la ciotola d'argento sulla credenza, Megan si tolse le scarpe e si sgranchì le dita dei piedi.

Lo spazioso appartamento aveva un piccolo vestibolo che si apriva su un'ampio soggiorno.

"Per la cucina dobbiamo passare di là" disse, indicando un passaggio a volta sulla sinistra.

"La tua camera?" chiese lui con un sorriso malizioso.

"In fondo al corridoio, insieme alle altre camere," Meg fece segno di seguirla verso destra, ignorando l'insinuazione di Chaz.

Le finestre del soggiorno erano alte tre metri. Un grande divano componibile di pelle nera—cosparso di cuscini rossi, arancioni e bianchi—abbracciava una parete. Di fronte al divano, troneggiava un impressionante televisore a schermo piatto. Un tavolino da caffè in vetro e cromo s'incastrava perfettamente all'angolo destro del divano. Nell'angolo opposto, c'era un tavolo di vetro rotondo e quattro sedie in ebano e cromo dal design moderno. Alcuni cubi in plexiglass nero fumè erano impilati ad arte e al loro interno libri e oggetti artistici erano disposti con gusto. Le pareti di un bianco brillante erano adornate da cinque quadri ad olio moderni, che confermivano calore ed anche un tocco di colore alla stanza...il perfetto tocco finale.

"Wow, hai arredato tu questa stanza?"

"Insieme a Penny, la moglie di Mark."

"È bellissima."

Qualche metro oltre il vestibolo era sistemato un pianoforte verticale nero, con una panca anch'essa nera infilata sotto la tastiera. Chaz si avvicinò e sollevò la protezione dalla tastiera. Fece scorrere la punta del pollice sui tasti. Megan sussultò quando il suono echeggiò nell'appartamento vuoto.

"Chi suona?" Chaz si voltò verso di lei.

"Penny ed io."

"Suona qualcosa."

Megan aprì lo spartito che aveva lasciato fuori. Chaz si spostò per sistemarsi dietro di lei. Lei scelse la canzone "If I Loved You." Restando dietro di lei, lui cominciò a cantare. La sua bellissima voce da baritono era perfetta per quella canzone. Le posò la mano sulla spalla. Il calore emanato dal suo corpo la scaldava. Mentre lui cantava, le parole riecheggiavano nella testa di Megan, descrivendo ciò che stava cominciando a provare per quell'uomo. Se l'avesse amato, sarebbe stata capace di ammetterlo, o si sarebbe sentita timida, come nella canzone? E lui avrebbe pensato a lei semplicemente come ad un'altra groupie, un'altra donna che voleva crogliolarsi di riflesso nella sua fama?

Quando la canzone finì, Megan sospirò e chiuse il libro di canzoni. *Non può sapere ciò che pensi. Calmati, amica. Non lo conosci bene...ricorda che lui è un cliente.*

"È meglio che vada." Chaz tolse la mano dalla spalla di Megan.

Lei lo seguì alla porta.

Si voltò a guardarla. "Posso chiederti un favore?"

"Tutto quello che vuoi," rispose lei.

"Tutto?" Ripeté lui con un luccichio sexy negli occhi mentre sollevava le sopracciglia. Le sue labbra, che attiravano baci da lontano, s'incurvarono in un sorriso invitante.

Megan gli diede uno schiaffetto scherzoso sulla spalla. "Quasi tutto...sai cosa voglio dire. Quindi?"

"Suoni così bene...Sto facendo le audizioni per un musical a Broadway..."

"Broadway?"

"Devo cantare per l'audizione e ho bisogno di un posto in cui esercitarmi..."

"Vorresti esercitarti qui? Mentre io suono?" Megan unì le mani di fronte al petto.

"Sarebbe un lavoro impegnativo. Sto prendendo lezioni di canto, ma sono ancora lontano dalla qualità richiesta a Broadway. Significherebbe ripetere le cose infinite volte..."

"Sì!" Megan batté le mani. *Okay, ora sei ufficialmente una groupie.*

"Non ritratterò l'accordo con la Dillon & Weed, se mi dici di *no*. Questa è una cosa strettamente personale...non fa niente..."

"Mi piacerebbe da morire! Che emozione...allenare una star di Broadway!" Megan batté nuovamente le mani.

"Non ho ancora la parte," rise lui.

"L'avrai."

"Grazie mille. Possiamo cominciare tra un paio di settimane, appena finisco questa serie della *PBS*?"

"Naturalmente. A proposito, quand'è stata l'ultima volta che hai mangiato cibo fatto in casa?"

"Non lo so...probabilmente dieci anni fa."

"Oh mio Dio. Prima sessione, ti preparerò una bella cena."

"Non vedo l'ora." Chaz si avvicinò a lei. Le spostò delicatamente una ciocca di capelli dagli occhi. Si chinò per baciarla teneramente. "Buonanotte, Meg." Il suo respiro la solleticava.

"Buonanotte." Gli sfiorò la guancia per un breve istante.

Megan lo guardò camminare lungo il corridoio. L'ascensore arrivò in fretta. Quando vide che era vuoto, Megan sorrise. *Nessuno l'avrebbe messo a disagio.* Il tempo di un breve saluto con la mano, e se n'era andato. Quando le porte dell'ascensore si chiusero, le sembrò che l'ingresso si fosse rimpicciolito. Le luci dell'appartamento le sembrarono più deboli, una volta che fu entrata. La sua assenza rendeva l'appartamento vuoto.

Meg si svestì e scivolò nel letto. Anche dopo diversi drink, non si sentiva stanca. La sua mente lavorava febbrilmente. *Devo allenarmi. Come posso essere abbastanza brava da provare con Chaz Duncan? Devo far accordare il piano.* Il sonno la sorprese mentre cominciava a stilare una lista mentale delle cose da fare.

Maggio era un mese bellissimo a New York, ma Chaz non vide praticamente mai il sole, perché passò intere giornate dentro uno studio cinematografico. Le riprese dei dodici episodi del programma di Storia Americana si protraevano fino alle nove tutte le sere. Mantenere una tabella di marcia così serrata era necessario, dato che la messa in onda dello spettacolo era programmata per il quattro di Luglio. A fine prove, Bobby l'attendeva con la limousine davanti alla porta degli studio per portarlo al Wellington Arms, l'elegante edificio di proprietà di Quinn Roberts a Central Park West, sulla Settantaquattresima.

Quinn—un uomo alto oltre un metro e ottantacinque con capelli castani e occhi azzurri—si divideva tra i film e il poltrire a casa. Negli intervalli tra le riprese della serie *Le avventure di Joe Martin*, Quinn si rilassava nel suo grande appartamento. La compagnia di Chaz era sempre ben accetta e a sua volta, Chaz risparmiava i soldi dell'hotel stando da Quinn. A parte questo, gli piaceva passare del tempo col suo vecchio amico. Chaz si fidava di Quinn...ne avevano passate tante insieme.

"Una birra?" offrì Quinn mentre chiudeva la porta d'ingresso.

"Hai qualcosa di più forte?"

"*Absolut*?"

"Perfetto. Aggiudicato."

Quinn gli mostrò i pollici all'insù prima di sparire in cucina. Chaz si appoggiò alla porta per un istante, poi si diresse verso il divano scamosciato color cioccolato. Si lasciò cadere tra i cuscini. Quinn ritornò con un bicchiere di vodka con ghiaccio in una mano e una bottiglia di birra nell'altra.

"Giornata dura?"

Chaz annuì mentre buttava giù un gran sorso del suo drink. "'La signora Jefferson non conosce le sue battute." Chaz si tolse le scarpe.

"Chi è?" Quinn si portò la bottiglia di birra alle labbra.

Chaz appoggiò i piedi sul tavolino da caffè in legno di quercia. "Anna Jason," sospirò.

"La conosco. Ehi, è il suo fottutissimo lavoro. È assolutamente irritante," disse Quinn, posando la sua bottiglia su un sottobicchiere sul tavolino.

"Un sottobicchiere? Hai ancora un uccello o ti sei trasformato in una donna?"

"Ho intagliato questo tavolino con le mie mani. Non lascerò che una stronza di una birra lo rovini."

"Giusto, giusto. L'avevo dimenticato."

"Raccontami della tua nuova tipa." Un sorriso si dipinse sul volto di Quinn.

"Non è una nuova tipa, è la mia consulente finanziaria. Dovresti andarci anche tu."

"È bona?"

"Sì, e anche intelligente."

"Dai, Chaz, è la tua nuova ragazza. Stai parlando con me." Quinn prese un altro sorso di birra.

"No, davvero, si tratta di affari. Strettamente di affari."

"L'hai già baciata?"

Chaz si sentì avvampare.

Quinn fece una risatina. "Era quello che pensavo. È la tua nuova ragazza."

"Partirò per girare il nuovo episodio di *West of the Sun* tra due settimane circa, appena finite queste riprese. Non può durare molto, non credi?" Chaz tranguigò ciò che restava della sua vodka poi si passò la mano tra i capelli.

"Un'altra ragazza di passaggio? Non ti stanchi mai di tutto il corteggiamento prima di portartele a letto?"

"Ne vale sempre la pena." Un sorriso malizioso da gatto del Cheshire comparve sul suo volto.

"Non l'ultima volta."

"Okay, okay, Rhonda è stata una cattiva idea," disse Chaz, scrollando le spalle.

Quinn scoppiò a ridere.

"Disastro rende meglio l'idea."

Chaz lanciò uno sguardo cattivo verso Quinn. "Lei è diversa."

"Oh?" Quinn sollevò un sopracciglio. "Non è la prima volta che ti sento dire così."

"Non è dell'ambiente. È intelligente e divertente."

"Pensavo avessi detto che non saresti mai uscito con qualcuno che *non* fosse dell'ambiente." Quinn cercò di nascondere un sorriso.

"Meg è...lei mi vede come un ragazzo normale. Non è attratta dai VIP. Suo fratello è Mark Davis..." Chaz si piegò in avanti sul divano.

"Mark Davis dei Delaware Demons?" Quinn si raddrizzò.

"Sì."

"Accidenti, ti sei fatto dare dei biglietti? Quando andiamo a vedere una partita?"

*Okay, Meg. Capisco. Dev'essere dura essere sua sorella.* "Mi ucciderebbe. Ogni ragazzo con cui è uscita le ha sempre chiesto del fratello. È stanca. Mi ricorda un po' noi."

"Vuoi dire, 'com'è lavorare con Chaz Duncan?'" disse Quinn imitando la voce di una donna e sbattendo le ciglia.

Chaz sbuffò e rise contemporaneamente. "Se proprio vuoi andare alla partita, i biglietti li possiamo comprare."

"È sexy?" Quinn prese un sorso di birra.

"È sexy e non lo sa."

"Quelle sexy lo sanno sempre," lo sbeffeggiò Quinn.

"Non questa qui. Sul serio. Meg non ha idea di quanto sia sexy. Si mette questi maglioni scollati per andare al lavoro e poi si piega sulla scrivania di fronte a me—e non di proposito, ma come se si dimenticasse di ciò che indossa. Gran bel davanzale. Non si rende neanche conto che mi sta mostrando tutto."

"Una pupa sexy che non sa di esserlo? Ma dove trovi queste donne, Chaz?"

"Pura fortuna."

"Ha un'amica?"

"Dov'è finita Selena?"

"Non ha funzionato."

"Mi dispiace. Era sexy. Un fiammifero pronto a prendere fuoco"

"Un candelotto di dinamite rende meglio l'idea. Una bella rompicoglioni. Sempre esigente, sempre a chiedere attenzioni...costantemente. Mamma mia," disse, scuotendo la testa.

"Meg è indipendente. Forse troppo indipendente."

"Avevo capito che era solo una consulente finanziaria." Quinn si voltò, guardando l'amico con sguardo interrogativo.

"Vorrei fosse qualcosa di più."

"Quando mi farai conoscere questa donna perfetta?"

"Perchè mai dovrei presentartela?" Chaz lo guardò con un sopracciglio inarcato.

"Pensavo volessi che si prendesse cura dei miei beni?"

"Non quel tipo di beni, testa vuota!"

"Paura di un po' di competizione?" Quinn si raddrizzò.

"Non sono stupido. Tutto qui."

"Non vogliamo mica rovinare le cose con 'l'amore della tua vita' qui." Quinn risistemò la bottiglia sul sottobicchiere.

"Sta zitto, Quinn." Chaz lanciò uno dei cuscinetti contro il suo amico.

Quinn glielo rilanciò. Nel giro di pochi secondi, il salotto divenne teatro di una vera e propria battaglia di cuscini.


"Megan Davis." Meg rispose al telefono, usando il suo tono professionale.

"Sembri così...formale."

"Si. È il mio ufficio, ricordi?" Megan sorrise al suono della sua voce.

Chaz ridacchiò.

"Cosa posso fare per lei, signor Duncan?"

"Puoi cenare con me stasera. Domani non vado al lavoro...gireranno un'altra scena con un attore che ha altri impegni. Quindi, dato che domani sono libero, stanotte posso fare tardi."

"Tardi? Cos'avevi in mente?" Meg sollevò le sopracciglia.

"Una cena. Semplicemente una cena."

"Davvero?" Ora fu lei a ridacchiare.

"Quando ho le riprese, devo essere sul set alle cinque del mattino, quindi vado a letto molto presto. Poiché non finisco mai prima delle nove di sera, di solito mangio qualcosa al volo, mi rilasso un po', e vado dritto a dormire. Ma stasera posso...ehm...fare un po' di vita sociale."

"In questo caso...certo. A che ora?"

"Uhm, che ne dici delle nove e un quarto?"

Megan scoppiò a ridere. "Una cena dopo le nove?" Appoggiò il suo caffè.

"Oh, dimenticavo. Sto parlando con persone normali qui."

"Magari il dessert?"

"Perfetto! Il dessert! Indossa dei jeans. Bobby ed io saremo davanti a casa tua alle nove e un quarto."

"Si tratta di lavoro?"

"Uh...a dire il vero no. Dev'essere per forza lavoro?"

"Bè...tu sei un cliente...e..."

"Voglio sapere perché hai preferito le azioni della Gregory Company a quelle della Colorado Mining. Questo può bastare come lavoro?"

"Perfetto...uh...bene. Ci vediamo dopo."

Megan chiuse la comunicazione e appoggiò il mento su una mano. *Un appuntamento.* Sorrise.

"Occhi sognanti...dev'esserci lo zampino di Chaz Duncan." Brielle era appoggiata allo stipite della porta, i biondi capelli lucenti e le labbra perfettamente truccate di rosso.

Un'ondata di rabbia la fece avvampare. Odiava che Brielle facesse le sue congetture su di lui. Brielle non faceva nulla per nascondere la sua gelosia nei confronti di Megan, a meno che Harvey Dillon o Carleton Weed non fossero nei paraggi. In quel caso, tesseva le sue lodi. Inoltre, il fatto che l'ufficio di Brielle fosse proprio di fronte al suo, dal lato opposto del corridoio, rendeva impossibile per Megan lavorare senza essere osservata. Meg rivolse lo sguardo allo schermo del suo computer. "Se l'essere felici perché il mercato azionario è in rialzo si può definire così, allora sì, immagino di avere un'espressione sognante."

Lo sguardo di Brielle s'inasprì. "Ad ogni modo, cosa si dice di nuovo con Duncan?"

"Gestisco il suo portafoglio. Punto. Ora devo tornare al lavoro."

Megan si rimise a fissare lo schermo del suo computer, nella speranza che Brielle se ne andasse. La bionda s'incamminò verso la parte opposta del corridoio, fermandosi per rivolgere un sorriso seducente ad Andy. Gli fece una carezza sotto al mento prima di entrare nel proprio ufficio. Con gli occhi ridotti a due fessure, Megan rimase a guardare attraverso la parete di vetro del suo ufficio. Vedere Brielle che cercava d'ingraziarsi Andy la rendeva nervosa. *Che cosa voleva da lui?*

# Capitolo Cinque

Alle sette del pomeriggio, Megano tornò a casa e mise a scaldare gli avanzi del giorno prima. Si cambiò, infilandosi un paio di jeans e un altro dei maglioni che aveva comprato con Penny, uno color corallo con una profonda scollatura. Mentre mangiava, Megan focalizzò l'attenzione sui rapporti annuali e sui grafici del mercato azionario.

Alle nove e un quarto, salì in ascensore per percorrere la breve distanza fino all'ingresso. Intravide Baxter che dormiva su un piccolo tappetino sul retro. Lanciò un'occhiata prima a lui e poi a Briny.

"La signora. Bender è ancora ammalata," spiegò Briny.

"Baxter è fortunato ad avere lei." Megan si piegò per dare una grattatina dietro alle orecchie al piccolo carlino addormentato.

Briny annuì, si levò il cappello in segno di saluto e le aprì la porta.

Quando uscì dall'edificio, Meg trovò Chaz ad aspettarla appoggiato alla limousine. Afferrato un piccolo cestino, lui le venne incontro e la prese per mano.

"Central Park." Tenendola per mano, la condusse verso sud.

"Ma è quasi buio."

"Più è buio, meglio è." Megan scorse una luce maliziosa negli occhi scuri di lui, mentre lo seguiva lungo il sentiero.

"Cosa c'è nel cestino?"

"Moscato, un vino dolce, due calici in plastica e fragole affogate nel cioccolato."

Megan sentì l'acquolina in bocca.

“Dove siamo diretti?”

“Al Ramble.” Chaz percorse la Central Park West con Megan al suo fianco.

“Al Ramble? È un buio e deserto da quelle parti…c’è gente di tutti i generi che bazzica lì.”

“Hai paura?”

Megan rabbrividì.

“Sei con me. Nessuno ti darà fastidio. Non hai nulla da temere. E ho anche due torce.” Chaz aumentò la stretta sulla sua mano, mentre l’attirava più vicino.

“Conosci l’arco di pietra all’interno del Ramble?”

“Cerco di stare alla larga dal Ramble. Finisco sempre col perdermi,” gli confessò lei.

“Non preoccuparti, lo conosco bene. L’arco è il mio posto fortunato.”

“Posto fortunato?” Megan sollevò le sopracciglia.

“Ho fatto visita all’arco prima di ogni cambiamento fortunato che ho avuto nella vita.”

“E vuoi andare lì per avere un po’ di fortuna con l’audizione per Broadway?” Accelerò l’andatura per tenere il passo con le lunghe falcate di Chaz.

Lui scoppiò a ridere.

“Per cosa, sennò?” chiese Megan, rivolgendo lo sguardo verso di lui, mentre rallentavano.

“È un segreto.” Le stampò un bacio veloce sulla punta del naso.

Quando raggiunsero l’Ottantunesima Strada, svoltarono a sinistra e s’immersero nel parco, superando il campo dedicato a Diana Ross, silenzioso e deserto. S’inoltrarono sempre di più nel fitto del giardino, cosparso di panchine e fiori primaverili in piena fioritura.

“C’è ancora abbastanza luce per vedere i tulipani e gli iris.” Gli occhi di Megan s’illuminarono alla vista di quei fiori dai colori brillanti.

"Andiamo al Shakespeare Garden." Chaz la guidò lungo il sentiero pavimentato che portava al Teatro di Shakespeare, poi virò a destra. La staccionata le riportò alla mente le vacanze in campagna quando era piccola. Piccoli fiori colorati, luminosi nella luce fioca del crepuscolo, tracciavano il percorso della recinzione in legno insieme ai lampioni illuminati. Bouquet di rose bianche e rosa in boccio disseminati lungo il sentiero erano una delizia per i loro occhi. Le rose, traboccanti del loro dolce effluvio, profumavano l'aria, seducendo i loro nasi.

"Questo è uno dei miei posti preferiti," disse Chaz, rallentando il passo.

"Non ho mai visto così tante rose in un posto solo."

Le cinse le spalle con un braccio. Passeggiarono in quel dedalo di sentieri erbosi. "Sai orientarti qui, vero?"

"Te l'ho detto." Chaz svoltò a sinistra.

"Porti molte ragazze all'Arco?" Megan sbirciò nella sua direzione, nella luce che scemava sempre di più.

"Tu sei la prima."

Megan fece scorrere il braccio intorno alla sua vita e si avvicinò di più a lui.

Lui si fermò all'improvviso ad indicare qualcosa. Megan alzò lo sguardo. "Come fanno le pietre a stare insieme in quel modo?" Megan si avvicinò, osservando la struttura.

Lui scrollò le spalle. "Non ne ho idea."

"È un'opera d'arte."

Chaz la condusse verso una panchina proprio di fronte all'arco, dove avrebbero potuto mangiare. Aprì il cestino e stappò la bottiglia di vino, e procedette a versarlo nei due bicchieri. Megan ne prese un sorso. "Mmm...delizioso."

Le passò un contenitore di plastica. Meg lo aprì, rivelando una dozzina di fragole giganti per metà ricoperte di cioccolato fondente. Ne prese una tra le dita, portandola lentamente alle labbra di Chaz. I loro sguardi s'intrecciarono, mentre lui schiudeva le labbra intorno a quel frutto succoso. Un morso, e un rivolo copioso di succo gli colò sul mento. Megan si piegò leggermente in avanti, ma si trattenne prima di ripulirgli la faccia con la lingua. Invece, tirò fuori un tovagliolino dal cestino.

"Stavi per...?"

Lei annuì, prima di posargli un dito sulle labbra, mentre gli asciugava via il succo. Raccogliendo una fragola, Chaz ripeté i movimenti di Megan, ma questa volta le leccò via il succo dal mento. Le sue labbra scivolarono su quelle di lei spontaneamente. Megan finì di masticare e deglutì proprio mentre la lingua di Chaz le attraversava il labbro inferiore, provocandole un fremito nel basso ventre e accendendo la sua passione.

Lui l'attirò a sé, finché i loro petti non furono a contatto e la baciò con trasporto—muovendo le labbra sulle sue finché lei non aprì la bocca per accoglierlo. Megan posò le mani sulle sue ampie spalle e poté sentire i muscoli della sua schiena guizzare attraverso il fine tessuto della sua giacca a vento. Il sapore di fragola mischiato alla sensazione della lingua di Chaz sulla propria la eccitò. I suoi capezzoli inturgiditi bramavano il suo tocco quasi dolorosamente.

Chaz fece scorrere le mani sulla schiena di Meg, colmando la distanza tra di loro, così che i seni di lei si trovarono premuti contro il suo petto. Spostò le mani più in alto e le sue dita giocarono con le punte dei suoi capelli. Lei non riuscì a resistere e si abbandonò al desiderio di essergli vicina.

Lui inclinò la testa per ricevere il bacio più profondamente. Meg si sentì fluttuare, la sua mente era completamente scollegata. Tutto ciò che riusciva a fare era sentire le mani di lui sul suo corpo e le sue labbra sulle proprie, morbide eppure esigenti. Inalò il suo profumo inebriante che si mischiava a quello del suo dopobarba. Il desiderio quasi doloroso che provava accese in lei un fuoco così ardente che le sembrò di prendere a fuoco da capo a piedi. Strinse le cosce, ma quel gesto non fece che aumentare il suo desiderio. Prima che potesse trattenersi, gemette nella bocca di Chaz.

Incoraggiato da quella reazione, Chaz staccò la bocca da quella di Megan e si spostò sul suo collo, bruciandole la pelle con le labbra e la lingua. Con destrezza, le abbassò la cerniera della giacca e la fece scivolare lungo una spalla, permettendo così alle sue labbra di continuare il loro percorso. Le sue mani erano posate saldamente sulla vita di lei. Meg sentiva i capezzoli pungere dal bisogno di essere toccati. Come se potesse leggerle nella mente, Chaz fece scorrere la mano lungo il suo torace fino a coprirle il seno. Il momento in cui le sue dita si chiusero sul capezzolo di Megan, lei si sentì trafiggere da una fitta di desiderio pungente nel suo punto più intimo e sussultò.

Chaz sollevò la testa.

"Scusa, mi sono lasciato prendere."

Megan aveva gli occhi spalancati, un verde scuro di passione. Due parole le scivolarono fuori dalle labbra senza che la sua mente se ne rendesse conto.

"Non fermarti." Era quasi un gemito.

I loro occhi s'incontrarono. Megan si sollevò e tracciò la linea sensuale del labbro inferiore di Chaz. Lui continuò a fissarla finché lei non fece scivolare la mano sul suo petto per poi avvolgere le dita intorno al suo collo. Lo attirò a sé dolcemente e le loro labbra si ritrovarono. Un piccolo sospiro le sfuggì dalle labbra mentre si arrendeva al bacio di lui.

Come priva di una volontà propria, si sciolse contro di lui, sentendo i muscoli forti del suo petto contro di sé. Lo voleva, lo voleva con ogni fibra del suo essere. Presa dalla passione, non si fermò a pensare...a nulla. Chaz sollevò la mano lentamente, come se stesse lottando, e perdendo, contro il suo desidero di toccarla. Ancora una volta, la sua mano catturò uno dei suoi seni e lo strinse delicatamente, mentre con le labbra le tempestava il collo di teneri baci.

"Lascia che ti tocchi," le sussurrò, mentre con le dita massaggiava la parte superiore del suo seno ora esposta.

"Sì," mormorò lei con le labbra contro il suo collo, chiudendo gli occhi.

Con enorme sforzo, Chaz si tirò indietro, abbassò la mano e si separò leggermente da lei. "Non qui," le disse in un sospiro.

Megan si allontanò da lui, togliendo la mano dal suo petto. Rabbrividì al contatto con l'aria fredda. Abbassò lo sguardo e vide che i primi due bottoni della sua camicetta erano slacciati e lasciavano intravedere parte del reggiseno rosa e molto più decolleté. *Wow, è così delicato. Non mi sono accorta di nulla mentre mi spogliava.*

Mentre il calore raggiungeva le sue guance, si affrettò a raggiungere i bottoni e li riallacciò. Chaz si piegò verso di lei e le spostò una ciocca di capelli dietro l'orecchio. "Sei bellissima." L'emozione rese i suoi occhi più scuri.

Lei si osservò le mani, che teneva in grembo. *Io, bella? È uno scherzo.* "Non esattamente..."

Chaz le afferrò il mento. La costrinse a girare il viso fino a trovarsi a pochi centimetri dal suo. "Se dico che sei bellissima, sei bellissima." Il suo sguardo ardente, illuminato dalla luce della luna, confermava la sua onestà.

Lei annuì, un piccolo sorriso danzava sulle sue labbra.

"Un bacio sotto l'arco, poi ce ne andiamo," disse lui, fissando lo sguardo sulle sue labbra.

Si alzarono in piedi e si presero le mani. Chaz l'avvicinò a sé, le sue mani si spostarono sul suo sedere e lo strinsero. Megan strillò. Le labbra di Chaz catturarono le sue. Erano così vicini l'uno all'altra che nemmeno un pezzo di carta avrebbe potuto scivolare in mezzo a loro. Lei gli avvolse le braccia intorno al collo e si rilassò contro di lui. Mentre la passione di lui cresceva, l'eccitazione cominciava a montarle dentro. Lui premette ancora di più. Sentire la sua crescente erezione contro di lei non fece altro che farglielo desiderare ancora di più.

Con il respiro leggermente affannoso, Chaz posò le mani sui suoi fianchi per allontanarla dal suo corpo. Meg fece scorrere lentamente le mani sul suo petto, cercando di immaginarne l'aspetto da sotto la maglietta. *Si depila il petto per i film che gira? Spero di no.* Moriva dalla curiosità, ma non riuscì ad avere la sfacciataggine di chiederglielo. Prima che lui potesse accorgersene, aveva slacciato due bottoni della sua camicia e vi aveva infilato la mano. *Oh, Signore!*

Emise un gemito mentre le sue dita gli accarezzavano il petto attraverso una fine peluria. La bocca di Chaz s'impossessò della sua, le sue mani l'attirarono con i fianchi contro i suoi. Il desiderio si fece strada nel suo ventre. Istintivamente, Megan prese a dimenare i fianchi contro quelli di lui. Le sue dita avvertirono il ritmo accelerato del suo respiro.

Chaz la prese per la vita e con dolcezza la spinse nuovamente contro l'arco, lontana da sé. "Troppo veloce," disse ansimando.

Megan appoggiò la testa contro la parete dell'arco, sperando che la freddezza della pietra potesse raffreddare il suo desiderio, invano. La presenza di lui, così vicino, continuava ad alimentare il suo fuoco.

"Troppo," sussurrò lei, cercando di convincere sé stessa.

Cominciò a soffiare una leggera brezza e le temperature s'abbassarono di colpo. In pochi istanti, Megan stava tremando.

"È ora di portarti a casa." Chaz l'avvolse nella sua giacca. Il fine tessuto aveva ancora il calore del suo corpo. La condusse lungo il sentiero, poi a sinistra, lungo i viottoli che si snodavano attraverso il parco, fino all'uscita. Una volta raggiunta la strada, Meg riacquistò la sua compostezza. Quando furono dall'altra parte della strada davanti al suo palazzo, Megan si fermò per tirare fuori un fazzoletto. Lo passò sulle labbra di Chaz, prima di riabbottonargli la camicia.

"Sono presentabile?" Chiese lui, indietreggiando di qualche passo.

"Molto." Gli pettinò i capelli con le dita.

Attraversarono la strada. Chaz le baciò la mano, le diede la buonanotte, fece il saluto a Briny e poi scomparve, come un prestigiatore, nell'oscurità della notte.

Il cellulare di Megan squillò non appena ebbe chiuso la porta di casa e gettato le chiavi nella ciotola. Un'occhiata allo specchio le confermò che era stata baciata bene. Le sue labbra erano leggermente gonfie. Il rossore attraente che le colorava le guance la rendeva bella. Rispose al telefono continuando a fissare la propria immagine.

"Sono io!" cinguettò Penny nel telefono.

Megan si sforzò di allontanare l'attenzione dallo specchio. Raggiunse il divano e vi si lasciò cadere sopra, appoggiando i piedi sul tavolino di fronte.

"Allora...come vanno le cose con Chaz?"

"Procedono. È lavoro," mentì Megan per evitare un terzo grado su Chaz, onorando così il suo desiderio di riservatezza.

"Come fai a resistergli?"

*Non lo faccio.* "È stata una giornata lunga e ho bisogno di andare a dormire." Meg scivolò con le gambe giù dal tavolino.

"Da sola?"

"Molto divertente!" Meg attorcigliò alcune ciocche di capelli intorno alle dita. *Magari!*

Penny fece una risatina. "Come pensavo."

"Lui è molto...bello e tutto quanto...ma non è il mio tipo."

La risata fragorosa di Penny fece sollevare Meg a sedere. "È il tipo di qualunque donna," disse Penny.

"E Mark?" Meg si chinò per massaggiarsi la pianta del piede dolorante.

"Nessuno può battere Mark. Sto solo dicendo..."

"Quando tornerete?" Megan cambiò argomento.

"Gli allenamenti sono sospesi per un po'. Presto saremo di ritorno a New York. Magari assisteremo a qualcosa...di intimo?"

"Penny!"

La grossa risata che provenne dall'altro capo del telefono la fece sorridere. "Scusa. Non ho saputo resistere. Voglio che tu sia felice, sorella. Tutto qua."

"Lo so. A presto. Dai un abbraccio al testone da parte mia." Meg sorrise.

"Lo farò. Notte."

*Non mi sto innamorando di lui. È ridicolo. Niente più celebrità, Niente più appuntamenti.*

Megan camminò scalza verso la camera da letto per svestirsi. Lanciò un'occhiata al suo letto matrimoniale, immaginando di trovarci Chaz ad aspettarla. Quella visione le fece venire la pelle d'oca. *Smettila, Meg! È irraggiungibile. Un uomo come lui non s'innamorerebbe mai di una come te. Lascia perdere. Finirai solo per essere infelice. È quello che ti direbbe Mamma. E avrebbe ragione. Eppure è così...carino...e bacia così bene.*

Sospirò e tirò giù le coperte. Una volta nel letto, si girò in direzione della finestra per osservare la luna piena. Ricordò la sensazione delle labbra di Chaz sulle sue, le sue mani che la toccavano. Ebbe un brivido. *Se continuo a pensare a queste cose, rimarrò sveglia tutta la notte.*

Meg accese la luce e afferrò un libro.


Il mattino arrivò troppo presto. Una Megan esausta si trascinò fuori dal letto e s'infilò nella doccia. Con la sensazione di essere solo un po' più sveglia rispetto a poco prima, lasciò l'appartamento per recarsi in ufficio, desiderando invece di poter tornare a letto.

Meg adocchiò le due tazze di caffè posate sulla sua scrivania e si augurò che la caffeina scacciasse via un po' di sonnolenza.

Mentre sorseggiava quella forte miscela, accese il computer, controllò la posta e immediatamente si stropicciò gli occhi. *Cento nuovi messaggi! Ma che diavolo!*

Aprì le email una ad una, solo per trovarsi sommersa dai saluti di persone che non vedeva da molti anni, o che neppure conosceva. Tutte le email contenevano la stessa domanda— "Allora, com'è Chaz Duncan?"

*Dannazione, qualcuno ha fatto trapelare la notizia che gestisco le sue finanze. E ora, tutte le amiche e conoscenti delle elementari, delle medie e del liceo sono improvvisamente diventate le mie migliori amiche.*

*Dimmi la verità su Chaz. Com'è?*
*È così sexy anche di persona?*
*È alto? I pettegolezzi dicono che indossi scarpe rialzate.*
*C'ha provato con te?*
*Lo stai frequentando? Se no, puoi presentarmelo?*
*Hai visto la sua casa?*
*Puoi fare qualche foto col tuo telefono e mandarmela?*
*Hai intenzione di postare qualche foto di lui su Facebook?*

Non fece in tempo a cancellare alcune di quelle email, che ne comparvero subito altre al loro posto. Una fra tutte attirò la sua attenzione. Era di Alan Fader, il suo ragazzo del college.

*Meg, sono così felice di averti trovata. Hai cambiato email. Riprendiamo i contatti online. Io lavoro ancora nel campo degli investimenti finanziari qui nell'assolata California. Ma quello è niente in confronto a gestire il conto di Chaz Duncan. Complimenti a te, piccola. Fatti sentire.*

Meg sorrise e rispose all'email di Alan. Era contenta di riprendere i contatti con lui. Anche se, quando avevano deciso di andare ognuno per la propria strada, si era sentita ferita che non le avesse chiesto di trasferirsi in California con lui. Ora si sentiva sollevata che Alan avesse deciso di andare avanti senza di lei. Era un fidanzato carino, solido e noioso. Una cena di lavoro con Chaz era stata per lei più esilarante di un'intera settimana a letto con Alan. Ridacchiò tra sé e sé. *Sarà anche stato uno studente da trenta e lode all'università, ma in arte amatoria un diciotto è tutto quello che poteva prendere.*

Mentre proseguiva nella cancellazione delle email, che ora erano salite a duecento, un dolore le attanagliò il cuore. *Povero Chaz! Non scherzava quando parlava della curiosità della gente. Allora è questo il livello d'interesse che il pubblico ha per lui? Fa paura. Quest'uomo non ha praticamente alcuna privacy, giusto?*

Ora riusciva a capire come la storia del suo passato avrebbe potuto diffondersi su Internet e diventare virale nel giro di pochi istanti. *Capisco perché ha così paura di raccontare la sua storia a qualcuno.*

La mancanza di privacy di Chaz divenne reale per lei, rendendo più profondo il sentimento che provava per lui. *Non c'è da stupirsi che sia solo.*

Mentre si apprestava ad affrontare Brielle, che riteneva avesse diffuso le voci su lei e Chaz, Harvey Dillon entrò nel suo ufficio. "Bene, bene, bene…Scommetto che la tua posta sia un po' intasata stamattina." Il sorriso di Harvey si estendeva da orecchio a orecchio.

"Come lo sai?"

"Abbiamo emesso un comunicato stampa! Anche la mia email è stata presa d'assalto. Immagino che tutti qui stiano ricevendo domande su Chaz da tutti i loro amici."

"Questo è esattamente ciò che lui non vuole, Harvey. Perché l'hai fatto?"

"Diamine, non posso creare una divisione per le celebrità se il fatto che abbiamo un pesce grosso come Chaz Duncan rimane un segreto ben custodito, ti sembra? Presto altre ricche celebrità si rivolgeranno a noi per avere consulenze finanziarie." Si sfregò le mani.

Megan avrebbe giurato di aver visto il simbolo del dollaro nei suoi acquosi occhi blu.

"Ora dobbiamo intensificare la sicurezza...impedire a chiunque altro di essere a conoscenza dei suoi affari. Nessuno deve sapere in quali azioni ha investito o quanti soldi ci ha affidato...niente. È una persona molto riservata."

"Naturalmente, Megan, naturalmente. La riservatezza è importante."

Il telefono di Megan squillò.

"Farai meglio a rispondere. Potrebbe essere la stampa!" Harvey saltò letteralmente per aria.

Megan si precipitò verso il telefono. "Megan Davis."

"Buongiorno. Sono Tiffany Cowles della rivista *Celebs R Us*. Ha un minuto per parlare con me?"

"Mi dispiace, signora Cowles, non ho nulla da dire." Megan riattaccò il telefono come se fosse un serpente pronto a morderla. Afferrò il suo caffè, si adagiò sulla sua comoda sedia e la fece roteare finché non si trovò davanti alla grande finestra. Il suo telefono squillò di nuovo, ma lo ignorò. Sorseggiò il suo caffè, continuando ad ammirare la vastità della città che si stagliava dinanzi a lei. *Perché sono venuta alla Dillon & Weed? Che cosa ho fatto?*

Mentre continuava con quella ricerca introspettiva, il suo cellulare suonò. Megan lanciò un'occhiata al display. Era Chaz.

"Il tuo telefono ha smesso di suonare?" C'era una traccia di fastidio nella sua voce.

"Duecento email...e il telefono sta ancora squillando..."

"Ti ha chiamato una di quelle riviste spazzatura?"

"La *Celebs R Us*." Megan posò la tazza di caffè sulla scrivania.

"Cosa gli hai detto?" La sua voce era un misto di irritazione e preoccupazione.

"Niente. Ho praticamente sbattuto il telefono in faccia alla tipa. Non avevo idea che Harvey avrebbe fatto un comunicato stampa."

"Davvero? È un po' difficile crederlo. Non sei tu a capo di questa divisione 'Celebrità'? Non sei a conoscenza di *tutto* ciò che accade nella tua divisione?"

"No. Io sono nuova. E lui non mi ha chiesto nulla. Avrei detto di no. Gli ho detto che non ho apprezzato l'iniziativa, ma lui sembra pensare che altri ricconi si rivolgeranno a noi per via del fatto che ci sei tu."

"E in effetti potrebbero. Astuto, il vecchio Harvey. Devo dargliene atto. Comunque, non essere troppo sgarbata con la stampa. Hanno la memoria lunga."

"Non m'importa di quello che pensano. M'importa di ciò che pensi tu. Devi credermi..."

"Davvero? Perché?"

"Perché ti sto dicendo la verità...perché hai il potere di umiliare mio fratello...distruggere il mio rapporto con lui con una semplice telefonata." Alcune goccioline di sudore le imperlarono la fronte.

"Vero." La sua voce trasudava compiaciuta soddisfazione.

"Ti avrei forse dato quelle munizioni contro di me se intendessi tradirti?" Megan si morse il labbro.

"Ottimo punto. Probabilmente no. Oltretutto, se la situazione si fa troppo scottante, Harvey si ritroverà a piangere lacrime amare quando trasferirò il mio conto da un'altra parte."

"Non potrei biasimarti, se lo facessi. Non sapevo in cosa mi stavo cacciando con questo lavoro. Non sono tagliata per questo."

"Hai tutte le risposte giuste. Continueremo così...per ora." Il suo tono s'ammorbidì.

"Chaz, mi dispiace così tanto...Non farei mai..." L'emozione le serrò la gola, intrappolandovi le sue parole.

Fu accolta dal silenzio. *Odio fare queste cose al telefono.* Meg voleva guardarlo negli occhi per capire cosa stesse provando e come stesse reagendo. "Chaz, non ti farei mai del male per tutto l'oro del mondo," sospirò.

"Lo vedremo." Chaz chiuse la comunicazione.

Megan rimase a fissare il cellulare per qualche minuto, finché lo squillare incessante del suo telefono fisso non la strappò alle sue fantasticherie. Furiosa per le continue interruzioni, si diresse a passo deciso verso la reception. "Non passarmi nessuna chiamata, a meno che non si tratti della mia famiglia o di Chaz Duncan."

Un'espressione beota apparve sul volto della receptionist. "Oddio, sei stata a cena con lui. Cos'ha ordinato?" Megan si precipitò fuori dalla reception. *Ma non c'è nessuno di professionale oltre a me qui dentro?*

Un'occhiata alla posta fu sufficiente per farla sprofondare nell'agitazione; altri duecento messaggi. Li cancellò tutti, tranne uno ricevuto da Alan.

*Allora, com'è andare a letto con Chaz Duncan? È bravo come me a letto?*

Megan cancellò l'email. Le si serrò la gola e le lacrime minacciarono di cominciare a scorrere. Non voleva piangere di fronte ai suoi colleghi, quindi si rifugiò velocemente nella toilette.

Una volta al sicuro chiusa dentro uno dei bagni, premette con mano tremante il tasto per chiamare sua cognata. Riuscendo a malapena a controllarsi, Meg scoppiò in lacrime appena sentì la voce di Penny.

"Meg? Stai bene? Cos'è successo?" le chiese Penny.

Con voce tremante, Megan rispose, "È tutto rovinato."

"Cosa? Perché?"

Rannicchiandosi con la testa in grembo, Megan continuava a singhiozzare

"Veniamo lì. Io e Mark saremo lì domani. Prenderemo il primo treno del mattino."

Megan fece un respiro profondo, avvertendo un fremito nel petto. "Davis, sei tu lì dentro?" La voce di Brielle risuonò forte e chiara.

# Capitolo Sei

"Che cosa vuoi, Brielle?"

"Voglio sapere perché te ne stai lì dentro a piangere come una disperata. Ora sei una star. Sei famosa. Non che te lo meriti…"

"Chiudi il becco." Megan aveva esaurito la pazienza. Si asciugò gli occhi col dorso delle mani.

"Se vuoi fare così…"

"A dire il vero si, lo voglio." Megan uscì dal bagno.

Raggiunto il lavandino, si bagnò il viso con l'acqua fresca e poi si asciugò con un pezzo di carta assorbente. Voltandosi per uscire, oltrepassò Brielle mentre componeva il numero del capo.

"Harvey? Non mi sento molto bene. Niente di grave. Sto andando a casa. Posso lavorare da lì. Hai il mio numero in caso avessi bisogno di contattarmi."

Riattaccò il telefono, prese la sua borsetta e raggiunse l'ascensore. Rinvigorita dall'aria frizzante di quella mattina di Maggio, Meg camminò fino a casa. Dopo una breve fermata al negozio di alimentari per prendere un sandwich e una tavola di cioccolata, girò l'angolo sull'Ottantunesima strada intorno alle dodici e trenta e si fermò impietrita. C'era un uomo appoggiato al muro dell'edificio all'angolo che la stava osservando. Lo vide lanciare un'occhiata verso qualcosa che aveva in mano e poi di nuovo verso di lei.

"Lei è Megan Davis?"

"Chi lo vuole sapere?"

"Sono Stan di *Celebs R Us*. Vorrei una sua dichiarazione sul suo nuovo cliente, Chaz Duncan."

"No comment," disse Meg, aumentando il passo.

"Oh, avanti! Sono un poveraccio che lavora, come lei." Stan la seguì fino al suo portone.

Briny sollevò il cappello e aprì il portone per Megan. Non gli occorse che un istante per accorgersi che Stan non era il benvenuto. Bloccò il portone prima di chiuderlo a chiave, lasciando fuori Stan.

Meg rivolse un sorriso a Briny mentre raggiungeva l'ascensore. Per tutta la durata della salita verso il quattordicesimo piano, ringraziò Dio che il numero di telefono del suo appartamento non fosse presente negli elenchi telefonici. Una volta entrata in casa, si tolse le scarpe, calciandole via, si tolse la giacca e portò il cibo in cucina. Cercò di riflettere sul da farsi, mentre sedeva intorno al tavolo rotondo davanti alle spettacolari finestre che andavano dal pavimento al soffitto.

Una volta terminato il pranzo, tirò fuori il suo portatile e studiò il mercato azionario e gli investimenti di Chaz. Creò un semplice modulo d'aggiornamento per tener traccia dell'andamento delle sue azioni e dei suoi fondi. Lavorare la faceva sentire meglio. Continuò a cliccare avanti e indietro con pazienza, dalle informazioni attuali ai prezzi d'acquisto. Calcolò i guadagni e le perdite. *C'è qualcosa di sicuro—di affidabile—in un foglio di calcolo.*

Il lavoro la calmò, finché il suo telefono prese a squillare. Era Chaz. "Pensavo stessi girando."

"Siamo in pausa. Volevo vedere come stavi. Il telefono continua a squillare impazzito?" La sua voce sembrava un po' più calda rispetto alla loro ultima conversazione.

"Me la sono svignata. Sto lavorando da casa. Avrò pronto un piccolo resoconto per te entro sera." Meg assunse un tono professionale.

"Un resoconto? Per me?"

"È il mio lavoro. Gestire i tuoi soldi e tenerti informato. Te lo manderò per email."

"Che ne dici di una video conferenza? Nel caso avessi delle domande."

"Non so come si fa."

"Ti aiuterò ad impostarla. Potremo vederci mentre parliamo. È molto più semplice che dover scrivere tutto."

"Perfetto. Un aggiornamento di quindici minuti alle dieci stasera?" La freddezza nella sua voce nascondeva i suoi veri sentimenti.

"Per me va bene. Sembri così...così...efficiente." C'era un ché di meraviglia nella sua voce.

"Sei un mio cliente, Chaz. Sto facendo il mio lavoro. Non dovresti essere così sorpreso." Riattaccò il telefono. *Prendi su e porta a casa, caro! Sono una professionista.*

Quando ebbe finito di mettere insieme tutte le informazioni per il suo resoconto, si liberò dei vestiti da lavoro, prima d'indossare una sottoveste di maglina. Si distese sul suo divano grande e comodo e aprì il libro che stava leggendo. Nel giro di mezz'ora, il libro le era scivolato dalle mani e lei aveva ceduto al sonno.

Chaz tirò fuori una t-shirt fresca di bucato per la sua videochat con Megan. *Non è un appuntamento o qualcosa del genere. Non devo tirarmi a lucido. Ma non voglio neanche sembrare trasandato. È solo la mia consulente finanziaria. Lavora per me. Posso licenziarla in qualunque momento. È solo un aggiornamento di quindici minuti. Ma voglio comunque avere un bell'aspetto. Finirà per bruciarsi...è colpa mia. Dio, perché mi sono lasciato coinvolgere...trascinandola nella mia vita assurda?*

Alle dieci spaccate, Chaz si connetté con Megan. Mentre l'immagine veniva messa a fuoco, il suo sguardo si focalizzò sul suo volto. *È un po' pallida.* Corrugò la fronte. *Cosa sta indossando? Hmm.* "Niente completo stasera, signora Davis?"

Megan arrossì. "Oh Signore! Naturalmente. Questo è un incontro di lavoro. Torno subito." Scattò in piedi.

"Aspetta! Aspetta! Stavo scherzando. Preferisco di gran lunga questo piccolo...comunque-lo-chiami...vestito?" Fece un gesto con la mano, quando non riuscì a trovare le parole.

Megan tirò i lembi della gonna e le sue guance assunsero un colore rosato. "È un vestitino di maglina...una specie."

"Seducente. Non lascia nulla all'immaginazione. Ad ogni modo, in questo momento sono troppo stanco per avere dell'immaginazione. Mi piace."

Lei annuì, abbassò lo sguardo sui fogli e poi lo riportò allo schermo.

"Pronto?"

Chaz si rilassò; contento di guardarla, i suoi occhi si posarono sul petto di lei. "Spara."

Megan lesse il resoconto, sottolineando i guadagni e le perdite di ciascuna delle sue azioni. Poi passò a parlare dei fondi comuni. "Hai avuto una buona giornata oggi. Soprattutto, il tuo portafoglio è aumentato di diecimila dollari."

"Grande!" Chaz intrecciò le dita dietro la nuca.

"L'ho fissato, così i dividendi saranno reinvestiti. Girerai un altro film a breve, giusto?"

"Più o meno due settimane dopo la fine delle riprese per la serie della *PBS*."

"Non sto cercando di ficcare il naso, ma quale sarà il tuo compenso per il film?"

"Tre milioni." Lo sguardo di Chaz si concentrò sul volto di Meg. *Non sembra colpita. Bene.*

"Allora non avrai bisogno del piccolo guadagno derivante dai dividendi. Se li reinvestiamo, faranno crescere il tuo portafoglio. Poi se ti fermi... se decidi di prenderti una pausa o qualcosa del genere...possiamo far sì che tu riceva i dividendi come proventi diretti."

"Tu hai la situazione sotto controllo, vero?" *È brava...è incredibile.*

Lei annuì, con un sorriso ansioso sul volto.

"Mi sembra buono."

"Allora sei soddisfatto del nostro servizio?"

Chaz rise. "Soddisfatto non è esattamente la parola che utilizzerei. Ma se tu fossi qui, in carne ed ossa, potremmo trovare un modo di soddisfarmi che non avrebbe nulla a che vedere con la Dillon & Weed." *Una notte con lei sarebbe il paradiso.*

Megan arrossì e lui notò le sue guance farsi rosate. "Chaz!"

"Me l'hai chiesto tu." Sollevò le sopracciglia.

"Sii serio. Tu...tu...sembri come quella di *Celebs R Us*...quella Tiffany."

"Hai ricevuto una chiamata da Tiffany Cowles in persona? Sono colpito. È l'editore di *Celebs R Us*. Mi ha dato la caccia per anni. Non sottovalutarla. Se finisci sulla lista dei suoi nemici, può essere brutale."

"Io sono un moscerino...del tutto insignificante nel mondo delle celebrità."

"Non più, pulcino." Chaz scosse la testa.

"Pulcino?" Megan corrugò la fronte e i suoi occhi verdi assunsero un'espressione inquieta.

"Un nomignolo affettuoso," ... *morbida, calda e dolce come un pulcino.* "Ascolta, mi dispiace. È colpa mia."

"No, non lo è. Ho accettato il lavoro. Avrei dovuto essere preparata."

"Dobbiamo evitare di vederci per un po'."

Megan prese a giocherellare con i fogli che aveva in grembo. "Tu sei impegnato comunque." Abbassò lo sguardo a terra.

"Saremo notizia vecchia nel giro di un giorno o due. Fidati di me." Chaz prese un sorso di caffè dalla sua tazza.

"Posso farlo?" Lo sguardo di Megan incrociò il suo.

"Naturalmente." Chaz abbassò la tazza. *Non ti farei mai del male.*

"Perché? Perché vuoi venire a letto con me?"

"Non lasciarti prendere la mano da un semplice flirtare innocente." Il suo tono era pungente.

"Era solo questo?"

*Dunc, bugiardo.* La vergogna gli riempì il petto. Anche se Megan si riprese velocemente, a lui non era sfuggita l'espressione ferita che le aveva attraversato il volto. *Vuole che desideri andare a letto con lei? Hmm.* Distolse lo sguardo dallo schermo. "È tardi. Domatina devo svegliarmi molto presto. È ora della buonanotte."

Impaziente di terminare la chiamata, Chaz doveva riattaccare prima di peggiorare le sue menzogne. Megan annuì ma non sorrise. "Grazie per l'aggiornamento. Stai facendo un ottimo lavoro."

"Sono felice che tu sia soddisfatto," disse agitata, "voglio dire, contento del resoconto."

"Sogni d'oro, pulcino."

"Anche a te."

Lo schermo si oscurò e Chaz si colpì la fronte col palmo della mano. *Idiota! Stronzo! L'hai ferita, insultata e le hai mentito. Non era un flirtare innocente. Tu vuoi stare con lei.*

Chaz tirò un calcio al cestino, rompendolo. Poi lanciò in aria la sua tazza, che andò a frantumarsi contro la parete. Imprecando a denti stretti, ripulì il casino che aveva combinato e andò a letto.


Giunti a Venerdì, le acque si erano calmate. Megan lavorava nel suo ufficio, controllando gli investimenti di Mark e Chaz. Ricercò alcune nuove azioni ed esplorò altri fondi comuni. Il telefono squillò un paio di volte mentre Jolie, alla reception, lasciava passare alcune persone. Una di quelle chiamate era di Tiffany Cowles. Non sarebbe stata l'editore della *Celebs R Us,* se si fosse lasciata fermare da una centralinista.

"Megan Davis."

"È davvero lei, vero?"

"E lei chi è?" Megan corrugò la fronte.

"Tiffany Cowles. Non si ricorda di me?"

"Mi dispiace, dovrei?"

"Ahi! La signora morde. Ehi, può liberarsi di me velocemente, semplicemente dicendomi quello che voglio sapere."

"E sarebbe?"

"Tutto su Chaz Duncan."

"Non c'è niente da dire, signora Cowles. Io sono la sua consulente finanziaria. Il nostro rapporto è strettamente professionale." *Specialmente dopo quello che ha detto ieri sera.* Fece un respiro profondo.

"Non è ancora andata a cena con lui?"

"Senta, non ho intenzione di parlare con lei, quindi non perda il suo tempo e il mio..." Meg s'apprestò a riattaccare il telefono.

"Non riattacchi!!" urlò Tiffany nel telefono.

"Che cosa vuole?" Il tono di Meg era spazientito. *Accidenti, ho del lavoro da sbrigare. Non ho tempo per queste cazzate.*

"Ho qualcosa da offrirle."

"Tipo?"

"Soldi. Ventimila dollari per qualche informazione succulenta su Chaz Duncan...come ad esempio, da dove viene veramente. Non mi bevo le sue stronzate sulla School of Drama di Yale."

"Arrivederci, signora Cowles." Megan riattaccò. *Wow! Posso immaginare che una qualche groupie spiattellerebbe tutto ciò che sa su Chaz per una cifra del genere. La Cowles non sa con chi ha a che fare.*

Il telefono squillò di nuovo. Meg prese la chiamata.

"Non si azzardi mai più a sbattermi il telefono in faccia, Megan Davis," abbaiò Tiffany Cowles al telefono.

"Senta, non sono interessata ai suoi schemi, ai suoi soldi o a lei. Non mi chiami più."

"E suo fratello Mark?"

"Cosa c'entra lui?" Megan sentì che i palmi delle mani cominciavano a sudare.

"Vuole che scavi nel suo passato? Dev'esserci qualcosa che nessuno di voi due vuole veder pubblicato sulla nostra rivista, eh? Tutti hanno dei segreti, signora Davis."

Il sudore imperlò la fronte di Megan. "Non sono solita cedere nemmeno ai ricatti, signora Cowles. Le ripeto, non mi chiami più."

Meg sbatté giù il telefono. Un tremito di paura la percorse in tutto il corpo. *Che donna malvagia. E se scopre di papà? Mark dovrà affrontare la cosa, perché non getterò mai Chaz in pasto ai lupi.*

Con mano tremante, Meg prese la sua tazza di caffè per finire ciò che rimaneva della bevanda tiepida. *Ero arrivata ai fondi immobiliari, direi.* La giovane donna si piegò in avanti, osservando lo schermo del suo computer, mentre riportava la sua attenzione sul lavoro.

Una settimana più tardi, Meg infilò la chiave nella serratura del suo appartamento e trovò la porta già aperta. Sentì la paura pulsarle nelle vene mentre spingeva cautamente la porta per aprirla.

"Ehi, mocciosa!" Suo fratello Mark sbucò davanti a lei all'improvviso, ridendo quando lei sobbalzò per lo spavento.

"Mark! Mi hai spaventata!"

"Che cos'hai da temere qui? Briny fa la guardia al portone."

"Tutti mi danno la caccia da quando ho ottenuto la gestione del conto di Chaz Duncan."

"Uh, davvero? Pensavo che Dunc sarebbe andato bene per te. Che ti avrebbe fatto uscire un po'."

"Adesso non faccio che nascondermi in continuazione. C'era anche un uomo che mi aspettava giù all'angolo la settimana scorsa."

Penny Davis uscì dalla cucina per dare un abbraccio a Megan. "Non è esattamente la prima pagina, ma occupi comunque il primo terzo della rivista, Meg," disse Penny, dopo aver posato un bacio veloce sulle labbra del marito. Si lasciò cadere sul divano.

"Cosa vuoi dire?"

"Non è neanche brutta come foto." Penny aprì la sua copia di *Celebs R Us* a pagina sette.

"Oh mio Dio." Meg sprofondò sul divano di fianco a Penny. Mark strappò la rivista dalle mani di Megan. Sua sorella si appoggiò allo schienale, attonita. "Stan. Quel verme. Mi stava aspettando mentre giravo l'angolo."

"'Sexy Stella di Harvard Si Occupa di Chaz Duncan.' Una sparata per il loro titolone," commentò Mark dopo aver letto il titolo ad alta voce.

"Che cos'ho fatto? In che cosa mi sono cacciata?" Meg nascose la faccia tra le mani. Il suo cellulare cominciò a squillare. Sbirciò il nome sul display. Chaz.

"Mi dispiace *così* tanto, Meg..." cominciò.

"Te l'ho detto, non è colpa tua. Tu convivi con questo tutti i giorni."

"Ti ci abituerai. Tieni duro. Mi stanno chiamando. Devo andare. Buonanotte, pulcino."

Meg si mise il telefono in tasca. "Questa divisione delle celebrità non fa per me. Odio l'attenzione dei media."

"Lui deve farci i conti, però. La pubblicità fa vendere biglietti," disse Mark.

"Lo so. Ma io non sono tagliata per questo genere di cose." Megan si ritirò nella sua stanza. *Le solite, vecchie stronzate da celebrità. Non ne voglio sapere. Chaz, tu sei meraviglioso, ma tanti saluti.*

Megan continuò a lavorare alacremente per gestire il denaro di Chaz, facendogli un resoconto dettagliato tutte le sere al computer. Come aveva predetto Harvey, la Dillon & Weed ricevette una mezza dozzina di chiamate da parte di altre celebrità interessate alla gestione economica dei loro soldi. Harvey portò Megan fuori a pranzo per congratularsi con lei per l'ottimo inizio della nuova divisione. Lei gemette dentro di sé al pensiero di trascorrere altro tempo sotto i riflettori, ma affrontò i vari appuntamenti che Harvey aveva fissato con determinazione. Avere Mark e Penny che l'aspettavano a casa l'aiutava a dimenticare il disagio crescente che provava nei confronti del suo lavoro. Passava il tempo con loro la sera. Tornare a casa era diventata la parte migliore della sua giornata.

Una sera, quando le porte dell'ascensore si aprirono, un delizioso profumo di lasagne fatte in casa si diffuse nell'ingresso, invitando Megan alla porta. *Penny sta cucinando!*

Meg entrò in casa e si tolse le scarpe. Un sorriso le si dipinse sul volto, mentre inalava profondamente, assaporando quel profumo delizioso. Raggiunse lentamente la cucina, ma si rese subito conto che stava per interrompere un momento intimo. Penny era davanti al bancone che tagliava la lattuga per l'insalata. Mark era in piedi dietro di lei. Le sue braccia l'avvolgevano e il suo viso era sepolto nel collo della moglie. Megan non poteva vedere le sue mani, ma il gemito che uscì dalle labbra di Penny non lasciò alcun dubbio sul genere di attività in cui erano impegnati. Ritornò sui suoi passi in punta di piedi, aprì la porta d'ingresso e poi la richiuse sbattendola.

"Sento odore di lasagne!" Esclamò ad alta voce, posando la borsa sulla credenza.

"Il tempismo...non è mai stato il tuo forte, mocciosa," le rispose Mark dalla cucina.

Meg appese la sua giacca, dando così tempo a suo fratello e Penny di ricomporsi. Dopo qualche momento, Penny chiamò Megan a tavola. Lasagne, insalata e birra li stavano aspettando.

"Abbiamo delle novità," iniziò a dire Mark, facendo accomodare sua moglie sulla sedia.

"Sei incinta?" Meg balzò in piedi, rivolgendo lo sguardo alla pancia di Penny.

Penny rise. "Non ancora. Rallenta, Meg."

"Si. Un giorno sarai zia…solo non oggi. Andiamo a Parigi." Mark stese il tovagliolo in grembo.

"Parigi!" Gli occhi di Meg si spalancarono.

"È stata una sorpresa di Mark per il nostro anniversario. Due settimane a Parigi. Non vedo l'ora."

"È cosi romantico. È magnifico!" tubò Meg.

"Pensi di farcela senza di noi, mocciosa?" Mark sorseggiò un goccio di birra.

"Ci penserà Chaz a farle compagnia." Penny ammiccò con le sopracciglia.

"Esci con Dunc? Pensavo si trattasse di affari?" chiese Mark.

"È così…ma…bè, siamo usciti…forse una volta?"

"Stai lontana da lui. È fonte di guai." Il volto di Mark si oscurò.

"Perchè dici così?" Meg infilzò la lattuga con la forchetta.

"È famoso. Probabilmente si è fatto tutte le attrici del mondo. Ti userà per poi lasciarti. Questi tipi…questi uomini famosi…non vogliono impegnarsi."

"E tu allora?" chiese Megan.

"Io sono diverso. E Penny…bè…" Mark si dimenò sulla sedia.

"Stai dicendo che non potrebbe innamorarsi di me?" Le lacrime le appannarono la vista.

"No, no, sorellina, non lo direi mai," la sua voce si addolcì.

"È esattamente quello che stai dicendo." Neanche il battere rapidamente le palpebre riuscì a frenare quel fiume in piena.

"Non intendevo…è solo che…probabilmente è il classico tipo da 'una botta e via'. Tu meriti di più."

"Lui non è così. Non è giusto giudicarlo quando non lo conosci neanche."

"Tu lo conosci, invece?" Suo fratello la guardò con un sopracciglio alzato.

"Meglio di te." Megan ingollò una sorsata di birra.

"Ehi, sto solo cercando di proteggerti...ma se vuoi comportarti da idiota, accomodati." Le sopracciglia di Mark s'incresparono quando un'espressione di rabbia gli passò sul volto. Si alzò in piedi.

"Mark! Non devi essere papà. Non devi proteggermi da tutto."

"Qualcuno deve essere deve fare le sue veci, dato che lui non è qui. Bastardo," mormorò, mentre usciva dalla cucina.

Megan lo seguì fuori. Mark raggiunse la finestra panoramica nel soggiorno. Megan si avvicinò piano dietro di lui e gli appoggiò una mano sul braccio. "So che stai solo cercando di prenderti cura di me. Ma ora ho ventotto anni, Mark."

"Ma dai! Anche io!" Esclamò, togliendo la mano di Meg dal suo braccio.

"Non puoi proteggermi da tutto. E a parte questo, come sai che Chaz mi spezzerà il cuore?"

"Non voglio che tu finisca per diventare...un'altra groupie. Vali molto più di così."

Megan lo baciò sulla guancia prima che lui potesse scostarsi. "Grazie, testone. E comunque tu cosa ne sai di groupie?"

"Ne so quanto basta. Gioco da professionista da tempo sufficiente. Una notte a Miami..."

"Oh?" Megan sollevò un sopracciglio.

"Lascia perdere." Mark arrossì fino alla radice dei suoi capelli biondi. "Diciamo solo che ne so abbastanza, okay. E so come possono essere gli uomini."

"Non Chaz. Non lo conosci bene."

"Vero. Ma è comunque un uomo. E un bell'uomo. Le donne lo desiderano. E sicuro come la morte so cosa significa." Non riuscì a trattenere una risatina.

"Raccontacelo, Mark." La voce di Penny alle loro spalle li fece trasalire. I due gemelli si voltarono e la videro in piedi con le braccia incrociate sul petto, le gambe larghe e la bocca tesa in una linea severa.

"Eh no, cazzo. Non ho intenzione di parlare di questo. Dopo aver incontrato te, piccola, non ho avuto nessuna...giuro." Mark l'attirò a sé. Strofinando il naso contro il suo collo, le mormorò parole che Megan non riuscì a decifrare. Improvvisamente, era lei il terzo incomodo.

"Voi due volete stare soli, quindi vado..."

Mark allungò una mano, afferrandole un braccio mentre passava. La fece fermare. "Prima che tu vada... Stai attenta, Meg. Dunc sembra okay, ma è meglio che stia in guardia. Se ti fa del male..."

"Lo so...lo ammazzi. Ti voglio bene, testone." Gli diede un colpetto sulla mano.

"Ti voglio bene anch'io, mocciosa." Le diede un abbraccio veloce.

*Mi chiedo cosa facesse Mark prima d'incontrare Penny. Hmm. Forse preferisco non saperlo.* Ridacchiò tra sé e sé e raggiunse la sua camera.


Il giornalista aveva smesso di appostarsi fuori dal palazzo di Megan, visto che Chaz non si era più fatto vedere da quelle parti. Quindi il giorno seguente, Mark, Penny e Megan poterono lasciare l'edificio per andare a cena fuori senza essere seguiti. Mangiarono senza interruzioni, tranne che per qualche dozzina di persone che chiesero l'autografo a Mark, cosa che però era tipica. Lui accontentò tutti i fan con un autografo accompagnato da un timido sorriso. *Dietro quella stupida spavalderia maschile, Mark è rimasto un ragazzo umile.*

Quel giorno, dopo che Mark e Penny se ne furono andati, l'appartamento sembrò diventare ancora più grande. Megan si aggirava in quello spazio cavernoso come una biglia in una scatola di scarpe, mangiando da sola mentre prendeva appunti per la telefonata serale a Chaz. Si era abituata così facilmente a quel casinista di suo fratello, che ora la mancanza totale di rumore la rendeva nervosa. Dato che aveva diverso tempo prima di fare rapporto a Chaz, si fece un bagno e poi si avvolse nel suo accappatoio rosa e guardò l'orologio. *Nove e quarantacinque. Ora di vestirsi.*

Suonò il campanello. Allarmata dal fatto che non aveva ricevuto nessuna comunicazione dal portiere, Megan tirò fuori una bomboletta di spray urticante che teneva nella credenza vicino alla porta. Raggiunse silenziosamente la porta d'ingresso e guardò attraverso lo spioncino, mentre il campanello suonava di nuovo. Spaventata oltre ogni misura da quel forte rumore, fece un salto per aria. Era Chaz. Aprì la porta in fessura. "Che cosa ci fai qui?"

"Sono qui per il mio resoconto serale."

"Ma perché..."

"Le riprese sono finite. Sono libero. Non devo alzarmi presto domattina. Posso entrare?"

Megan aprì del tutto la porta. "Certo, certo." Con la mano libera, assicurò i lembi dell'accappatoio.

Mentre Chaz entrava tranquillamente, lei notò come l'avesse squadrata da capo a piedi. I suoi capelli spettinati dal vento non scalfivano nemmeno un po' l'effetto che il suo bellissimo viso aveva su di lei. Il suo corpo snello faceva meraviglie con un paio di jeans e una maglietta. *È stupendo.*

"Sei svestita e non mi stavi neanche aspettando. Aspettavi qualcun altro o se n'è appena andato?"

"Mi sembra di sentire una nota di gelosia?" Megan inarcò le sopracciglia.

"Perché dovrei essere geloso? Sei solo la mia consulente finanziaria...come mi hai ripetuto più e più volte." Fece un passo verso di lei.

Megan strinse la cintura del suo accappatoio. Si sentì avvampare quando realizzò di essere quasi nuda. Chaz si avvicinò ancora di più, "Allora?"

Megan deglutì, il suo sguardo catturò gli occhi di lui che danzavano con gioia maliziosa. Lui continuò ad avvicinarsi, mentre lei indietreggiò finché non trovò lo schienale del divano a bloccarle la ritirata. Lui non si fermò finché le sue mani non furono sulla vita di Megan e, avvolgendola tra le sue braccia, la baciò appassionatamente. Le mani di Chaz le accarezzarono la schiena, poi scesero sui suoi fianchi. Morbide e calde, le labbra di lui le fecero schiudere le sue, per permettere alla sua lingua d'intrecciarsi a quella di lei. Megan sentì il calore diffondersi in tutto il corpo, mentre il solido petto di Chaz premeva contro i suoi seni morbidi. All'improvviso, lui si ritrasse, allontanandosi leggermente.

"Santo cielo! Sei nuda!"

"Ho appena fatto un bagno. Non aspettavo visite a quest'ora," balbettò lei, sentendo il calore risalirle lungo il collo.

"Non mi sto lamentando. Nemmeno lontanamente." Si piegò per strofinare il naso sul suo collo. "Hai un profumo delizioso. Che cos'è?"

"Si chiama 'Violetta Inebriante'...Sali da bagno e schiuma."

"Un bagno di schiuma? Avrei voluto esserci per *inebriarmi* con te."

"Cosa ti fa pensare che ti avrei invitato ad unirti a me?" Megan aggrottò la fronte.

"So essere molto...uh...convincente." Le catturò nuovamente le labbra con le sue. Anche se lei cercò di tirarsi indietro, Chaz le infilò le mani tra i capelli per tenerla ferma, mentre rendeva il bacio più profondo. Lei si fermò. Ipnotizzata dalla sua voce profonda, dai suoi ridenti occhi scuri e dal suo odore mascolino mischiato al profumo di pino, Meg si arrese, sciogliendosi contro di lui. Lentamente, le mani di Chaz lasciarono i suoi capelli e le sue braccia l'avvolsero, stringendola a sé. Sapeva di caffè pregiato, mentre le loro lingue s'accarezzavano e le mani di lui scesero ad afferrarle il fondoschiena. Meg fece scivolare le mani sui suoi bicipiti e un piccolo fremito le attraversò il corpo. Proprio quando pensava che avrebbe smesso di respirare, lui la lasciò andare e le rifilò un buffetto dolce sul sedere.

"Mettiti qualcosa addosso. Ho un favore da chiederti."

Gli occhi di Megan si spalancarono di fronte all'intimità del suo gesto. Lui congiunse i palmi di fronte al petto. "Per favore, pulcino?" I suoi occhi scuri la stavano implorando.

Megan si ritirò nella sua stanza. Tirò fuori un vestito turchese di cotone attillato, che avrebbe aderito perfettamente alle sue curve. Il vestito le dava abbastanza sostegno da non aver bisogno di mettere biancheria intima. Chaz aprì il vano portaoggetti della panca del pianoforte. Rovistò tra gli spartiti musicali. "Spero non ti dispiaccia."

Meg scosse la testa. "Qual è il favore?"

# Capitolo Sette

"Ricordi quando ti ho chiesto se avresti suonato per me così avrei potuto esercitami nel canto prima della mia audizione a Broadway? Bè, l'audizione è stata fissata tra due settimane. Mi sono organizzato per raggiungere la produzione di *West of the Sun* subito dopo. Quindi ho solo due settimane di tempo per diventare *veramente* bravo in uno dei pezzi dello spettacolo di Broadway. Mi aiuterai?"

"Naturalmente. Sai già cosa vuoi cantare?" Meg sfogliò tra gli spartiti, alla ricerca del libro di *Carosello*.

"Ho fatto *Grease* con Quinn durante la stagione estiva. Ma non è il genere giusto per questa audizione. È più un tradizionale musical in stile Broadway. Hai qualche suggerimento?"

"Ecco. Proviamo con questo...e anche questo." *South Pacific* era proprio sotto il *Carosello*

Meg aprì il libro di canzoni di Carosello. "Prova queste." Suonò alcune note di "You'll Never Walk Alone" e poi "If I Loved You." Poi passò a "Some Enchanted Evening" e "This Nearly Was Mine."

Chaz sbirciò gli spartiti da sopra la sua spalla, canticchiando sommessamente alcune note. "Se le ascolto tutte dall'inizio alla fine, saprò quali sono le due più adatte."

Meg iniziò con qualche esercizio di riscaldamento. Chaz sedette accanto a lei. Dopo pochi minuti le sue dita erano sciolte.

"Se canto, devi unirti a me. Conosci queste canzoni molto meglio di me."

"Oh, non posso!" La timidezza le paralizzò momentaneamente le dita.

"Ti prego, fallo per me. Sarebbe più facile per me cantare."

Man mano che cantavano insieme, con le voci che si mischiavano in modo piacevole, la timidezza di Megan scomparve.

Quando ebbe terminato di suonare l'ultima nota dell'ultima canzone, Chaz sospirò.

"Quali sono le due che preferisci?" Gli chiese Megan, sgranchendosi le dita.

"A te quali piacciono?"

"Questo riguarda te, non me."

"Mi piace "If I Loved You," ma sono indeciso sulla seconda canzone."

"'Some Enchanted Evening' la conoscono tutti e 'You'll Never Walk Alone' è molto difficile. Cosa ne dici di 'This Nearly Was Mine'?"

"Sono entrambe un po' tristi, non trovi?" Chaz si voltò sulla panca per guardarla in faccia.

"Emozionanti, forse. Comunque, insieme sono un bel pugno nello stomaco."

"Mi aiuterai?" Le loro spalle si sfiorarono.

"Certo. Sarà divertente."

"Un sacco di duro e noioso lavoro."

"Non mi spaventa il lavoro duro." Il calore emanato dalla coscia di Chaz premuta contro la sua provocò una sensazione eccitante dentro di lei.

"È solo me che temi," la canzonò lui

"Non mi spaventi nemmeno tu." Meg sollevò con fierezza il mento.

"Non ti credo." Si fece più vicino. Lei indietreggiò un poco.

"Vedi? Hai paura di me."

"Magari ho paura di me stessa...un po'."

Chaz rise. "Non pensare a me come 'Chaz Duncan.' Pensami come 'Dunc'—il ragazzo del Bronx, con un po' di fascino, un bell'aspetto e che è pazzo di te."

Meg inspirò. "Lo sei?"

"Non si vede?" Le prese la mano.

"Perché io? Potresti avere chiunque a Hollywood, donne molto più belle... donne stupende. Perché dovresti volere me?"

"Suppongo che tu possa ritenere alcune di loro più carine di te. Io no. Nessuna di loro è bella dentro la metà di quanto lo sei tu." La prese tra le braccia, stringendola a sé mentre la baciava con passione. La scintilla del desiderio si accese nelle vene di Meg, scorrendo fino al centro del suo corpo. Immerse le mani nei suoi lucenti capelli scuri e setosi. I muscoli del suo petto premevano sui suoi seni, mentre le sue dita le solleticavano il collo. Chaz si staccò dalle sue labbra e si spostò verso il basso, costellando di piccoli baci il suo mento e poi giù, fino alla spalla. Spostò il vestitino aderente da un lato. Ogni bacio era come un piccolo fuoco ardente sulla pelle di Megan.

Abbassando il vestito ancora di più, Chaz le denudò un seno e, senza perdere tempo, cominciò ad esplorarlo. Dapprima, la sua mano vi si chiuse sopra a coppa, stringendolo con dolcezza e apprezzandone il peso. Poi, cominciò a lavorare con le dita, stuzzicando e tirando leggermente la punta rosea. Infine, fu la sua bocca a fare il resto. La sua mano, fino a quel momento posata sulla coscia di Megan, risalì lungo la sua gonna. *Non fermarti.*

"Permettimi di amarti," le sussurrò.


Meg lottò con la decisione di stare con lui. Tuttavia, il calore crescente nel suo corpo bruciò velocemente ogni suo pensiero razionale. Il suo cuore aveva già deciso. Lo voleva, lo voleva come non aveva mai voluto nessun altro uomo prima. Non si trattava semplicemente di cedere alle sue avance; era piuttosto un suo essere sopraffatta dal bisogno in risposta ad ogni suo tocco. Gli strofinò il naso sul collo, mordicchiandolo con le labbra cocenti, spostando indietro le spalle così da facilitargli l'accesso ai suoi seni. Il vestito le scivolò sui fianchi.

"Possiamo continuare in un posto più comodo?" Chaz si tolse la maglietta e la posò sul panchetto.

Gli occhi di Megan si spalancarono alla vista del suo petto perfetto. Ben definito, ma non troppo gonfio, ricoperto da una peluria scura che gli conferiva virilità, era sexy senza essere esagerato. Meg allungò una mano per toccarlo e lui fece un passo verso di lei. Quando le dita di lei entrarono in contatto con la sua carne, una scarica elettrica l'attraversò come un fulmine da capo a piedi.

"Toccami...ti voglio." Le labbra di Chaz pronunciarono quelle parole a pochi centimetri dal suo orecchio.

Lei tentò di raccogliere il vestito intorno a sé, ma riuscì soltanto a coprire la metà inferiore del suo corpo. Lo prese per mano e lo condusse nella sua camera da letto. Una volta lì, lasciò cadere il vestito a terra. Lui si spogliò rimanendo solo con i boxer, il suo sguardo bollente saggiava ogni centimetro del suo corpo nudo. Megan tirò giù le coperte del letto. Chaz rovistò in cerca del suo portafoglio prima di lasciar cadere i pantaloni sul pavimento.

"Sei stupenda." Continuò a fissarla audacemente mentre le sue dita cercavano, e infine trovavano, un preservativo.

"Anche tu." Megan lasciò vagare lo sguardo dalle sue labbra perfette fino al suo petto favoloso. Scese poi sui suoi addominali tonici e ben definiti e poi ancora più giù, alla sua vita stretta. I boxer coprivano il resto di lui, ma non potevano nascondere la sua crescente erezione. Fece un gesto con la mano verso il basso e lui lasciò cadere i boxer, calciandoli da un parte. *È perfetto in tutto. Oh mio Dio.*

Chaz si sdraiò, trascinandola con sé. In un attimo di esitazione, Megan posò un ginocchio sul letto. "Non hai intenzione di fermarti adesso, vero?"

Lei scosse la testa, lasciando sparire ogni dubbio che aveva sul concedersi a lui. Lo voleva, punto e basta, a prescindere dal fatto che Mark o chiunque altro approvasse o meno. Lingue di fuoco lambivano il suo corpo, il desiderio implorava di essere appagato. La sua bocca si fece secca mentre lo osservava sdraiato sul suo letto. Le dita le prudevano dalla voglia di toccarlo.

Lui si mise a sedere. "Pulcino, ti voglio più di quanto abbia mai voluto nessun altra. Ti prego, non lasciarmi. Non mi vuoi anche tu?"

"Mio Dio...stai scherzando? Ho...bisogno di te," disse lei, cadendo tra le sue braccia.

Chaz ridacchiò, mentre ricadevano insieme sul letto, aggrovigliati. Ridendo, l'attirò a sé e s'impadronì della sua bocca avidamente, togliendole il respiro. Le sue mani esplorarono il suo corpo, scorrendo sulla sua morbida pelle vellutata, toccandola, sentendola, eccitandola. Si staccò dalla sua bocca per baciarla dietro l'orecchio. Smise di baciarle il collo per dirle, "Ti ho desiderata dal primo momento che ti ho vista."

"Penso sia così anche per me."

"Pensi?" Si allontanò da lei per guardarla negli occhi.

"Oddio, non fermarti. ...penso...si. Pensavo di desiderare Chaz Duncan, ma ho scoperto che desideravo davvero Dunc, il ragazzo del Bronx. Vogliamo continuare a parlare o hai intenzione di fare l'amore con me?" Megan aggrottò le sopracciglia in un'espressione di finta preoccupazione.

"Dunc, eh? L'avrai, P." La spinse nuovamente sul letto e tracciò la linea dal suo collo ai suoi seni con la bocca. Con una mano strinse la punta rosea di un seno, mentre la sua bocca reclamava l'altro. Meg chiuse gli occhi e cercò di respirare. Fece scorrere le mani lungo le spalle di Chaz, e poi giù, lungo la sua schiena. Chaz insinuò un ginocchio tra le sue gambe. Lei le aprì leggermente, così da permettere alla sua mano di scivolare dal suo ventre fino al punto di unione delle sue cosce. Meg ansimò, mentre le dita di Chaz trovavano il centro del suo piacere e la esploravano, accarezzandola e stuzzicandola.

"Dio, sei così...così...," mormorò lui.

Meg posò le labbra sulle sue e passò la mano sui suoi addominali, proseguendo verso il basso. Lo avvolse con le dita. Un brivido percorse il corpo di Chaz, mentre lei stringeva più forte. Cominciò a tempestare di baci la sua pelle levigata, scendendo sul suo ventre e, infine, si rannicchiò tra le sue cosce. La guardò dritto negli occhi prima di tuffarsi tra le sue gambe. Al primo colpo della sua lingua, Meg gemette.

"Oh, Dio...Dunc..."

I suoi gemiti si fecero più forti quando Chaz cominciò a disegnare con la lingua cerchi intorno alla sua umida femminilità. Sollevando la testa, sostituì la lingua con le dita, mantenendo il ritmo. Meg inarcò la schiena, mentre la passione aumentava vorticosamente dentro di lei, minacciando di farla esplodere.

"Sto per..." riuscì a mormorare un attimo prima che l'orgasmo reclamasse il suo corpo, colmandola di un piacere che la percorse tutta da capo a piedi.

La mano di Chaz scivolò sulla sua pelle per tornare a posarsi sul suo seno.

"Oh mio Dio..." ansimò lei.

Megan cercò con lo sguardo la sua erezione, che era notevole. "Direi che mi desideri..." mormorò, chiudendo le dita intorno a lui.

Chaz rise, allungando la mano ad afferrare il preservativo che aveva lasciato sul letto.

"Non c'è fretta ma, diamine, ho bisogno di te ora!" Stava quasi ansimando.

Meg allargò di più le gambe. Lui la penetrò lentamente, sospirando. Lei gemette nel momento in cui i loro corpi si unirono. Una volta che lui fu dentro di lei, gli conficcò le dita nelle spalle. Chaz cominciò a spingere lentamente, così lentamente che la faceva impazzire. Meg cominciò a muovere i fianchi su e giù.

"Più veloce?"

"Dio..." disse lei, chiudendo gli occhi, "si..."

"Ho aspettato questo troppo tempo per fare tutto di corsa," mormorò lui.

Lei aprì gli occhi, trovando lo sguardo di lui che la fissava. I suoi occhi erano così scuri dal desiderio da essere quasi neri. Poteva leggervi la sua fame, il suo bisogno di lei. Con la testa appoggiata nell'incavo del suo collo, i peli del suo petto le solleticavano il seno mentre lui si muoveva fuori e dentro di lei. Il corpo di Megan era in fiamme.

La passione bruciava nel suo ventre, diffondendosi alle sue membra. Sollevò un ginocchio per permettere a Chaz di penetrarla più a fondo. La riempì completamente. L'orgasmo montò dentro di lei lentamente, la pressione che aumentava ad ogni spinta. Chiuse la bocca contro la spalla di lui, mentre perdeva il controllo sotto il suo calore. Quando gettò indietro la testa con un lungo gemito, lui le baciò il collo, facendo scorrere la lingua su e giù lungo la stretta colonna.

Con un grido strozzato, Megan raggiunse l'appagamento per la seconda volta. I suoi muscoli si contrassero spasmodicamente prima di rilasciare il calore in tutte le parti del suo corpo. Non aveva mai provato nulla di così intenso con nessun altro uomo. Aprì gli occhi. Chaz continuava a muoversi dentro di lei. Meg gli posò le mani sul sedere, muovendo le dita su e giù con il movimento dei suoi fianchi.

Improvvisamente, lui aumentò la velocità, affondando dentro di lei con spinte forti e veloci. Chaz emise un forte gemito mentre il piacere s'impadroniva di lui. Dopo alcune spinte potenti, si fermò. Rimasero sdraiati respirando affannosamente, con il sudore dei loro corpi che si mischiava, producendo un rumore di suzione tra i loro petti. Intrecciò le dita a quelle di lei, catturandole le mani sopra testa. Le cercò le labbra per posarvi un bacio lento e gentile.

"Non ho mai..." ma le parole di lei annegarono in un altro bacio.

Con riluttanza, Chaz le lasciò andare le mani, prima di sollevarsi sui gomiti.

Il silenzio tra di loro era piacevole, mentre tenere carezze e baci prendevano il posto delle parole. Meg gli spostò i capelli dalla fronte e poi vi posò un bacio. Lui le baciò la punta del naso.

Chaz si alzò dal letto e andò in bagno. Megan si tirò le lenzuola in vita. Qualche minuto dopo, lui ritornò in camera, camminando fiero in tutta la sua altezza. Meg vide il suo sguardo posarsi sul suo seno mentre s'infilava nel letto. Si raggomitolò contro di lui, col viso posato sul suo petto e rimase ad ascoltare il battito veloce e regolare del suo cuore. Le dita di lui s'intrufolarono tra i suoi capelli.

"Sei adorabile," le sussurrò, "sotto tutti i punti di vista." Meg gli sorrise e lui le baciò i capelli.

"Domani è sabato. Non si lavora. Resta." Alzò il viso per guardarlo.

"Cosa sono, un cane? Resta...immagino vorrai anche che implori e venga?"

Meg scoppiò a ridere.

"No, hai già fatto entrambe le cose!" Furono entrambi presi dall'euforia. Meg rise tanto forte che raggiunse il bordo del letto e ci mancò poco che cadesse giù, ma Chaz fu pronto ad agguantarla per la mano e riportarla su.

"Ho fame." Megan si alzò a sedere, mettendogli le mani sulle spalle.

"Cos'hai in casa?"

"Gelato e salsa caramellata calda come ti suona?"

"Andiamo!" Chaz saltò giù dal letto e afferrò i suoi boxer.

Meg s'infilò il suo vestitino di cotone e lo prese per mano, guidandolo verso la cucina. "Hmm," mormorò lei mentre apriva lo sportello del freezer, "menta e cioccolato, stracciatella, vaniglia, o gelato al biscotto?"

"Hai tutti questi gusti lì dentro?" disse Chaz sbirciando nel freezer.

"Mark adora il gelato."

"Prenderò menta e cioccolato."

"Arriva! Io prendo la stracciatella." Meg passò a Chaz due barattoli di gelato.

Successivamente, aprì la dispensa e cominciò a rovistare.

"Le ciotole?" Le chiese lui.

Meg gli indicò un altro armadietto. Raggiungendo il fondo della dispensa, trovò quello che stava cercando.

"Si!" Tirando fuori un barattolo di salsa caramellata, esclamò, "Nel microonde!"

Riempirono le ciotole di gelato e poi le ricoprirono di salsa caramellata fusa. Si tuffarono entrambi nel loro gelato, divorandolo fino a metà della ciotola. "Facciamo cambio!" Meg cominciò a imboccare Chaz con il suo gelato. Finirono i loro gelati imboccandosi a vicenda. Quello che iniziò come un leccarsi via a vicenda la salsa caramellata dal mento diventò presto un leccar via la salsa da altre parti del corpo.

Chaz le spalmò una goccia di salsa caramellata tiepida sul capezzolo, prima di tuffarvisi con la bocca.

I gemiti di Megan lo eccitarono. Lei allungò una mano e lo trovò già duro. "Il gelato come afrodisiaco," disse con un risolino.

"Sei tu l'afrodisiaco." Chaz affondò la faccia nel suo petto prima di gettarsela sopra una spalla, "Basta. È ora dell'amore, donna!" Così, riportò una Megan divertita in camera da letto.

Chaz la gettò sul letto e in un secondo fu sopra di lei. Troneggiando su di lei, la baciò con ardore, esigendo una risposta appassionata. Meg non lo deluse, ricambiando il bacio con altrettanto desiderio, mentre gli cingeva la vita con le gambe. Lui affondò dentro di lei, riempiendola completamente. Cominciò a muoversi dentro di lei con spinte potenti e veloci, mentre lei dimenava i fianchi al suo stesso ritmo. Il sudore scendeva sulla loro pelle. I loro gemiti riempivano l'aria, mentre i loro corpi si aggrovigliavano in una bruciante passione. Raggiunsero il culmine del piacere velocemente e nello stesso momento.

Esausta, Megan spense la luce. Chaz rimase sdraiato sulla schiena con le braccia piegate sopra la testa. Lei si accoccolò con la testa sulla sua spalla. Immediatamente, lui fece scivolare il braccio intorno alla sua schiena prima di avvolgerla con l'altro braccio, stringendola a sé. Un suono di gioia sfuggì dalla gola di Meg, mentre si avvicinava ancora di più a lui.

"Devo assicurarmi che tu non svanisca durante la notte," le sussurrò lui, tirandole indietro i capelli per baciarla sulla fronte.

Incapace di formulare una qualunque parola, Meg chiuse gli occhi e si addormentò velocemente.

La luce del sole caldo di Giugno li trafisse negli occhi alle sei del mattino successivo. Chaz borbottò qualcosa e si girò dall'altra parte, affondando la faccia nel cuscino. Meg si alzò per tirare le tende. Strisciò di nuovo nel letto, accoccolandosi contro il corpo caldo di lui. Dopo che l'ebbe attirata più vicina a sé, le mani di Chaz cominciarono a vagare.

Per tutta risposta, lei fece scorrere le sue sulla sua schiena e sul suo sedere. Quando si voltò per trovarsi di fronte a lei, Chaz era assolutamente pronto per fare l'amore.

"È vero ciò che dicono...alzabandiera mattutino?" Megan chiuse la mano sulla sua erezione.

"Era la tua prima volta?" Le accarezzò la guancia, la sua voce dolce e curiosa.

"Non c'è dubbio!"

"Allora non dovrebbe essere una novità."

"Non mi fermavo mai a dormire da Alan. Facevamo una specie di sveltina e poi buonanotte. Niente di paragonabile a quello che ho fatto con te la notte scorsa...due volte." Meg concentrò lo sguardo sul suo volto. "Soddisfatto di te stesso?"

Il sorriso di lui andava da un orecchio all'altro.

"Io desidero soddisfare la mia donna." Chaz le accarezzò i capelli.

"Oh? E ora sarei *la tua donna*?" Il suo tono era provocatorio, ma voleva davvero sapere come stavano le cose tra di loro.

Uno sguardo timido gli attraversò il volto. Lei rise, mentre lui l'agguantava e l'avvolgeva nelle sue forti braccia. Chaz cominciò a mordicchiarle il collo. Le fiamme sopite della notte precedente ripresero vigore, come se avessero continuato a covare dentro di lei. Ovunque la toccasse, creava eccitazione. Le sue mani, la sua lingua e le sue labbra le accendevano un fuoco nelle vene. Megan fece scorrere le mani lungo il suo petto, toccando i suoi muscoli con le dita, mentre premeva i fianchi contro di lui. La mano di Chaz sotto al suo ginocchio le sollevò la gamba vicino al suo fianco, così potè facilmente darle piacere con le dita.

"Oh mio Dio," esclamò lei, chiudendo gli occhi.

Cominciò a muovere le dita dentro di lei, godendo dei suoi gemiti.

"Per favore...Oddio, Dunc..." Le fiamme minacciavano di consumarla, mentre il desiderio cresceva inesorabile dentro di lei.

Chaz sfilò le dita per raggiungere il suo didietro. Lo prese a coppa tra le mani e lo strinse, attirandola direttamente contro la sua turgida erezione. Infilò un preservativo. Era così bagnata che scivolò dentro di lei con facilità. Megan stava ansimando. Chaz chiuse gli occhi ed emise un gemito, nascondendo il viso nel suo collo.

"Sei così...così...incredibile," le mormorò.

I due amanti si mossero al ritmo del loro desiderio, uniti nel corpo e nell'anima. Meg staccò completamente il cervello, lasciando che i sensi prendessero il sopravvento. Il suo cuore si aprì e permise a Chaz di insinuarvisi e reclamarlo. Le parole "ti amo" traboccavano nella sua gola, ma si rifiutò di dar loro voce.

Così si dissolsero e scomparvero. Il calore attraversò il suo corpo come un missile appena lanciato. Cercò di lasciarsi andare, ma era difficile superare anni di controllo assoluto. S'irrigidì.

"Lascia che succeda, pulcino," le sussurrò Chaz e finalmente, le sue spinte insistenti e costanti fecero crollare le sue difese. Il suo corpo danzò al ritmo del corpo di lui. Il sudore imperlò la fronte di Chaz e colò sul collo di Megan. Sollevandosi sui gomiti, abbassò la bocca sui suoi seni e li succhiò. L'energia si sprigionò dal suo capezzolo fino al centro del suo piacere, distruggendo qualunque traccia di controllo rimasto ancora in lei. L'orgasmo esplose in lei come uno tsunami, inondando il suo corpo e irradiando correnti di piacere quasi elettrico ad ogni sua terminazione nervosa. Megan chiuse gli occhi e urlò di gioia.

Percependo lo sguardo di Chaz su di lei, Meg aprì gli occhi e incontrò i suoi, oscurati dalla passione, mentre la possedeva con colpi veloci e potenti. Poi chiuse gli occhi. Il rossore sul petto di Chaz si estese al suo collo, mentre gemeva, urlando il nome di lei. Un ciuffo di capelli si appiccicò alla sua fronte madida di sudore. Riaprì gli occhi lentamente e Megan giurò di avervi visto lo sguardo dell'amore. Tuttavia, quello sguardo scomparve così velocemente com'era comparso, sostituito da quello dei postumi dell'orgasmo.

Chaz continuò a muoversi dentro di lei per qualche altro istante, prolungando il suo piacere e quello di lei. "Non voglio fermarmi...non voglio fermarmi mai," mormorò.

Megan sollevò una mano verso la sua guancia e l'accarezzò sopra la barba che stava cominciando a crescere. *È così dannatamente sexy...lui è così sexy...* Le labbra di Chaz che sfioravano leggermente e dolcemente le sue interruppero i suoi pensieri. "Questo sì che è un bel modo di svegliarsi," disse lei, mentre un sorriso le sollevava gli angoli della bocca.

"Al tuo servizio. Posso organizzarmi per svegliarti così tutte le mattine."

Appena quelle parole gli uscirono dalla bocca, il gelo scese sul cuore di Megan. Lui si allontanò da lei. Qualcosa le strinse il petto. *Tutte le mattine? Sarebbe stupendo averlo qui tutte le mattine. Non accadrà mai.* Sorpresa dalla sua stessa reazione, l'espressione di Meg divenne imperscrutabile.

Afferrò la vestaglia da una sedia vicino al letto e se la infilò. "Caffè," disse, incamminandosi verso la cucina. Chaz scomparve nel bagno, mentre lei lasciava la stanza. Quando raggiunse il bancone della cucina, Meg vi si appoggiò per un momento. *Smettila. Smettila. Non pensarci nemmeno. Lui è una star. Ti ritroverai col cuore spezzato. Fai un passo indietro. Divertiti e basta. Ma io non faccio sesso occasionale.*

Entrò in modalità pilota automatico, preparando il caffè e tirando fuori frutta fresca e yogurt per la colazione. Quando il caffè cominciò a gorgogliare nella macchinetta, Chaz comparve con indosso i suoi boxer. S'infilò la maglietta da sopra la testa.

"Buongiorno."

Lei ricambiò il saluto, poi cominciò a fare avanti e indietro per la cucina, evitando il suo sguardo, preparando la tavola e portando fuori il cibo.

"Ehi," disse lui, afferrandola alle spalle per un braccio. "Rallenta. Non mordo."

Lei cercò di evitare il suo sguardo ma non ci riuscì.

"Cosa c'è che non va?" I suoi occhi castani erano colmi di preoccupazione, mentre le sue sopracciglia s'inarcavano.

"Niente. Niente."

"Ho appena...ehm... passato la migliore mattina della mia vita, e pensavo fosse così anche per te. Ora non vuoi neanche guardarmi. Cos'è successo?"

Chaz la intrappolò tra il tavolo della cucina e il frigorifero. Sollevandole il mento con un dito, la costrinse a guardarlo in faccia.

"Megan...sono io, Dunc. Che succede?"

Lei lo guardò negli occhi e si ammorbidì. Gli posò le mani in vita mentre si avvicinava di più a lui. Lui la circondò con le braccia, stringendola a sé. Le lacrime cominciarono a formarsi nei suoi occhi, mentre un piccolo tremito di paura le trapassò il petto. Appoggiò la guancia al petto di Chaz, incapace di trattenere le lacrime. Asciugandole con una mano, sperava di nascondere le proprie emozioni dal suo sguardo, ma Chaz si distanziò da lei. *Ora non c'è via d'uscita.* Lei abbassò la testa, cercando ancora di nascondersi.

"Se quelle fossero lacrime di gioia, bè, potrei capire, ma..." un sorriso sbilenco comparve sul suo volto.

Lei scosse la testa. "È stato bellissimo. Tu sei stato fantastico... il migliore."

"E allora perché queste cascate del Niagara?" Lui appoggiò la mano sui suoi capelli.

"Non voglio impegnarmi." *Non voglio che mi lasci.*

La testa di Chaz scattò all'indietro, come se avesse ricevuto uno schiaffo. Il suo volto si serrò.

"Chi ha mai parlato d'impegnarsi?" Lasciò cadere le mani dalle braccia di lei.

*Grande! Ottimo lavoro, idiota!* "Non volevo dire questo...Volevo dire...Non voglio...affezionarmi a te. Tu sei una star di Hollywood e incontri donne favolose ogni giorno. Sei lontano per buona parte dell'anno. Non voglio innamorarmi di te, solo per ritrovarmi col cuore calpestato."

"Chi ha mai parlato d'amore?" Chaz indietreggiò.

Megan sostenne il suo sguardo. Notò un rapido bagliore di dolore passare nei suoi occhi e scomparire.

"Nessuno...ed è un bene, no?" Meg si asciugò una lacrima dalla guancia.

"Un po' di libidine sfrenata tra due amici." Si appoggiò al frigorifero.

Megan si aggrappò al tavolo dietro di lei, mentre le parole di Chaz la colpivano come un vento di burrasca.

"Lo pensi davvero?" Le lacrime ricominciarono a pungerle gli occhi. Fece un respiro profondo per recuperare l'equilibrio.

"E tu?" Chaz incrociò le braccia sul petto.

"Perché mi sento sempre come se stessi giocando a scacchi quando parlo con te?" Meg piegò leggermente la testa.

"Forse perché è quello che stiamo facendo. Non è così che succede tra un uomo e una donna? Una partita a scacchi. Lui muove una pedina, lei sacrifica un alfiere, alla fine è scacco matto...per la vita. Non è questo che vuole la donna?"

"Non con l'uomo sbagliato."

"E come fai a determinare quale sia l'uomo giusto?"

"Se lo sapessi, a quest'ora sarei sposata...e avrei fatto felice mia madre."

Chaz scoppiò a ridere. Il rumore forte della risata lasciò Meg allibita. "Non intendevo dire qualcosa di divertente."

"Ma lo era. Una delle cose che amo di te è che senza volere, o forse lo fai intenzionalmente, sei divertente." Il suo corpo si piegò, mentre la risata continuava a riverberare nel suo petto.

"Una delle cose che *ami* di me?" Megan spalancò gli occhi. Le sue mani si posarono sui suoi fianchi, in una posa disinvolta.

"Non intendevo in quel modo. Cavolo, non posso dire niente senza finire nei guai?" Sollevò la macchina del caffè sopra una tazza vuota, "Caffè?"

"Si, per favore. Non so che cosa ho detto."

Chaz si concentrò sul riempire le tazze, ignorando la sua domanda. "Ricominciamo...Buongiorno." Si piegò per darle un bacetto sulla guancia.

"'Giorno." Meg sollevò la sua tazza e prese un sorso.

Un silenzio pesante calò sulla cucina mentre bevevano il loro caffè. Meg guardava fuori dalla finestra, temendo di incontrare lo sguardo di Chaz, dal momento che lui la stava fissando. Il suo sguardo le ricordava una coperta di lana, che copriva ogni parte di lei con morbido calore. *Non ti ci abituare...indipendentemente da quanto ti faccia sentire bene.*

# Capitolo Otto

Quando Megan trovò il coraggio di guardare nella sua direzione, lo sguardo le cadde sulle sue mani. Il suo corpo fremette al ricordo del tocco gentile ed eccitante delle sue dita sulla sua carne. Un improvviso bisogno di sentire le sue mani sul suo corpo le fece alzare gli occhi sul suo viso. *È questo che provano Mark e Penny? È questo il motivo per cui non riescono a staccare le mani l'uno dall'altra?*

Come se le avesse letto nella mente, Chaz si avvicinò con la sedia. Le sue dita si persero tra i capelli di lei.

"Non parliamo di domani o del futuro. Qui è dove voglio essere ora, con te. Possiamo fermarci a questo?" Le sue dita le sfiorarono il collo e un brivido le percorse la schiena.

*Smettila di programmare tutto—goditi il momento.*

"Qui è dove voglio essere anch'io."

Lo attirò dolcemente a sé con una mano dietro alla nuca e unì le labbra alle sue.


Dopo una lunga doccia resa ancora più lunga dall'aver fatto l'amore con Megan sotto il getto caldo dell'acqua, Chaz si organizzò per incontrarla di nuovo per le prove e per cenare insieme. Mentre camminava verso l'appartamento di Quinn, ogni fibra del suo essere sprigionava energia. Aveva voglia di saltare. Aveva voglia di correre. Ma era Chaz Duncan, e non voleva attirare l'attenzione su di sé.

Quinn era seduto al tavolo della cucina che si grattava il volto ispido e sbadigliava.

"Notte lunga?" Chiese Chaz, mentre si versava una tazza di caffè e raggiungeva l'amico.

"Già. Anche la tua?"

Chaz sorrise.

"Quindi *ora* posso chiamarla la tua ragazza?" Quinn si stirò le braccia sopra la testa.

Il sorriso di Chaz si fece più grande ma non rispose. "Chi è stata la fortunata ieri notte?"

"Deandre. Te la ricordi?" Quinn si alzò in piedi.

"Dee? Certo. Pensavo foste solo amici."

"Gli amici possono essere intimi, no?"

"Si, diamine." Chaz ridacchiò. "E quando finirete per…"

Quinn alzò una mano.

"Non succederà mai. Finiremmo per ammazzarci dopo neanche una settimana."

"Migliori amici al liceo ma non scopamici ora?" Chaz sollevò le sopracciglia mentre apriva il frigo.

"No. Sono tutte cavolate, sai. Scopamici. O si finisce per sposarsi, oppure si rovina l'amicizia. Torni dalla tua ragazza stasera?"

"Lei non è la mia…"

"Piantala, Dunc!" Quinn lo interruppe, alzando la voce.

Chaz prese un barattolo di salsa dal frigorifero, poi frugò nella dispensa per trovare le patatine. "Okay, magari lo è. Suona anche il piano. Stasera vado da lei a fare le prove."

"Le prove…sì, certo. Le prove di cosa…un film porno?" Quinn rise alla sua stessa battuta.

"Per Broadway."

"Oh cazzo" Quinn smise di ridere e si mise a sedere.

"Si."

"Hai ottenuto un provino per *Rainy Sundays*?"

"Si. Sono arrugginito da morire. Meg ha alcuni bei pezzi di musical. Mi esercito da lei."

"Ti eserciti? Pensavo che sapessi già come..." Chaz afferrò l'amico in una presa da wrestling, stroncando ogni ulteriore commento. Quinn rise mentre Chaz lo trascinava a terra.

"Non sono arrugginito in quello...ma *tu* probabilmente sì. Quanto tempo, Quinn? Sei mesi?"

"Non tanto quanto te quando abbiamo recitato su a nord in *This Side of Heaven.*"

"Grazie di avermelo ricordato. E che ne dici di Cleveland, quando sei svenuto davanti a quella ragazza con due tette da quinta coppa D? Qualcuno ha dovuto realizzare i suoi sogni!" Chaz sogghignò.

La faccia di Quinn divenne rossa per lo sforzo, mentre lottava per liberarsi. I due uomini continuarono ad azzuffarsi, lottando sul pavimento finché non si fermarono esausti.

"Tregua?" Chiese Chaz.

"Tregua." Concesse Quinn.

I due uomini si alzarono in piedi e si ripulirono alla bell'e meglio.

"Buona fortuna per il provino per *Rainy Sundays*. Quando saprai qualcosa?"

"L'audizione non è che tra due settimane. Dovrei sapere qualcosa entro una settimana, ma sai com'è...dubito che accadrà."

Quinn portò la salsa e le patatine nel soggiorno e si mise a guardare una partita dei Mets. Chaz prese il suo telefono. Aprì la rubrica, scorrendo finché non trovò il nome che stava cercando, poi premette il tasto chiamata. "Ehi, Evan, sono Chaz. Ho un ordine per te. Non è grossa cosa, ma ho bisogno che sia consegnato stasera entro le sei. È possibile? Grande...ecco quello che voglio..."

"Torni a casa stanotte?" domandò Quinn, un tocco di gelosia nella sua voce.

"Non aspettarmi alzato," Chaz ridacchiò, mentre richiudeva la porta dietro di sé.


Chaz arrivò al complesso Royal indossando baffi finti e un cappellino da baseball. Briny lo fermò. "Che appartamento cerca, signore?"

"Briny, non mi riconosci?"

Briny lo fissò con sguardo penetrante, prima di scuotere la testa.

"Grady Spencer!"

"Oh! Signor Duncan?" La bocca di Briny si allargò in un sorriso.

"Shhh. È un segreto." Chaz si portò un dito alle labbra.

"Certo, certo. Leggo i giornali. Lo capisco. Solo un attimo." Briny chiamò l'appartamento prima di dargli il permesso di entrare.

Chaz rivolse il saluto alla Grady Spencer al portiere mentre raggiungeva l'ascensore.

Aveva in mano un bouquet di rose color albicocca, due bouquet, per la verità, nell'altra mano. Avvertiva un formicolio sulla punta delle dita, anticipando il momento in cui avrebbe toccato la pelle morbida di Megan. Si leccò le labbra senza accorgersene, mentre pensava a lei. *Non rovinare tutto, Dunc.* Un leggero sudore gli inumidì i palmi delle mani. Il suo cuore cominciò a battere più forte. *Chissà cosa starà indossando? Qualcosa di facile da strappare? Mutandine di pizzo? Di che colore? O forse non indossa le mutandine?* Ridacchiò tra sé e sé, mentre entrava nell'ascensore vuoto e sorrise, quando immagini del suo corpo nudo cominciarono a balenargli nella mente.

Il suono debole di un pianoforte si diffuse nell'ascensore, mentre si avvicinava al quattordicesimo piano. Il suonare ritmico e regolare delle dita che si susseguivano su ciascuna nota in una successione sincopata fu come un richiamo per le corde vocali di Chaz. Cominciò a fare dei vocalizzi nell'ascensore, per scaldare la voce. Camminare lungo il corridoio, cantando ogni singola nota insieme al piano, creò una nuova connessione con Meg. Il battito del suo cuore aumentava man mano che si avvicinava alla sua porta.

Suonò il campanello, tenendo il mazzo di fiori gigante davanti al petto e aspettò che lei aprisse la porta.


Meg sobbalzò leggermente all'indietro quando Chaz le presentò l'enorme bouquet di rose. Erano stupende, una più perfetta dell'altra. Il delicato color albicocca era da sempre il suo preferito. I suoi occhi si fecero più grandi mentre guardava lo strano uomo coi baffi e il cappellino da baseball.

"La conosco?"

Chaz rise mentre si staccava i baffi finti e si toglieva il cappello. Meg scoppiò a ridere. "Un genio del travestimento...smetterai mai di stupirmi?"

"Spero di no," rispose lui, mettendosi quell'accessorio peloso nella tasca posteriore. Posò il cappello sulla credenza.

Megan osservò i fiori.

"Come facevi a saperlo? Questi sono i miei preferiti."

"Sono di una bellezza delicata, come te."

Un sorriso le si dipinse sul viso mentre lo guardava. "Acqua," disse, e si diresse in cucina mentre Chaz chiudeva la porta.

Trascorsero le due ore successive provando. Fecero una pausa di venti minuti per discutere dei punti in cui lui era meno forte e parlare di ciò che doveva essere cambiato.

Alle sei in punto, Briny le citofonò e spedì il fattorino di Zabar's all'appartamento di Megan.

"Ah, è arrivata la cena," disse Chaz, fregandosi le mani. "Sto morendo di fame."

"Cena?" Meg si voltò a guardarlo.

"Naturalmente. Non ti ho chiesto di cucinare per me, solo di suonare per me. Pensare alla cena è il minimo che possa fare."

Prima che lei potesse fare ulteriori domande, il campanello suonò. Chaz andò ad aprire la porta e ritirò i vassoi con il cibo. Lasciò venti dollari di mancia al fattorino prima di chiudere la porta. Meg l'aiutò a portare il cibo sul piccolo tavolo in ebano situato in un angolo a destra dell'enorme soggiorno. Tirò il tavolo un po' più verso l'esterno, mentre Chaz sistemava due sedie in modo che potessero godere della vista di New York. "Siediti! Ti servo io."

Meg rise. "Cosa ne sai tu di come si serve il cibo?" disse, con le mani posate sui fianchi.

"Tu scherzi, ma ho esperienza. Mi sono occupato di mia madre durante i suoi momenti peggiori con la droga. Ho imparato a cucinare alcuni cibi basilari. Ero sempre io ad apparecchiare la tavola per i vari pasti e a servire il cibo."

"Mi dispiace." Megan gli posò una mano sul braccio.

"Non dispiacerti. Essere autosufficienti è un bene," le rispose mentre scartava uno dei vassoi con il cibo.

"Ha un aspetto delizioso. Che cos'è?"

"Un piatto freddo. Vediamo...questo è filetto di manzo freddo, di media cottura...e dall'altro lato del vassoio, riposte in maniera perfetta, troviamo dei pomodori ricoperti da una fetta di mozzarella e una foglia di basilico. Al centro, un'insalata di patate alla tedesca. Niente maionese, meno grassi...non per te. Ma io devo stare attento al mio peso."

Megan cominciò ad avere l'acquolina in bocca, mentre Chaz posava delicatamente il grande vassoio con tutto il cibo disposto in maniera così artistica. Le passò un tovagliolo. Poi scartò una bottiglia di sidro frizzante *Martinelli's*.

"Niente alcol quando devo cantare," le spiegò.

In un'altra ciotola vi erano dei fagiolini verdi.

"Oddio, mi sono dimenticato dell'antipasto!" Immediatamente, Chaz scoprì una ciotola in cui vi era, tra tuttti, il più grande gamberetto che avesse mai visto. Un altro contenitore più piccolo conteneva la salsa cocktail.

Megan allungò una mano, prese un gamberetto, lo immerse nella salsa e diede un morso. Era perfetto.

"È assolutamente delizioso! Oh Chaz! Che cena! Dev'esserti costata una fortuna."

"Ora, ora...la consulente finanziaria è in ferie per il weekend. Solo il meglio per l'adorabile signora che suona il piano per me...che mi lascia entrare nel suo letto."

Rimasero in silenzio per un po', entrambi persi nelle varie delizie culinarie. Megan era molto più affamata di quanto avesse pensato e mangiava con gusto. Gli asciugò una goccia di pomodoro sul mento, poi se la leccò via dal dito, continuando a guardarlo negli occhi. Con un morso, lui prese la coda di un gamberetto dalla bocca di lei, unendo le loro labbra per un breve momento. Megan poteva sentire il sangue che cominciava a scaldarsi nelle sue vene, mentre guardava il corpo di lui, vestito con jeans e una maglietta aderente. Sapere cosa si nascondeva sotto quei vestiti le provocò una sensazione di piacere in determinate parti del suo corpo.

Quando ebbero finito il loro banchetto, Meg si voltò verso di lui e chiese, "Caffè?"

"Certo. Ho bisogno di restare sveglio e avere qualcosa con cui accompagnare il dessert."

"Dessert? Non penso proprio." Megan si diede alcuni colpetti sulla pancia.

"Ma è il tiramisù."

"Il tiramisù! Il mio dolce preferito! Come facevi a saperlo?"

"Un caso fortunato."

Trascorsero la mezz'ora successiva a sorseggiare caffè e assaporare il denso e cremoso dessert, imboccandosi a vicenda con un cucchiaio condiviso. Quando finirono, Meg lesse il desiderio negli occhi dell'uomo, prima di alzarsi e portare i loro piatti in cucina.

"Disciplina," mormorò Chaz.

"Come?" Si voltò a guardarlo mentre sciacquava i piatti prima di metterli nella lavastoviglie.

"Disciplina...il dovere prima...del piacere." Chaz raccolse gli avanzi del cibo e li ripose nel frigorifero.

"Cioè?"

"Cioè che devo cantare ancora per un'altra ora prima di strapparti i vestiti di dosso e fare l'amore con te appassionatamente." Si avvicinò a lei da dietro, avvolgendole le braccia intorno alla vita e seppellendo il volto nel suo collo; le sue labbra lasciavano una scia bruciante lungo quella colonna sensibile.

"Il lavoro...il piano..." Megan riuscì a divincolarsi prima che le mani di lui raggiungessero i suoi seni.

"Giusto." Chaz lasciò cadere le mani e indietreggiò. Non riesco a resisterti, Meg."

Megan suonò le due canzoni ancora e ancora per un'ora intera, mentre Chaz cantava. Lui si fermò ogni mezz'ora circa per ripetere gli stacchi che non gli erano riusciti bene.

Dopo aver fatto i gargarismi con acqua e sale, le disse, "Ora non posso parlare. Devo riposare la voce. Ho altre cose da fare con la bocca."

La prese per mano e la condusse in camera da letto.

Le due settimane seguenti sembrarono volare per Meg. Trascorreva le giornate a monitorare gli investimenti per Mark e Chaz e ad incontrare nuovi potenziali clienti VIP. Due attrici e un politico famoso s'incontrarono con Harvey Dillon e Meg. Sembrarono colpiti positivamente.

Le notti le passava mangiando il cibo favoloso che Chaz si faceva recapitare da un vasto assortimento di ristoranti, da quello greco a quello francese, da quello cinese di alta qualità alle migliori rosticcerie, dopo aver suonato il piano per lui. Col passare dei giorni, Meg notò un miglioramento nel suo modo di cantare e anche nel modo di esibirsi. Riusciva a trasmettere emozioni. La perfezionista che era in lei era stata scettica all'inizio, ma dopo averlo osservato lavorare giorno dopo giorno, cominciò a credere che Chaz avesse una chance di ottenere il ruolo. Dopo ogni sessione di prove, Chaz faceva i gargarismi, poi si ritiravano nella camera da letto a scaldare le lenzuola con la loro passione sempre crescente.

Meg si era aspettata che Chaz si sarebbe stancato di lei. Attendeva con nervosa anticipazione che la sua passione scemasse da un momento all'altro. Invece, sembrava crescere ogni giorno di più. Anche lei lo desiderava sempre di più.

Tenere il cuore separato, protetto e al sicuro diventò impossibile. Il fascino di Chaz aveva penetrato la sua corazza. Per la prima volta nella sua vita, un altro uomo, oltre a suo fratello, teneva a lei. E questo la eccitava quasi quanto la spaventava.

Mentre giacevano sul letto dopo aver fatto l'amore la notte prima dell'audizione, Megan divenne loquace. "Quando parti per le riprese del prossimo episodio di *West of the Sun*?"

"Sabato. Così ho un giorno per sistemarmi prima che comincino i lavori."

"È tra due giorni," disse lei mordendosi il labbro.

"Mi mancherà il tempo passato insieme." Si voltò su un fianco, infilando le dita tra i capelli di Megan.

"Chaz...non voglio essere una consulente finanziaria per le celebrità."

"Perché no?" La sua mano si fermò.

"Non sono tagliata per una vita sotto i riflettori. Non so cosa dire ai giornalisti."

"Questo comprende vedere me?" Si alzò a sedere.

Lei esitò.

"Allora?" Il lenzuolo gli scivolò lentamente in vita.

"Non proprio, ma non voglio l'attenzione della gente, mentre tu campi con quella..." Allontanò lo sguardo dal lui.

"Il fatto che sappia come gestirla non significa che mi piaccia. Sono carino con tutti. Parlo senza dire nulla. Ti ci abituerai. Non è così terribile quando raccogli i frutti della fama, come il denaro—"

"Non ho bisogno di così tanti soldi. Non voglio essere famosa ...'*Bambolina di Harvard*'...ugh! Lo odio," disse Megan facendo una smorfia.

"Verrai a farmi visita un fine settimana?" Lui cambiò argomento, intrecciando le dita con le sue.

"Volare a...dove sono le riprese?"

"Arizona."

"Volare in Arizona per un fine settimana?" Sollevò le sopracciglia.

"Le persone lo fanno regolarmente. E io impazzirei a stare senza di te per due mesi, forse tre."

"Forse tre!" Megan si alzò a sedere, esponendosi ai suoi occhi.

"Tre mesi senza questo...senza di te." Le posò una mano sul seno, chinandosi per baciarglielo.

"Tre mesi...per fortuna che non siamo innamorati o cose del genere." Il suo volto divenne una maschera che nascondeva le sue emozioni.

Lui sollevò la testa di scatto. I suoi occhi cercarono quelli di lei.

"Voglio dire, questo tipo di separazione, se fossi pazzamente innamorato, sarebbe una tortura, giusto?" Un leggero sudore le comparve sul labbro superiore.

Chaz allontanò la mano da lei e si rilassò contro la testiera del letto. "Certo, giusto...naturalmente. Se fossi innamorato di te, andrei...ehi...le parole della canzone." Sorrise.

Lei ridacchiò. "If I loved you...se fossi innamorata di te, non potrei mai starti lontana per tre mesi."

"Magari saranno solo due. E puoi venire a trovarmi. A volte ho un giorno libero. Potremmo stare insieme. Ti comprerò il biglietto."

"Ho abbastanza soldi per comprare un biglietto per l'Arizona," disse lei, storcendo il naso.

"Non intendevo dire che non li hai, ma...che non vorrei che tu pagassi." Prese le mani di Meg e se le portò alle labbra.

Lei cominciò a giocherellare con una pellicina. *Tre mesi!* Il dolore le attanagliò il cuore.

"Possiamo anche vederci tutti i giorni sul computer. Continuerai a farmi i resoconti giornalieri?"

"Se avrò nuovi clienti...potrei non averne il tempo."

"Oh, naturalmente." Aggrottò le sopracciglia, "Non mi piace molto l'idea di condividerti."

"E io allora? Tu sarai sul set con un sacco di donne bellissime...non sentirai nemmeno un po' la mia mancanza." Meg si morse il labbro.

"Sì, invece."

"Ma tu frequenterai..."

"Io lavorerò, non frequenterò altre persone," l'interruppe Chaz con uno sguardo di disapprovazione. "Sarai tu, qui a New York, con una quantità spropositata di uomini belli e ricchi... a uscire con qualcuno."

Meg scosse la testa.

"Sì lo farai," insistette lui.

"No. Come potrei uscire con qualcun altro, dopo essere stata con te?"

Lui rise. "Ah! Tanti uomini. Tutte quelle celebrità di cui gestirai il denaro. Diventerai ricca, famosa...ti dimenticherai di Dunc, il ragazzo del Bronx." Distolse lo sguardo da lei.

Megan gli mise le mani sulle spalle. "Non potrei mai dimenticarti...mai."

"Lo dici adesso...ma quando arriverà la chiamata di Wealthy Wally direttamente da Wall Street, ti getterai tra le sue braccia. Io non sarò altro che un ricordo, magari un ricordo dolce, ma pur sempre un ricordo."

"Non dire così! Sono io quella che rimarrà un ricordo." Le lacrime le annebbiarono la vista mentre si voltava dall'altra parte.

Chaz rimase seduto immobile e il silenzio si fece pesante nella stanza. Sollevò la mano verso la nuca di Megan per accarezzarle dolcemente i capelli.

"Oh no, Meg, non potresti mai essere solo un ricordo per me. Non ci sarà mai...tu sei insostituibile."

Lentamente, Megan si voltò col viso rigato di lacrime per incontrare il suo sguardo. Lui le posò un bacio delicato sulle labbra, prima di attirarla tra le sue braccia. Con la faccia sepolta sul suo petto nudo, lei disse piangendo. "Non voglio che ci lasciamo."

"Allora non facciamolo." Chaz aumentò la stretta delle sue braccia intorno a lei.

Lei si rilassò nel suo abbraccio per un momento, prima di asciugarsi gli occhi con la mano.

"Vieni da me a Phoenix, Meg. Ho bisogno di te..."

Lei annuì e lui le rivolse un piccolo sorriso, "Allora è deciso."

Meg lanciò un'occhiata all'orologio. "Oh! Sono le undici. A che ora è l'audizione?"

"Undici e trenta. Abbiamo un sacco di tempo." Le baciò i capelli.

"Domani ho preso un giorno di ferie. Posso prepararti una buona colazione."

"Niente latte, crea del muco sulle corde vocali." Sollevò il palmo della mano.

"Capito. Dovremmo dormire un po'." Meg si staccò da lui e si sdraiò sul letto.

"Giusto." Chaz le scivolò accanto, prendendola tra le braccia. Lei si girò su un fianco, così lui poté abbracciarla, avvolgendo un braccio intorno a lei e posando la testa su suo seno. Meg si sentì invadere da una sensazione di contentezza. *Come farò a dormire di nuovo senza di lui al mio fianco?*

Il venerdì mattina, Meg si svegliò di soprassalto. Aveva spento l'allarme e dormito fino alle otto. Saltò giù dal letto, dimenticandosi per un momento di aver preso un giorno di ferie. Chaz aprì un occhio in fessura. "Hmm, che visione adorabile, anche a quest'ora." Il suo sguardo vagò lungo il corpo nudo di lei.

"Torna a dormire," lasciò cadere il lenzuolo e afferrò la sua vestaglia, prima di dirigersi in cucina.

Non ci volle molto prima che il delizioso aroma di caffè riempisse la cucina. Il suono del bacon che friggeva nella padella avvisò Meg che era meglio abbassare il fuoco. Si versò la sua prima tazza di caffè e si sedette per un momento, sorseggiando la calda bevanda mentre guardava fuori dalla finestra. *La mia prima vera storia d'amore.* Sorrise. *È meraviglioso. Lui è meraviglioso.*

L'odore del bacon sfrigolante le stuzzicò il naso, strappandola alle sue fantasticherie. *Oddio! Il bacon!* Si precipitò ai fornelli per girare il bacon e abbassare il fuoco. La preparazione della colazione occupava la sua mente, ma il suo cuore cantava e lei non riusciva a smettere di sorridere.

"C'è un profumo delizioso qui." La voce profonda di Chaz la fece sussultare. Meg sollevò lo sguardo mentre lui abbassava le labbra a sfiorarle il collo.

"La colazione è quasi pronta," disse lei.

"Non mi ricordo quand'è stata l'ultima volta che qualcuno a preparato la colazione per me." L'abbracciò da dietro.

Meg finì di cuocere le uova e sistemò il cibo in due piatti. Chaz li prese dal bancone e li portò sul tavolo della cucina, mentre Megan tirava fuori le posate. Per un attimo, mangiarono in silenzio. "Questo è un grande giorno per te," azzardò lei.

"La mia prima audizione per Broadway."

"Sei nervoso?"

"Terrorizzato," ammise lui prima di mettersi in bocca una forchettata di uova.

"Andrai alla grande. Sei preparato." Megan prese una striscia di bacon e ne morse un'estremità.

"Grazie a te, sono il più preparato possibile."

"Allora non dovresti essere nervoso."

"Non funziona così," ridacchiò lui. "E poi, un po' d'ansia fa bene. Ti mantiene lucido."

"So che sarai fantastico." Meg si allungò per stringergli un braccio.

Quando ebbero finito di mangiare e riordinare, Chaz la guardò con un sopracciglio inarcato. "Che ne dici di fare una doccia e poi scaldare le corde vocali?"

"È meglio che la fai da solo. Sono già le nove."

Lui la prese per mano e la condusse verso il bagno. "Sai qual è la miglior cura per calmare i nervi?" Disse da sopra la spalla.

"Uh..."

"Fare la doccia con la mia ragazza," sorrise Chaz.

Megan scoppiò a ridere, mentre lui chiudeva la porta del bagno dietro di lei.

Alle dieci, Chaz era di fronte alla porta d'ingresso, pronto per uscire. "Devo andare da Quinn a cambiarmi e poi tornare lì dopo l'audizione per fare i bagagli."

"Puoi essere di ritorno per le cinque? Preparerò la cena, tanto per fare qualcosa di diverso." Megan gli accarezzò la guancia.

"Sono curioso di provare la tua cucina. Ci vediamo alle cinque."

Si abbracciarono. Chaz le diede un lungo bacio.

"Buona fortuna," gli urlò Meg dalla porta, ascoltandolo mentre faceva i vocalizzi per scaldare la voce mentre aspettava l'arrivo dell'ascensore.

# Capitolo Nove

Megan s'infilò i vestiti e si diresse verso il supermercato. *Stanotte sarà una notte da ricordare.* Alle quattro e mezza, si stava truccando freneticamente. Le tremava la mano, mentre cercava di applicare il mascara, così si fermò e trasse un profondo respiro. *Calmati. È tutto pronto. Rilassati!* S'infilò un vestitino prendisole sexy con niente sotto, tranne le mutandine. Il tema a fiori verdi e turchesi su uno sfondo bianco enfatizzava il verde profondo dei suoi occhi e, naturalmente, Chaz avrebbe notato la profonda scollatura.


Chaz salutò Briny mentre aspettava che il portiere citofonasse a Meg. Essersi tolto il peso dell'audizione dalle spalle lo faceva sentire più leggero. Spostò il grosso bouquet di rose rosa da una mano all'altra.

*La nostra ultima notte insieme per...mesi.* Ricominciò a sentirsi nervoso. *Può sopportarlo? Resterà con me? È Dunc o Chaz quello di cui si è innamorata? Ho bisogno di lei...come l'aria...come il cibo.*

"Può salire," Briny sollevò il cappello.

Chaz gli fece il saluto alla Grady Spencer.

"Signorsì. Attenti!" Briny ridacchiò, mentre Chaz raggiungeva l'ascensore.

Forse era la sua immaginazione, ma gli sembrava di sentire il profumo di cibo fatto in casa anche mentre era nell'ascensore. *Proviene dall'appartamento di Meg?*

Quando la porta dell'appartamento si aprì, Chaz fu accolto da una splendida visione, Meg che indossava un seducente prendisole, e allo stesso tempo dall'aroma di una cena che gli faceva venire l'acquolina in bocca. Entrò prima che lei potesse parlare e la prese tra le braccia. Dopo un bacio amorevole, fece un passo indietro.

"Allora?" Chiese lei.

Lui sollevò un sopracciglio.

"L'audizione? Com'è andata?" Megan posò le mani sui fianchi.

"Oh quello! È andata bene." Chaz sorrise.

"Ti hanno detto nulla?"

"Non lo fanno mai. Saprò qualcosa tra un paio di settimane. Ho fatto del mio meglio e posso solo sperare. Cosa stai cucinando?"

Meg gli passò una bottiglia di champagne *Piper Hiedsieck*.

"Per festeggiare. Tu aprila, io prendo i bicchieri."

"Adoro lo champagne. Cosa stai cucinando?"

"Niente di troppo elaborato—il polpettone di mia madre. È il piatto preferito di Mark," gli disse lei dalla cucina.

Chaz smise di svitare il tappo della bottiglia di champagne. Raggiunse il tavolo apparecchiato per due con un bel servizio di porcellana e vera argenteria. Un nodo gli si formò in gola. Posò la bottiglia e batté rapidamente le palpebre. *Polpettone. Nessuno mi ha mai fatto il polpettone dopo…Mamma.*

Megan entrò nella stanza con due calici da champagne in mano.

"Perché non hai…" cominciò a dire lei, prima di guardarlo in faccia.

"Che cosa?"

Lui sollevò una mano verso di lei, continuando a sbattere le palpebre mentre faceva un respiro profondo.

"Stai bene?" Megan aggrottò la fronte e gli mise una mano sul braccio.

Lui si passò il dorso della mano sugli occhi e le girò le spalle.

"Ho fatto qualcosa..." la voce le morì in gola.

Continuando a darle le spalle, scosse la testa, incapace di parlare. Meg si avvicinò a lui e gli fece scivolare le braccia attorno alla vita per abbracciarlo.

"Qualunque cosa sia...ti amo, quindi non..." Meg smise di parlare, la sua mano si fiondò davanti alla sua bocca e lei fece un passo indietro.

Chaz si voltò di scatto e vide che il suo volto era arrossato. Lei evitò il suo sguardo.

"Cosa?" Riuscì a dire lui.

"Dimenticalo. Cancellalo dalla mente...scopamici..."

"Hai detto quello che penso?" *L'ha detto.*

Meg lo riportò verso il tavolo. "Lo champagne," disse prontamente, cambiando argomento.

Chaz afferrò la bottiglia e la stappò, continuando a guardarla.

"Meg...hai appena detto...?" *Ha detto di amarmi.*

"Non ripeterlo. L'abbiamo sentito entrambi. Ora dimenticalo." Megan cercò di tenersi occupata riordinando le forchette sul tavolo, che non avevano alcun bisogno di essere riordinate.

Chaz versò lo champagne nei calici, lanciando occhiate furtive a Meg.

"Vado a prendere il polpettone."

Quando lei lasciò la stanza, lui bevve un grosso sorso del pregiato champagne. Poi inspirò profondamente, espirando poi lentamente. *Calmati. Polpettone e "Ti amo." Non sono in grado di gestire questa cosa.*

Megan raggiunse il tavolo con in mano un vassoio su cui era posato un polpettone ricoperto da una salsa con pomodori in pezzi circondato da patate arrosto da un lato, e da fagiolini verdi dall'altro.

"È ...è molto bello," riuscì a dire Chaz, con gli occhi che s'inumidivano.

Meg posò il vassoio sul tavolo. Mentre lui si tamponava gli occhi con un fazzoletto, lei gli andò vicino e l'abbracciò. "Cosa c'è che non va? Non ti piace il polpettone? Era la ricotta più semplice che avevo. Mark lo adora, quindi ho pensato che anche a te sarebbe piaciuto."

"È il mio piatto preferito." Le sue parole erano a malapena udibili.

"Allora perché sei così turbato?"

Invece di risponderle, le spostò le mani dal suo corpo, afferrò lo champagne e lo finì. Poi si riempì nuovamente il bicchiere e si sedette dove lei gli aveva indicato.

Megan cominciò a tagliare la carne in fette spesse. "Allora, spara."

Chaz sentì l'acquolina in bocca mentre la guardava tagliare la carne perfettamente dorata.

"Dio, ha un aspetto fantastico. Durante le vacanze, quando mia mamma stava bene... tra un attacco e l'altro per via della droga... preparava il polpettone. Non avevamo niente, niente soldi, quindi mangiavamo pasta quasi sempre. I buoni pasto andavano ad integrare i sussidi che riceveva dallo stato. Il polpettone era il piatto speciale più economico che poteva cucinare."

"Quindi è diventato il tuo preferito."

Lui annuì.

"Faceva un polpettone buonissimo. L'adoravo. Il suo polpettone era l'unica cosa che rendeva diverse le vacanze per me. A Natale faceva sempre in modo di avere un piccolo regalo per me insieme al polpettone, ma per il giorno del Ringraziamento e Pasqua c'era soltanto il polpettone. Lo aspettavo con ansia per giorni. Dopo la sua morte, nessuna delle mie famiglie affidatarie faceva il polpettone. E così fu di nuovo pasta. Per il Giorno del Ringraziamento mangiavamo il tacchino ripieno e il purè di patate, ma non c'era molto altro."

"Ti piace anche il tacchino?"

"Mi piace tutto quello che si fa in un Giorno del Ringraziamento normale...guardare la parata, le partite di football, le scorpacciate di cibo ..."

"Ma non ne avevi molto, giusto?" chiese Megan, confusa.

"Quando non sei abituato a grandi porzioni, una semplice porzione normale ti sazia. Ma non ho mai mangiato molto polpettone dopo la morte di mamma."

"Anche a casa dei Gold?"

"La casa dei Gold era una reggia a confronto delle altre famiglie affidatarie. Ma erano più anziani e dovevano stare attenti al peso e al colesterolo. Mangiavamo un sacco di pollo...e un bel tacchino per il Ringraziamento. Durante il primo Ringraziamento passato con loro sono stato male per aver mangiato troppo. Non c'era limite al cibo a casa loro." Chaz vide che Megan batteva le palpebre per ricacciare indietro le lacrime. Le prese la mano.

"Non piangere, pulcino. È stato tanto tempo fa e solo per un paio d'anni. Ho avuto vacanze, regali e cibo buonissimo a casa dei Gold."

Alcune lacrime rotolarono sulle guance di Megan, quando lui le baciò il palmo della mano.

"Posso solo immaginare com'è stato per te. Come hai fatto a diventare così...così...generoso, dopo ciò che hai passato"

Chaz ridacchiò. "I Gold erano persone molto generose. Con loro ho vissuto alcuni degli anni più felici della mia vita. Emily suonava il piano per me, così potevo esercitarmi nel canto...proprio come hai fatto tu."

Megan gli sorrise. "Quindi ti ricordo Emily Gold?" Megan sollevò un sopracciglio.

"Non credo!" Lui scoppiò a ridere. "Hai intenzione di lasciarmelo assaggiare? Non vedi come sto sbavando...e non solo dietro a te."

Meg prese una grossa fetta con la spatola e gliela mise nel piatto. Poi fece lo stesso con le patate e i fagiolini prima di aggiungere un po' di salsa sulla carne. Per placare i brontolii del suo stomaco, Chaz prese un'enorme forchettata appena lei gli ebbe riempito il piatto. Chiuse gli occhi per un momento, mentre masticava. Anche se il sapore non era esattamente uguale, era molto simile. Gli sembrò di poter vedere la sua bellissima madre guardarlo mangiare con un'espressione preoccupata sul volto. "Allora Chaz, com'è?" era solita chiedergli.

"È fantastico, Mamma, come sempre," le rispondeva lui, ingoiando enormi forchettate di quel cibo gustoso prima che scomparisse.

"Le ragazze che frequenti non cucinano per te?"

"Si aspettano che le porti fuori." Inforcò un altro boccone.

"A volte ricambiano...no?" chiese Meg, tagliando il suo polpettone con la forchetta.

Lui scosse la testa. "Alcune donne non vogliono cucinare finché non hanno un anello al dito. Una donna a cui piace cucinare è...un tesoro."

"Hai frequentato le ragazze sbagliate," mormorò lei, prima di assaggiare un pezzettino di quella carne prelibata.

"Questo è il paradiso. Come l'hai fatto? È...è magico. Lo adoro." Chaz prese un'altra forchettata e se la portò alla bocca.

"E io che pensavo fosse il dolce il pezzo forte."

"Il dolce?"

"Ho fatto la torta di mele."

Per poco Chaz non si strozzò col cibo e cominciò a tossire. Megan corse in cucina e ritornò con un bicchiere d'acqua. Lui smise di tossire e bevve un sorso prima di parlare. "Mi hai fatto una torta di mele?"

"Non è una gran cosa." Megan scrollò le spalle.

"Non ho mai mangiato una torta di mele fatta in casa."

"Oh mio Dio." Gli occhi di Megan brillarono di lacrime trattenute. Lo baciò. "Sei una tale sorpresa per me." Facendosi indietro, lo scrutò in volto.

"Perché?"

"Perché tu sei questa star ricca e famosa, eppure molte delle cose che io do per scontato non sono mai esistite nella tua vita."

"Ah, è questo il punto. Evitare che il pubblico conosca Dunc, il ragazzo del Bronx, che sta ancora cercando di rimettersi in pari con la vita."

"Ora capisco." Megan si dedicò al cibo. Chaz finì quello che aveva nel piatto e poi chiese il bis, finendo anche quello senza problemi.

Quando Megan portò in tavola la torta, Chaz si piegò per annusare quella creazione ancora calda. L'aroma del dolce stuzzicò le sue papille gustative nello stesso modo in cui una modella sexy eccitava il suo corpo. "Ha un profumo fantastico. Hai fatto tutto questo per me?"

Megan tagliò la torta. "Perché no? Stiamo festeggiando...se tutto va bene otterrai la parte...sarai a Broadway..."

"E allora potremo stare sempre insieme." Terminò la frase per lei.

Dopo cena, Chaz caricò la lavastoviglie e riordinò la cucina, insistendo affinché Megan si rilassasse. Quando ritornò nel soggiorno, asciugandosi le mani con un asciugamano, si fermò di colpo alla vista di lei. Era ovvio che si era cambiata. Con indosso solo una corta camicia da notte con le spalline sottili e una piccola arricciatura sul fondo, ora gli stuzzicava un altro appetito.

"Ah...ora capisco qual è il vero dessert, eh?" Il suo sguardo si soffermò sui suoi seni.

Lasciandosi sfuggire un risolino, Meg si avvicinò a lui. "Dato che parti domani, non volevo perdere tempo."

"Pulcino, tu mi tenti oltre ogni possibilità di resistere...ancora." Chaz la condusse nuovamente in camera.

Megan giaceva supina sul letto, mentre le sue dita giocherellavano con i peli del petto di Chaz. *Ogni volta...non ho mai provato niente del genere nel fare l'amore. Alan potrebbe prendere lezioni da Chaz.* Quando lo guardò negli occhi, trovò uno sguardo gentile e amorevole che la ricopriva, proteggendola come fa una casa che ripara le persone al suo interno da pioggia e neve. Le dita di lui s'infilarono tra i suoi capelli e sulle sue labbra si dipinse un sorriso dolce.

"Non sono mai stata con un uomo che... facesse l'amore con me in questo modo," confessò Meg, facendo cadere di nuovo lo sguardo sul suo petto. È

"È veramente una vergogna. Tu meriti di essere amata come si deve...tutti i giorni."

L'orologio in sala battè le dieci. "È ora di un altro pezzo di torta." Chaz la baciò sulla sommità del capo.

"Hai di nuovo fame?"

Megan si alzò in piedi, mentre Chaz strisciava fuori dal letto. Poi all'improvviso, lui l'afferrò per la vita e la rigettò sul letto prima di buttarsi anche lui accanto a lei. "Non so di cosa ho più voglia, se di un altro pezzo di torta o di un pezzo di te...ancora." La sua bocca coprì quella di lei con un bacio esigente.

"Ora devo competere con la torta?" Lo guardò con un sopracciglio inarcato, cercando di trattenersi dal sorridere.

"Posso mangiare un pezzo di torta mentre faccio l'amore con te?" Le chiese con un sorriso furbo.

"Che sfacciato!" Megan saltò giù dal letto e afferrò un cuscino.

Chaz si mise in posizione difensiva, riparandosi con le mani. "Ora Meg...era solo uno scherzo..."

Lo colpì con un cuscino, poi cominciò a ridere a crepapelle. Chaz prese l'altro cuscino dal letto e la colpì sul sedere. Scoppiò a ridere, mentre lei spalancava gli occhi con fare indignato.

"Come osi picchiarmi con un cuscino?"

Chaz scappò, correndo nudo per il corridoio con Megan— anche lei nuda—che lo rincorreva. Quando raggiunse il soggiorno, lei gli tirò dietro il cuscino. Questo gli fece perdere l'equilibrio e andò a finire lungo disteso sul pavimento. Megan gli saltò addosso, sedendosi a cavalcioni su di lui. Lui le afferrò la mano con una delle sue, colpendola col cuscino che teneva nell'altra. Ridevano entrambi così forte che riuscivano a malapena a respirare. Megan si chinò per fargli una pernacchia sul collo. Quando lui cominciò a ridere, lei approfittò di quel momento per recuperare il suo cuscino. Dunc sollevò in aria il suo per colpirla di nuovo, ma lei lo bloccò. Con un braccio, lui la strinse a sé e fece rimbalzare il cuscino dietro di lei.

Megan si spinse in avanti di qualche centimetro. Nell'attimo in cui lui stava per baciarla, udirono un cigolio. Voltarono entrambi la testa verso la porta d'ingresso in tempo per vedere sulla soglia due attoniti Mark e Penny che lasciavano cadere a terra le valigie.

Megan urlò. Penny trascinò Mark nell'ingresso e chiuse la porta, mentre i due piccioncini nudi battevano velocemente in ritirata verso la camera. Meg chiuse la porta della camera e vi si appoggiò contro. Si sentì sbattere la porta d'ingresso, e questo fece loro capire che Penny e Mark erano nell'appartamento.

"Oh mio Dio," sospirò Meg.

Chaz si coprì il volto con una mano.

"Merda! Mark mi ucciderà."

Meg annuì lentamente, "Prima te e poi me."

"È meglio che vada." Chaz fece per prendere i suoi boxer.

Megan gli mise una mano sul braccio. "No!"

Lui si fermò.

"Questa è la nostra ultima notte insieme per...forse tre mesi. Ho il diritto di avere te che rimani a dormire...sono una donna, non una bambina."

"Non devi dirlo a me," disse lui, con gli occhi che s'illuminavano.

Megan recuperò la vestaglia dal gancio dietro la porta.

"Questo è imbarazzante per te, Meg. Dovrei andare."

Gli prese di nuovo il braccio. "Resta, ti prego. Saranno stanchi e di cattivo umore dopo un lungo volo. Possiamo stare nella mia camera e affrontarli domani a colazione. Per favore...Dunc?"

Lui si avvicinò e le posò le mani sulle spalle. Lei sollevò il mento per ricevere il suo bacio, che divenne quasi subito appassionato. Mentre la stringeva a sé, Megan si sentì sciogliere tra le sue braccia. Chaz la fece stendere sul letto, torreggiando su di lei. Le mani di Megan scivolarono lungo le sue spalle e le sue dita gli penetrarono leggermente nella carne. Un gemito sommesso le sfuggì dalla gola.

"Voglio stare con te stanotte." Con la punta della lingua, Chaz le stuzzicò il capezzolo, facendolo indurire.

"Amami," sospirò lei, facendogli scorrere le mani sulla schiena.

"Sarà un piacere," le sussurrò.

Megan strinse gli occhi in due fessure, studiando il suo volto perfetto. *Voglio ricordarmelo bene.*

Chaz intrecciò le dita alle sue e le catturò le mani mentre la baciava e le mordicchiava il collo e il petto. Quando la lasciò andare, lei affondò le mani tra i suoi folti capelli, mentre la bocca di lui la infiammava ovunque.

"La tua pelle...così morbida," mormorò lui. Le sue mani scivolarono sui suoi seni e sul suo ventre, per poi proseguire sulle cosce e risalire di nuovo.

Megan gli toccò il petto. *Il mio punto preferito...no...bè...forse...quasi.*

"Amo il tuo corpo." La riempì di baci fino al ventre.

"Non scherzi." Meg ridacchiò e si avvicinò a lui, posandogli le mani sul petto e baciandogli il collo. Un gemito gli uscì dalle labbra, incoraggiandola a proseguire quel bacio e spingersi più giù fino all'incavo della sua gola, dove poteva sentire il suo cuore battere sempre più forte. Spingendolo dolcemente finché non fu supino sul letto, Megan fece scorrere entrambe le mani sul suo petto e poi proseguì con le labbra, costellandogli il petto di baci. I suoi gemiti si fecero più forti, quando la mano di Megan scivolò più in basso e lo afferrò. Chaz gettò la testa all'indietro e chiuse gli occhi.

"Dio, Meg." Il suo tocco lo faceva indurire ancora di più.

Meg sorrise allo sguardo di passione che vide sul suo volto. Chaz abbassò la mano ad accarezzarle la schiena, poi si spostò sul suo posteriore. Le strinse il sedere e le infilò due dita in mezzo alle cosce. Quando la penetrarono, lei sussultò per la sorpresa. Lui si sollevò a sedere—gli occhi che ardevano di desiderio—e la fece sdraiare nuovamente sul letto. Si abbatté sulle sue labbra con la bocca, la lingua che premeva per entrare, mentre le sue dita si muovevano fuori e dentro di lei, nel suo punto più caldo e bagnato. Un gridolino che le si strozzò in gola lo incitò a continuare. Sollevò la testa per poterla guardare negli occhi, mentre lei dimenava i fianchi al ritmo della sua mano.

"Dunc, oddio, Dunc," gemette lei, chiudendo gli occhi.

Abbassando la testa, le mordicchiò dolcemente un capezzolo, prima di leccarlo e succhiarlo avidamente. Le sue dita scivolarono fuori da lei, ma continuarono ad accarezzarle le carni sensibili.

"Ti voglio, Meg," sospirò lui.

"Prendimi," disse Meg con un filo di voce.

"Sii mia."

"Lo sono...ti prego..."

Le divaricò le gambe con entrambe le mani e si fermò per un istante ad osservarla. Troppo eccitata per essere imbarazzata, Megan ansimò e aprì le braccia. Con una mano, Chaz le afferrò un ginocchio, sollevandolo in alto, mentre entrava dentro di lei, dapprima gentile. Poi, con una spinta potente, la penetrò più a fondo.

La passione gli oscurava i lineamenti del viso, i suoi capelli luccicavano nella luce fioca della lampada. I suoi occhi brillavano e la sua bocca sensuale le sorrideva. Guardarlo non fece che accrescere il desiderio di Megan. Il fuoco le scorreva nelle vene, incendiando ogni terminazione nervosa. Le fiamme le lambivano i muscoli, tutto sembrava ardere dentro di lei, mentre lui si muoveva fuori e dentro di lei con possessività, reclamando il suo corpo, la sua anima e il suo cuore. Megan era sopraffatta dalla propria passione che si mischiava a quella di lui, creando un bisogno crescente. Aveva bisogno di lui fisicamente, emotivamente e mentalmente.

Mentre i loro corpi si muovevano all'unisono, Meg girò la testa di lato per nascondere il volto nel collo e nella spalla di Chaz. Chiudere gli occhi le permise di concentrarsi sulle sensazioni che lui le provocava. Sentì la pressione che cominciava a crescere dentro di lei. Il suo desiderio s'intensificò, duplicandosi e triplicandosi finché non riuscì quasi più a sopportarlo.

"Dunc!" Gridò, mentre il suo corpo era squassato dagli spasmi dell'orgasmo, e il piacere si diramava in tutto il suo essere. Gli conficcò le dita nelle spalle. Quando allentò un po' la presa, con il respiro ancora irregolare, lui rallentò e poi si fermò.

Sostenendosi sui gomiti, Chaz si piegò in avanti e la baciò sul naso. "Prima le signore." Un sorriso sexy apparve sulle sue labbra.

La bocca di Megan lo reclamò e lo baciò con tutta sé stessa. Lui aumentò il ritmo. Le dita di lei gli afferrarono la schiena attraverso il lieve luccichio del sudore. Il calore tra i loro corpi continuava a crescere, mentre lui la prendeva con spinte potenti e veloci.

"Oh, sì," mormorò lei, mentre il suo corpo rispondeva.

I suoi colpi si fecero sempre più forti, sempre più veloci. Un secondo orgasmo la investì appena prima che lui perdesse il controllo, esplodendo dentro di lei. Per un momento, l'unico suono che si udì fu quello dei respiri affannosi dei due amanti esausti.

*L'ultima volta per mesi.* Meg non potè più scacciare quella devastante presa di coscienza. Le lacrime le annebbiarono la vista, mentre appoggiava la guancia sulla sua spalla.

Chaz la riempì di teneri baci dietro l'orecchio e lungo il collo e lei sospirò soddisfatta. "Vorrei che tu potessi venire con me domani," le disse, mentre usciva da lei e rotolava su un fianco.

"Per favore tienimi stretta," gli sussurrò lei con la voce che tremava.

Lui la prese tra le sue forti braccia e appoggiò il mento sulla sua testa. Megan spense la luce della lampada. *La seconda cosa che preferisco...dormire di fianco a lui tutta la notte.*

Chaz la fece accoccolare tra le sue gambe e l'avvolse completamente con le sue braccia, come per proteggerla e la strinse più forte, attirandola ancora più vicina a sé. "Come farò a dormire senza di te?" le sussurrò tra i capelli.

"Solo tre mesi..."

"Forse due. Prega che siano due."

Prima che potesse dargli risposta, si era già addormentata.


La mattina seguente, alle sette in punto, Chaz e Meg cercarono di fare meno rumore possibile per non disturbare Mark e Penny. Fecero la doccia insieme, godendo dei corpi l'uno dell'altra un'ultima volta, prima che Bobby arrivasse a prendere Chaz alle nove e un quarto.

Megan indossò un completo professionale prima di dirigersi in cucina per preparare il caffè. *Probabilmente l'aroma del caffè li sveglierà.* Si morse il labbro inferiore, sentendo salire l'ansia per un possibile scontro con suo fratello.

Meg ruppe un paio di uova e le versò in una padella bollente, poi restò ad ascoltarle sfrigolare mentre scacciava dalla mente tutti i pensieri su ciò che stava accadendo nella sua vita e nel suo cuore. *Sapevi qual era il suo stile di vita prima di lasciarti coinvolgere.* Sussultò quando Chaz la raggiunse da dietro e le posò le mani in vita. Un sorriso si dipinse sul suo volto, mentre lui piegava la testa per mordicchiarle il collo.

"Posso avere te per colazione?" Le sue mani vagarono sul suo corpo fino a chiudersi a coppa sui suoi seni.

"Pensavo l'avessi già fatto." Meg si lasciò sfuggire un risolino quando i pollici di lui trovarono i suoi capezzoli, muovendosi in piccoli cerchi.

"Mai abbastanza," le sussurrò tra i capelli.

"Tieni giù le mani da mia sorella."

Chaz si allontanò da Megan con uno scatto. Un Mark addormentato si grattava il mento ispido con una mano, mentre si passava l'altra tra i capelli spettinati. I boxer gli scendevano bassi sui fianchi. Li tirò leggermente su mentre osservava Chaz e Megan.

"Buongiorno. Caffè?" Megan cercò di mantenere un tono leggero.

"Cosa ci fai qua, Dunc?"

"Mi sto vedendo con Meg...da un po'."

"Da quanto? Non può essere da molto."

"Mark, questo non ti riguarda." La rabbia la fece avvampare.

"Ti stai facendo mia sorella, trattandola come una groupie." Mark chiuse la mano in un pugno e avanzò verso Chaz.

"Non è così, Mark. Ci tengo a lei. Questa non è un'avventura." Chaz alzò le mani verso Mark.

"Che diavolo stai facendo?" urlò Megan, facendo un passo verso suo fratello.

"Quello che avresti dovuto fare tu. Questo tipo ha bisogno di limiti."

"Quello che facciamo io e Dunc non ti riguarda."

"Oh? Così adesso è 'Dunc' anche per te? Quand'è successo? Quando l'hai scopata?" Mark si voltò verso Chaz con uno sguardo minaccioso.

Chaz avvampò. "Fatti sotto, Davis." Chaz chiuse le mani a pugno e le portò davanti al volto.

"Non tentarmi..."

"Piantala, Mark. Questi non sono affari tuoi. Se non vivessimo insieme, non sapresti un bel niente della mia...uh...vita privata."

"Indubbiamente. Ma noi viviamo insieme, mocciosa. Voglio sapere a che gioco stai giocando con Meg."

Mark rivolse lo sguardo verso Chaz.

"È una cosa tra me e Meg. Non sto frequentando nessun'altra. Lei non è una groupie...è la mia ragazza. Mia e mia soltanto—sempre che la cosa ti riguardi. Al contrario degli atleti, non ho nessun problema ad essere fedele ad una donna," replicò Chaz, intrecciando le dita a quelle di Meg.

Un odore di bruciato, seguito dal forte stridio del rilevatore di fumo, attirò la loro attenzione.

"Dannazione! Le uova!" Esclamò Meg, afferrando la padella e allontanandola dalla fiamma, prima di spegnere il fornello.

"Non tutti gli atleti scopano in giro," disse Mark mentre spalancava la finestra della cucina.

"Stai scherzando, vero?" La risata di Chaz era carica di amarezza.

"Sono serio. Io non lo faccio e ci sono altri..."

"Li puoi contare sulle dita di una mano, Mark." Una scintilla di rabbia attraversò gli occhi di Chaz, "Io non vado con le groupie. Ho già provato l'esperienza. Non scopo in giro...e non mi piace che mi accusi di farlo davanti a Meg."

"Ragazzi...ragazzi. Tornate ai vostri posti." Meg alzò le mani.

"Capisco che è tua sorella, Mark, ma non è una bambina. Ha tutti i diritti di avere una relazione con me. Non vedo come quello che facciamo ti riguardi."

"Devo proteggere la mia sorellina. Tu non hai fratelli o sorelle?"

"Sono figlio unico."

"È la mia sorellina e sono al suo fianco. L'ho sempre fatto e lo farò sempre. Nessuno fa il furbo con Meg."

"Non sto facendo il furbo con lei. Io...Io..." Chaz s'interruppe.

"Pronto! Sono qui, sapete. In questa stanza. State parlando come se non fossi qui. Posso badare a me stessa. Grazie, Mark, ma penso di essere in grado di gestire le cose. E Chaz, le intenzioni di

Mark sono buone, ma posso parlare per me stessa. Grazie per la protezione, ragazzi."

"È ora che ti abitui al fatto che Meg abbia una vita sua, Mark," Penny sbucò dal passaggio ad arco ed entrò in cucina.

Si diresse verso la macchina del caffè. Mark si allungò e le prese una tazza dal mobile. Lei si versò il caffè, aggiunse latte e zucchero, e prese un sorso prima di appoggiare la mano sul braccio di Meg.

"Un giorno, Meg si sposerà, Mark. Un altro uomo verrà prima di te. Devi accettarlo."

"Lo farò, lo farò. Ma una star del cinema? Pensi che voglia impegnarsi con lei? Io penso che sia un playboy."

Mark, Penny e Meg si girarono a guardare Chaz. *Quindi, lo sei? Io non penso, ma forse mi sbaglio.*

"Aspetta un momento!" Chaz alzò il palmo della mano. "Non sono un playboy. E non sto facendo il furbo con Meg. Lei è...speciale, non è come le altre." Lanciò un'occhiata al suo orologio.

Loro continuavano a fissarlo. *Non dirgli che lo ami...non farlo.*

"I miei sentimenti per Meg sono qualcosa di privato. Devo andare," Chaz uscì dalla stanza.

Meg appoggiò la sua tazza e si diresse verso la porta d'ingresso, fermandosi sotto l'arco per voltarsi verso suo fratello. "Grazie tante, Mark. Bel modo d'intimidire il mio ragazzo."

Quando raggiunse la porta, Chaz si voltò e l'attirò a sé per un ultimo bacio. Meg si sentì sciogliere contro di lui.

"Devo andare. Ti chiamo stasera."

Meg non riuscì a nascondere uno sguardo dubbioso. *Queste parole sono il colpo di grazia.*

"Dico sul serio. Il tempo passerà in fretta...e presto saremo di nuovo insieme."

Lo sguardo di lei lo seguì mentre usciva dall'appartamento. *Avrò di nuovo tue notizie o tutto questo è destinato a diventare un bel ricordo?*

# Capitolo Dieci

Più tardi quella sera, Megan ricevette un messaggio da Chaz in cui le spiegava che aveva un centinaio di faccende da sistemare prima di partire per Phoenix e che l'avrebbe chiamata una volta arrivato là. *Sì, certo. Come no. Va tutto bene. È stato divertente. Ti chiamo—le ultime parole famose di un uomo.*

Smise di parlare con Mark semplicemente per non affrontare l'argomento della sua relazione con Chaz. Decisa a concentrarsi sul lavoro, Megan creò grafici, analizzò azioni e fondi comuni e fissò qualche appuntamento con alcuni potenziali clienti. Alcune delle persone che l'avevano contattata su internet quando si era saputo che era lei a gestire il conto di Chaz Duncan erano rimaste in contatto con lei. Aveva preso a chattare con loro in pausa pranzo e prima o dopo il lavoro.

Quando giunse il sabato, si sentiva esausta e decise di nascondersi dal mondo sotto le coperte. Un colpo alla porta la svegliò. "Sono io," disse Penny dall'altra parte della porta chiusa.

Megan afferrò l'accappatoio e aprì la porta. Penny le porse una tazza di caffè, preparato proprio come piaceva a lei. "Non puoi nasconderti qui per sempre. Mark è dispiaciuto, Meg. Ti prego...vieni a parlare con noi. Sta preparando bacon e uova."

"Mark? Hai allertato i pompieri?" Meg sorseggiò il caffè, mentre seguiva la cognata. L'aroma invitante l'aveva attirata fuori dal suo guscio.

"È un po' che si esercita in cucina ed è diventato abbastanza bravo. Vedrai."

Erano le dieci quando Meg si sedette al tavolo della cucina. L'odore del bacon che sfrigolava in padella aprì una voragine nel suo stomaco. Il bacon di Mark era croccante senza essere friabile, proprio come piaceva a lei, e le uova non erano troppo cotte. Divorò il cibo come se non avesse mangiato per una settimana. "Delizioso, Mark. Bravo!"

Suo fratello sorrise e fece un inchino. Il suono del telefono catturò la sua attenzione e Megan smise di battere le mani per rispondere. Era Chaz. "Ehi, pulcino, come stai?"

"Chaz?" Meg uscì dalla cucina alla ricerca di un posto appartato per parlare con il suo amore.

"Non essere così sorpresa. Ti ho detto che avrei chiamato."

"Non ne ero così sicura."

"Cosa devo fare per convincerti che non ti sto prendendo in giro...dichiararti amore eterno?"

"Male non farebbe."

Chaz rise e Megan si ritrovò a sorridere.

"Pensavo avessimo deciso di non innamorarci?" disse lui.

"Sì, naturalmente. 'If I loved you'...scusa, mi ero dimenticata." *Ahi. Non era quello che volevo sentire.*

"Siamo sulla stessa barca." Chaz parlò lentamente e lei avvertì una nota di riluttanza.

"Com'è andato il viaggio?"

"A Phoenix il clima è caldo e secco. Perfetto anche per girare le scene all'esterno."

"Qualche donna nel cast di cui dovrei preoccuparmi?"

"Nessuna che cucini un polpettone come il tuo."

Megan rise.

"Se vedi delle foto in cui sono fuori con alcune donne del cast, ignorale. Uscire a cena qualche volta con la donna che interpreta il ruolo della tua innamorata è obbligatorio. Ma è solo pubblicità. Non voglio che pensi che mi veda con Anna Jason o con chiunque altra. È solo pubblicità. Okay?"

"Okay. Non ho mai avuto un ragazzo che mi dicesse di ignorare le sue uscite con altre donne. "

"È il mio lavoro, Meg."

"Suppongo di sì."

"Pulcino...dammi tregua. Stai andando a cena con qualcuno, per cercare di ottenere la gestione dei loro affari?"

"Forse..." *No. Solo una cantante lirica e un'autrice di romanzi.*

"Oh?" L'inconfondibile fitta di gelosia nella sua voce la fece sorridere. *Beccato!*

"Niente di cui debba preoccuparti, signor Duncan. Sono solo affari."

"Touché. Non innamorarti di nessuno, Meg. Promettimelo." Il tono supplichevole nella sua voce la confortò.

"Come faccio a promometterti una cosa del genere?" *Mark ha sempre detto di non mostrarsi troppo disponibili. Fallo correre o perderà interesse.*

"Provaci."

"Va bene. Lo prometto." *Come potrei innamorarmi di qualcun altro se sono già completamente persa di te?* "Lo stesso vale per te." Meg si morse il labbro.

"Nessun problema. Tu sei più unica che rara."

Meg sprofondò sul divano e appoggiò i piedi sul tavolino di fronte. "Dici cose dolcissime."

"Se fossi lì, farei molto più che parlare."

"Stavo pensando la stessa cosa." Il ricordo dei suoi baci le provocò un brivido lungo la schiena.

"Devo andare. Ti richiamo presto. Ti...a...ci vediamo."

E il telefono divenne muto. *Era lì lì per dirlo. Almeno ha chiamato.*

In occasione della festa del Quattro Luglio, Meg accompagnò Mark e Penny in una vacanza di tre giorni sulla spiaggia. Tutti sembravano essere in coppia tranne lei. Anche così, l'oceano di Fire Island era bellissimo, seppur freddo, e nei momenti in cui non si struggeva per Chaz, lesse due libri. Un paio di uomini cercarono di abbordarla sulla spiaggia, ma quando hai provato lo champagne, non ti accontenti di una birra. Nessuno reggeva il confronto con Chaz. A prescindere che *lui* volesse una relazione con lei o meno, il suo cuore gli apparteneva. Quindi, si limitò a sorridere ai ragazzi carini sulla spiaggia, ma tornò sempre in camera da sola.

Quando ritornarono nella City, Megan fu sorpresa di trovare un Briny angosciato che le apriva la porta durante il suo giorno libero. Baxter era sdraiato su un lettino dietro di lui. "Posso parlarle in privato, signorina Davis?"

Lei annuì e Briny la portò sul retro dell'androne, mentre Penny e Mark—carichi di valigie—proseguivano verso l'appartamento. "Che succede, Briny?" Megan gli strinse un braccio.

"La signora Bender è morta ieri."

"Oh mio Dio. Mi dispiace tanto."

"Aveva novant'anni, quindi non era una cosa inaspettata. Ma ho un problema."

"Cioè?"

"Baxter. La famiglia non vuole occuparsene e il mio padrone di casa mi ha detto che ha fatto un'eccezione finché la signora Bender era ammalata, ma i cani non sono ammessi nel mio condominio. Non voglio portarlo al canile. Lo uccideranno. Ha solo tre anni. Che cosa farò?" La sua mano tremò quando prese il fazzoletto dai pantaloni per tamponarsi la fronte. "Qui i cani sono ammessi, no?"

Lui annuì.

"Potrei tenerlo io finché non gli trova un'altra famiglia?"

"Gliene sarei così grato. Posso portarlo a spasso io, mentre lei è al lavoro...gratis naturalmente."

Megan gli sorrise.

"Affare fatto."

Briny tirò fuori il guinzaglio di Baxter, le sue ciotole dell'acqua e del cibo e il suo unico gioco. Mentre Megan si avvicinava leggermente al carlino, lui cominciò a scodinzolare e ansimare, con la linguetta rosa fuori dalla bocca. "È carino."

"Ed è anche un bravo cane, signorina Davis. Non fa niente in casa. E non morde i mobili. Ma si sente solo. Credo gli manchi la signora Bender."

Megan gli mise il guinzaglio e lo condusse verso l'ascensore. *Forse avrei prima dovuto chiedere a Mark. È il suo appartamento. Forse dovrei trasferirmi.*

Mentre salivano con l'ascensore, continuò ad accarezzare Baxter, che non smise mai di scodinzolare. *Spero che a Mark piacciano i cani. Una volta era così. Hmm.* Cominciò a sudare mentre camminava lungo il corridoio. Baxter schizzò nell'appartamento appena lei aprì la porta. Megan si sfilò le scarpe e ripose le chiavi nella ciotola d'argento. Raggiunse silenziosamente il soggiorno, dove trovò Penny seduta sul pavimento che accarezzava Baxter e rideva.

"Mi hai fatto prendere un colpo...o forse dovrei dire che è stato questo cagnolino a farlo. Chi è?"

"Si chiama Baxter e starà con me finché Briny non gli avrà trovato una casa."

"È adorabile."

Quando Mark entrò nella stanza, Baxter gli corse incontro e gli saltò tra le braccia. Mark cadde indietro sul divano e Baxter gli si piantò sul petto, leccandogli la faccia. Mark rideva.

"È meraviglioso." Penny sorrise.

"Lo so. È così socievole. La sua padrona è morta e lui ha perso la sua casa. Sto pensando di cambiargli nome."

"Che cane è?" chiese Mark alla sorella.

"Un carlino." Megan si sedette sull'amorino.

"Senza dubbio è socievole. Come lo chiamerai?" Mark si mise a grattare il cane dietro le orecchie.

"Pensavo Grady," disse lei con un sorriso malizioso.

"Dove ho già sentito quel nome?"

"È il nome del personaggio di Chaz nella serie che interpreta."

"Era da capire." Mark accarezzò il cane, che tentava di leccargli la faccia ad ogni occasione.

"Quindi va bene per te se lo teniamo?"

"Mi sembrava avessi detto che era una cosa temporanea?" Mark sollevò un sopracciglio.

"Si, bè, mi piace. E tu non ci sei per gran parte del tempo. Chaz non ci sarà per tre mesi. Quindi ho pensato che Grady potrebbe essere una buona compagnia."

Mark guardò sua sorella, le porse il guinzaglio e sorrise. "Certo. Sembra un animaletto simpatico. Fai pure."

Megan si alzò per abbracciarlo e sorrise a Grady.

"Grady è il tuo nuovo nome, amico, okay? Andiamo a comprarti qualcosa da mangiare."

Penny raggiunse Mark sul divano e si accoccolò contro la sua spalla. Megan uscì dall'appartamento.


Dopo cena, Megan si sdraiò sul letto a leggere. Grady saltò su per unirsi a lei. Si mosse in cerchio in un piccolo punto ai piedi del letto, poi si lasciò cadere giù e cominciò a russare. *Suppongo che dormirà con me stanotte.* Sorrise. *Immagino che se non posso dormire con Dunc, Grady sia il mio secondo compagno di letto preferito.*

Cominciò a ridere. Grady spalancò gli occhi e cominciò ad abbaiare. In quel momento squillò il telefono. Chaz.

"Ehi, pulcino."

"Ciao, Chaz. Come sta andando il film?"

"Normale. Con una certa dose di rotture di palle, ma tutto nella norma. Ti manco?" La sua voce sembrava rilassata.

"Ho un nuovo ragazzo che mi tiene compagnia."

"Oh?" Il suo irrigidirsi improvviso fu evidente.

"Sì. È proprio qui con me. Infatti passerà la notte qui..."

"E dove dorme?"

"Nel mio letto." Megan non riuscì a trattenersi e si lasciò sfuggire una risatina.

"Cosa!" La sua rabbia esplose nel telefono.

"Proprio così." Si coprì la bocca con la mano prima di lasciarsi sfuggire una risata fragorosa.

"Chi è questo tipo?"

"Si chiama Grady." Megan quasi si strozzò.

"Grady! Stai scherzando? Grady? Che ca...perché stai ridendo?" La rabbia si trasformò in sospetto.

"Non sto...ridendo...sto..." mise giù il telefono e si lasciò andare al riso.

"Spara." La voce di lui era di nuovo calma.

"Okay, dammi un minuto." Trasse un respiro profondo, lasciandosi andare ad altre risatine.

"Chi è questo tipo?"

"Ti ricordi di Baxter? Il carlino della signora Bender?"

"Quello di cui si stava occupando Briny?"

"La signora Bender è morta e Briny ha preso in custodia Baxter. E l'ha dato a me. È dolcissimo. E dato che mi manchi così tanto, gli ho messo nome 'Grady.'"

Ora fu il turno di Chaz di scoppiare a ridere. Grady andò verso di lei, le leccò la faccia, e cominciò di nuovo a girare in cerchio—questa volta più vicino a Meg—prima di riaccasciarsi sul letto. "Grady è un cane. Piccola provocatrice...mi hai fatto preoccupare." Chaz ridacchiò.

"È troppo carino. Puoi vederlo via computer."

"Sarà meglio. Voglio assicurarmi che 'Grady' sia davvero un cane."

"Geloso?"

"Un po'. Dopotutto, lui dorme con te e io no."

"Ottimo. Mentre tu sei lì con un milione di donne sexy, io sono qui a farmi le coccole con Grady."

"Vorrei che fosse *Grady Spencer* a scambiarsi coccole lì con te."

"Lo vorrei anch'io. Domani ho intenzione di cominciare il tuo resoconto finanziario settimanale. Avrai tempo?"

"Si. Devo andare. Domani ho la sveglia prestissimo. Sogni d'oro, pulcino."

"Sogni d'oro, Dunc." Megan riattaccò e sospirò. Si girò sulla schiena e penso a Chaz. Grady le leccò il naso, poi si accoccolò accanto a lei, appoggiandole il musino sulla gamba.

Alle sei e trenta del mattino seguente, Grady guaiva in piedi di fianco a Megan.

"Immagino tu voglia andare fuori, eh?" Lui guaì nuovamente.

Megan tirò indietro la coperta e si costrinse a scendere dal letto. Si mise il vestitino di cotone, infilò i piedi in un paio di sandali, afferrò il guinzaglio e un paio di sacchetti vuoti e si diresse verso l'ascensore. "Buongiorno, Sam."

"'Giorno, signorina," il portiere del turno di mattina alzò il cappello verso di lei. "Allora ha preso Baxter?"

"Baxter? Oh, Grady...intende Grady. Gli ho cambiato nome."

"L'ha chiamato come il personaggio che il suo ragazzo interpreta nei film, eh?"

"Non è il mio ragazzo."

"Questo non è ciò che dice il fotografo."

"Quale fotografo?"

"Il ragazzo si fa vedere qui tutte le mattine intorno alle undici e chiede di lei e quel tipo. Vuole sapere se è stato qui."

"E lei cosa gli dice?" Megan si portò una mano al petto.

"Io dico 'Buongiorno, signore. Bella giornata, eh?' E questo è tutto."

"Dio la benedica, Sam." Megan si piegò in avanti e stampò un bacio sulla guancia del portiere.

Le guance dell'uomo si fecero rosse. "Dovere, signorina."

*Oh mio Dio. C'è qualcuno che viene qui tutte le mattine.* Megan fece una smorfia e brontolò ad alta voce. Grady si fermò impietrito e alzò in aria il naso, attirato dal profumo che proveniva dal marciapiede, e abbaiò nella sua direzione. "Sono d'accordo, Grady. Ha un bel coraggio a venire a ficcare il naso qui."

"Parla sempre con il suo cane?"

All'improvviso, Megan si ritrovò a guardare il volto dalla bellezza rude di Quinn Roberts.

"Quinn Roberts?"

"Sì," disse lui, tendendole la mano.

"Megan Davis."

"Megan Davis? Oh no, non *quella* Megan Davis?" Sollevò le sopracciglia.

Lei rise. "Non lo so. Quante Megan Davis ci sono?"

"L'amica...ehm...di Chaz Duncan?"

Megan si sentì avvampare. "Beccata." S'incamminò lungo la strada.

"Chaz ha buon gusto," commentò lui, cominciando a camminarle accanto.

"Grazie," disse lei, arrossendo ancora di più.

"Cane nuovo?"

"L'ho preso ieri."

"Immaginavo. Chaz avrebbe menzionato un cane."

"Perché?" Quando giunsero all'angolo, Megan e Quinn tornarono indietro.

"Adora i cani. Dava da mangiare ai cani randagi quando lavoravamo insieme. È terribilmente irritante avere dei musi spelacchiati che si aggirano intorno al teatro. Posso offrirti una tazza di caffè?"

"Mi farebbe piacere. Magari mi puoi illuminare su alcune cose che riguardano il signor Duncan."

"Oh-oh. Sento che sta per arrivare un terzo grado." Quando raggiunsero l'edificio, lui si fermò.

"Riporto Grady a casa. Sarò giù tra un minuto."

Lasciò Quinn seduto nell'atrio del Royal, mentre lei riportava Grady nell'appartamento. Si guardò allo specchio e rimase inorridita. Si mise un po' di fard e un tocco di rossetto, infilò un paio di sandali più carini e si pettinò i capelli.

Mentre usciva, s'imbatté in Penny e Mark, che stavano raggiungendo lentamente la cucina.

"Potete dare da mangiare a Grady?" chiese Megan.

"Certo," rispose Penny, passandosi una mano in mezzo al groviglio che aveva in testa.

"Dove vai così presto di domenica mattina?" Mark si stropicciò gli occhi assonnati e sbadigliò.

"Vado a prendere un caffè."

"Con chi?" chiese Penny con tono disinvolto.

"Uh...Quinn Roberts?"

Immediatamente, gli occhi di Penny si spalancarono. "Quinn Roberts!"

"Hai intenzione di andare a letto anche con lui? Non sono amici? Stai diventando una groupie puttanella, Meg?" Il volto di Mark s'incupì e un rapido bagliore di rabbia gli attraversò gli occhi.

"Non essere sciocco! Non farei mai una cosa del genere a Chaz."

"Non voglio essere costretto a picchiare questo tipo prima di colazione, okay?"

"Ah, Mark, sai sempre cosa dire per rallegrarmi la giornata." Meg ridacchiò mentre chiudeva la porta.

L'ascensore la riportò velocemente nell'atrio. Mentre si avvicinava, lo sguardo di Quinn si soffermò sulle sue curve e lui sorrise con fare di apprezzamento.

"Pronta," disse lei.

"Come ho detto prima, Chaz ha ottimi gusti." Si alzò in piedi e insieme uscirono dal palazzo e s'incamminarono verso *Starbucks*.

# Capitolo Undici

In un caldo giovedì di Luglio inoltrato, Megan s'infilò il suo vestitino preferito, prese i suoi appunti e sistemò una sedia comoda davanti al computer. Grady dormiva sul suo letto, russando lievemente. Meg mischiò le carte, leggendo e rileggendo, preparandosi per la videochat con Chaz.

Infine, accese il computer e aspettò la chiamata di Chaz. Erano le nove e trenta a New York. Aspettò. E aspettò. E aspettò. Accoccolato ai suoi piedi, Grady si rotolò per trovare una posizione più comoda e Megan si dimenò sulla sedia. Dopo venti minuti, la sedia si era fatta troppo dura e scomoda sotto il suo sedere. Quando scoccarono le dieci, raccolse i suoi fogli e li mise via. *Forse sta girando o rigirando delle scene, o qualunque sia la cosa che fa laggiù. Forse sta studiando il copione. Sono sicura che c'è una spiegazione valida.*

Alle undici, si alzò e andò in cucina per prepararsi una tazza di tè. Mark era avvinghiato a sua moglie, mentre Penny era in piedi davanti al lavandino che lavava la macchina del caffè.

"Ehi, sono qui. Non cominciate a fare cose," Megan li avvertì, mentre scrollava le spalle.

"Cosa fai ancora alzata?"

"Avevo in programma una videochat con Chaz per parlare delle sue azioni della Perkins Products e del fondo comune del mercato immobiliare. Ma non si è presentato."

"Vedo che è stato occupato...molto occupato." Mark si separò da Penny e raggiunse il bancone. Prese una rivista colorata e la gettò sul tavolo davanti a Meg.

Il titolo le urlava forte e chiaro in faccia, "Chaz Duncan Fa Coppia con Anna Jason Alla Premiere della Nuova Serie della *PBS*," e sotto c'era una foto di Chaz con la mano posata sulla schiena di Anna Jason. Meg sprofondò nella sedia. "Lui...deve fare queste cose. Mi ha detto di non starci male per il fatto che deve uscire con delle donne...per una questione di pubblicità. Per il suo lavoro. Anna Jason?" Meg prese il giornale e lo lesse attentamente.

"Io penso che lui si stia prendendo gioco di te. Lo sta facendo con questa Anna. Guarda in che modo tiene la mano su di lei." Mark tornò al lavello e prese in mano un asciugamano per i piatti.

*Fa la stessa cosa con me.* Dentro, Megan si sentiva ferita, ma non poteva dare a suo fratello altri elementi che aumentassero il suo disprezzo verso Chaz. "Devo fidarmi di lui, Mark. Mi ha detto che avrebbe fatto cose come questa."

"Certo, così può cavarsela tranquillamente e venire a New York e trovare il letto caldo."

"Non parlare così!" Megan si alzò di scatto dalla sedia, la voce piena di rabbia.

"È la verità. Devi affrontare la realtà, mocciosa. Sei una delle tante."

"Non ci credo." Lacrime di rabbia le pungevano gli occhi, mentre la paura del tradimento la divorava dentro. *Non lo farebbe mai. Me l'ha detto. Devo credergli...no?*

"Dove pensi che fosse stanotte, Meg?" Mark rimise la macchina del caffè sul bancone.

"Che cosa vuoi dire?" Megan si appoggiò al tavolo, preparandosi per ciò che avrebbe sentito.

"Mentre tu eri qui ad aggirarti sconsolata, in attesa di una sua chiamata. Non sono uno stupido solo perché non sono uno studente da 30 e lode." Lanciò l'asciugamano a Penny.

"Oddio," mormorò lei, la testa tra le mani mentre risprofondava nella sedia.

"Mark!" Penny lo colpì con l'asciugamano.

"Cosa? Vuoi che sappia la verità, no? Non voglio che le spezzi il cuore."

"Pensi che fosse fuori con Anna Jason?" chiese Meg, sollevando lo sguardo verso di lui.

"Puoi scommetterci che lo penso. Avrebbe potuto mandarti un messaggio...qualcosa."

Megan si alzò e raggiunse di corsa la sua camera. Grady le corse dietro, abbaiando. Afferrò il suo cellulare e aprì i messaggi. Era lì. Un messaggio di Chaz. Sorrise sollevata, mentre apriva il messaggio.

*Scusa per stasera. In missione pubblicitaria. Non arrabbiarti per*
*la foto con Anna. Promozione per la serie PBS. Sei ancora*
*la mia ragazza.*

Meg rilesse il messaggio mentre tornava in soggiorno.

"C'è un suo messaggio?"

Lei annuì.

"Parla delle foto sul giornale e si è scusato per stasera."

"Ci scommetto che si è scusato. Hai visto il davanzale della tipa?" Mark gesticolò mentre parlava.

Penny gli diede uno schiaffetto sul braccio. "Non sei d'aiuto. Da quando noti i 'davanzali'?"

Megan si sedette sul divano. "Amo Chaz. Okay. Ecco. L'ho detto. Eravamo d'accordo che non ci saremmo innamorati. Troppo tardi. Io mi sono già innamorata. E non funzionerà se non mi fido di lui. Devo credere in lui...dargli una possibilità. Quando tu vai in trasferta, Penny deve fidarsi che non andrai a scopare in giro come il resto della squadra con qualche bambolina abbordata al bar dell'hotel, giusto?"

Mark si avvicinò a lei e le circondò le spalle con un braccio. "Penny ed io siamo sposati. Abbiamo fatto delle promesse, dichiarato il nostro...amore—non per essere mieloso. Accidenti, tu e Chaz no...infatti, entrambi avete promesso il contrario. Come fai a mantenere delle promesse che non hai mai fatto?" Gli occhi di Megan si riempirono di lacrime e nascose il volto nella spalla di Mark.

"Non lo so. Ma devo. Non posso farci niente. Lo amo. Quindi devo fidarmi di lui...almeno finché non sarà lui a distruggere quella fiducia. Chaz è...ha... la vita non è stata facile per lui. Non è uno che si fida facilmente. Arriverà a dichiararsi...uno di questi giorni. So che lo farà. Se mi comporto in maniera troppo esigente, se faccio la stronza o voglio controllarlo, scapperà. Devo tenerlo stretto con una presa morbida."

"È molto saggio." Penny le massaggiò le spalle.

"Cos'ha di speciale questo tipo...Voglio dire, oltre al suo bell'aspetto e ai soldi?"

"Non capiresti." Meg si asciugò gli occhi con la mano.

"Mi hai sempre parlato dei ragazzi," rispose Mark.

"Questo è diverso, è privato. Ehi, io non voglio amarlo. Ho combattuto contro questo sentimento fin dall'inizio. Chi ha bisogno di altra celebrità? Odio le luci della ribalta e non voglio quel tipo di vita...sempre a fuggire dai media, dover stare attenti ad ogni parola che si pronuncia. Ma è troppo tardi."

"Tu sei troppo per lui. Non lasciarti mettere i piedi in testa, Meg. Se ti spezza il cuore, ne risponderà a me."

Mark si raddrizzò. Meg lo seguì, alzandosi sulle punte per dargli un bacio sulla guancia. "Grazie, testone."

"A chi tocca portare fuori Grady?" chiese Penny.

Meg e Mark puntarono il dito l'uno contro l'atra.

Chaz era pronto per la nuova videochat che avevano programmato. A dire il vero, era in anticipo. Meg si precipitò al computer quando udì la notifica di chiamata, mettendosi frettolosamente un po' di rossetto prima di sedersi di fronte a un Chaz dall'espressione corrucciata. "Ciao," gli disse, lo sguardo sul suo volto la faceva sentire a disagio

"Cosa ci facevi fuori con Quinn?"

"Cosa?"

"Quinn Roberts. Non hai ancora visto *Celebs R Us*? La vostra foto è sbattuta in prima pagina. Il titolo dice, 'Quinn Roberts "Prende In Prestito" la Ragazza di Duncan Per...Consigli Finanziari?'"

"È ridicolo!" sbottò Megan.

"Eppure eccovi qua, insieme. Lo stai frequentando? Lo ammazzo."

"Ci siamo incontrati per caso sulla Central Park West. Stavo portando fuori Grady."

"Per caso? Certo," disse Chaz sarcastico, l'espressione incupita non lasciava il suo volto.

"Si, certo! E lui mi ha invitata a prendere un caffè. Non avevo idea che qualcuno ci stesse fotografando."

"Allora sei andata fuori con lui?" Il tono trionfante nella voce di Chaz le fece rizzare i peli sul collo.

"Siamo andati a prendere un caffè...ehi, non eri tu quello che diceva 'nessun impegno'? Questo mi lascia libera di prendere un caffè o qualsiasi altra cosa con chiunque desideri."

"Non l'avevo inteso in questo modo..."

"Oh, e come l'avevi inteso? Libertà per te ma non per me? Tu puoi uscire con Anna-come-cavolo-si-chiama e metterle le mani addosso in pubblico, ma io non posso prendere una tazza di caffè con Quinn? Così non funziona per me, Chaz."

L'espressione di Chaz s'addolcì immediatamente e Megan capì d'aver vinto. "Non l'avevo inteso in questo modo. Non voglio frequentare nessun'altra...e non voglio che nemmeno tu lo faccia."

"Quindi adesso stiamo parlando di una relazione esclusiva?" Megan incrociò le braccia sul petto.

"Immagino di sì. Hai intenzione di rivedere Quinn?"

"Non l'avevo pianificato. Abbiamo passato tutto il tempo a parlare di te. Lui è tuo amico. Non ci ha provato con me o cose del genere. Mi ha raccontato alcuni aneddoti divertenti di te e lui a Pine Grove."

"Non ci ha provato con te? Bene."

"Certo che no. E Anna?"

"Quella era pubblicità. Te l'ho detto. La mia mano era sulla sua schiena...se l'avessi messa sul davanti avrei potuto capire la tua rabbia. Meg, forse non vuoi stare con qualcuno la cui foto di tanto in tanto appare sui giornali insieme ad altre donne."

"Non voglio. Non l'ho mai voluto. Odio tutte le stronzate della gente famosa e tu sei l'ultima persona con cui vorrei impegnarmi."

Chaz rimase a fissarla in silenzio seduto davanti al computer. Megan sapeva di essersi spinta troppo oltre. "Stai dicendo che vuoi che la nostra relazione sia solo d'affari?"

Lei notò il sudore che gli imperlava la fronte. *È l'ultima cosa che voglio. Che cosa ho fatto?*

"No, no, no. Non voglio questo. Io...Io...voglio stare con te. Mi è venuta fuori male...non intendevo quello che ho detto nel modo in cui mi è uscito."

"Ti prego, non voglio perderti. Sei così diversa...speciale. Non sono bravo con le parole in questi casi, non so che cosa dire tranne che...la mia vita non sarebbe la stessa senza di te."

I suoi occhi erano sinceri. Meg poteva vedere che diceva sul serio, che non stava recitando. Un piccolo sorriso comparve sul suo volto.

"Provo la stessa cosa," disse lei con voce dolce.

"Vuoi stare con me?" Le chiese lui.

"Si. E tu?"

Meg poté vedere il suo collo che diventava rosso. "Sarei qui altrimenti? Non ho avuto molte relazioni serie, Meg. È dura in questo ambiente. Le donne pensano di voler uscire con te, finché la stampa non diventa invadente. Di solito, quando trovano foto poco carine di loro stesse spiattellate su tutti i media, tagliano i ponti e scappano."

"Posso capire perché."

"Ho cercato di frequentare solo attrici, ma poi ho trovato alcune donne che consideravano venire a letto con me come una sorta di trampolino di lancio per le loro carriere."

"Davvero?" Megan appoggiò i suoi appunti.

"Non passa molto tempo prima che comincino a pressarmi perché le presenti a questo o a quest'altro, oppure adorano tutta la pubblicità. E dopo di solito le cose si mettono male."

"Quindi sei da solo per la maggior parte del tempo?"

"Da solo è più sicuro." Chaz si portò una tazza di caffè alle labbra.

"Ti piace?"

"Sei pazza? Tu sei diversa. Non ho mai conosciuto una come te."

"Sì, non mi stupisce. Le donne nerd non sono di certo in cima alla tua lista." Si morse il labbro.

"Solo perché sei intelligente non significa che tu sia una nerd."

"Non sono neanche una strafica."

Chaz le lanciò uno sguardo malizioso. "Io penso che tu lo sia. Dato che siamo soli e nessuno ci può vedere, perché sei così vestita? Perché non ti metti più *comoda*?"

"Vuoi che mi spogli, qui, di fronte a un computer?"

"Lentamente e con la musica sarebbe stupendo," disse, inarcando le sopracciglia.

Lei scoppiò a ridere. "Non penso proprio!"

"Un uomo può provarci, no? Mi manca il tuo corpo."

Le guance di Meg divennero immediatamente rosse, mentre lei distoglieva lo sguardo dal suo.

"Ti ho messo in imbarazzo, pulcino? Non devi esserlo. Hai un corpo bellissimo."

Si sentì avvampare ancora di più, mentre cominciava a rovistare tra i suoi fogli.

"Parliamo della Perkins. Ho messo insieme alcuni dati..."

"Vorrei poterti baciare ora."

Meg appoggiò i documenti e alzò gli occhi. Lo sguardo sexy sul volto di Chaz la inondò di un calore che cominciò a scorrerle nelle vene. Studiò il suo viso, i capelli che gli ricadevano sugli occhi, la barba incolta sulle guance, e sollevò una mano come per toccarlo, poi la riabbassò. "Anche io lo vorrei," sospirò.

"Una relazione vera e propria...okay? Non frequentiamo nessun altro."

Lei annuì, ipnotizzata dall'intensità dei suoi occhi scuri. Lui sorrise, posando la mano sullo schermo. Lei sollevò il palmo per incontrare il suo.

"Non sopporto di essere così lontani. Quando puoi venire qui? Altri dieci giorni e avrò un giorno libero. Ti manderò la data esatta per email. Potrai venire?"

"Okay."

Un enorme sorriso si dipinse sul suo bellissimo volto, facendo arrivare il suo calore a Meg attraverso lo schermo del computer. "Non vedo l'ora di averti qui con me...nel mio letto."

"Dunc...mi manchi."

"Non manca molto, pulcino. Resisti. Di che cosa volevi parlarmi?"

La sensazione della carta tra le sue mani le fece riportare l'attenzione al motivo originale della sua chiamata. "Perkins. Perkins Products. Volevo ripassare alcuni dati insieme a te prima di consigliarle come investimento..."

Chaz si rilassò sulla sedia, intrecciando le dita dietro la nuca e sorridendo. "Spara, mia signora degli investimenti."

Per Chaz, il giorno seguente fu un susseguirsi d'interruzioni e riprese. Un pezzo dell'attrezzatura audio si ruppe. La sua co-protagonista ebbe un eccesso di tosse. Tutto sembrava voler rallentare le riprese. L'anticipazione di rivedere Meg lo rendeva nervoso e del tutto impaziente. Voleva accelerare al massimo, così da poter passare del tempo con lei. Quest'euforia era un'emozione del tutto nuova per Chaz. Molte persone avevano notato il suo sorriso onnipresente e la mancanza di irritabilità sul set, nonostante gli imprevisti. *Finalmente mi sono innamorato. Dio, è bellissimo.*

Il giovedì trovò un angolino un po' più tranquillo e controllò il suo telefono prima di cena. Ed ecco che era lì...un altro motivo per gioire, un messaggio di Allie, la sua agente.

*Sei seduto? Hai avuto la parte in Rainy Sundays. Prossima fermata...Broadway.*

Chaz si alzò di scatto e lanciò un urlo, cosa che fece scendere il silenzio nella sala.

"Prenderò parte ad un musical di Broadway!"

Il giro di applausi che seguì unito alla buona notizia alimentarono il suo appetito. *Meg!*

Dopo aver trovato un posto più tranquillo, compose il suo numero. Trovò la segreteria telefonica e le lasciò un messaggio ermetico, poiché desiderava condividere quella notizia con lei di persona. E mentre mangiava, formulò un piano.

Il giorno seguente, Chaz poté prendersi la mattina libera perché erano necessarie maggiori riparazioni all'attrezzatura. Rovistò nella tasca della sua giacca e trovò il biglietto da visita che stava cercando. *Brielle! Era quello il suo nome. Giusto.*

Si sedette e compose un'email:

*Brielle, Ho bisogno di un favore. Mi piacerebbe fare una sorpresa a Meg. Per favore trasferisci $25,000 dal mio* *conto al suo. Non dirle niente. Fammi sapere quando hai fatto e glielo dirò io stesso. La mia password è spencer500. Grazie mille.*

*Chaz*

Dopo aver inviato l'email, si rilassò, sorridendo fra sé e sé. *Un modo perfetto per ringraziarla del suo aiuto. Non riesco a credere che andrò a Broadway. Ora potremo stare insieme. Cosa posso volere di più dalla vita?*

L'euforia per aver ottenuto la parte lo faceva camminare a tre metri da terra. Il grande sorriso che aveva stampato in faccia rifletteva la gioia che aveva nel cuore per il supporto dei suoi colleghi, la devozione di Meg e una parte tanto ambita—una parte che voleva da tutta la vita.


Nel frattempo a New York, l'eccitazione di Brielle nel vedere un'email di Chaz si trasformò in delusione e subito dopo in gelosia. Guardò fuori dalla grande finestra e nell'ufficio di Megan. La brunetta stacanovista aveva gli occhi incollati al monitor del computer, mentre prendeva appunti. Completamente assorbita dal proprio lavoro, non alzò mai lo sguardo per notare Brielle che la osservava. *Troietta. Probabilmente ci va a letto. Chi non lo farebbe? Sta creando una divisione tutta sua. Diventerà vice presidente molto prima di me. Non più.*

Un sorriso malvagio le incurvò le labbra e quando Megan finalmente sollevò gli occhi, le sembrò che Brielle le rivolgesse uno sguardo amichevole. Megan le rispose con un sorriso flebile prima di rimettersi al lavoro. *Datti pure da fare...vedrai a cosa ti servirà. Ti annienterò, e non saprai mai cosa si è abbattuto su di te.*

Brielle si adagiò sulla sedia e chiuse gli occhi, tramando e pianificando. Quando li riaprì, un senso di trionfo le marciò sul cuore. *Come Napoleone...come Annibale...marcio verso la vittoria. E mi prenderò anche Chaz. Quando avrò finito, non vorrà nemmeno guardarti.* Tamburellò con la penna sulla scrivania poi schioccò le dita e si spinse in avanti con la sedia. "Andy, puoi venire qui, per favore?"

Meg non sollevò lo sguardo nemmeno quando Andy si alzò in piedi ed entrò nell'ufficio di Brielle. "Che succede?"

"Chiudi la porta e siediti. Ho bisogno di un piccolo aiuto." Brielle gli lanciò uno sguardo provocante.

"Sì?" Gli occhi di Andy s'illuminarono mentre percorrevano le sue curve.

"Potrebbe esserci qualcosa di...uh...davvero speciale anche per te."

"Cosa?"

"Innanzitutto, una piccola sorpresa per il tuo capo. Ma ho bisogno della sua password per potergliela recapitare."

"Non posso dartela."

"Accidenti, è davvero un peccato perché allora non posso darti la notte di sesso più memorabile della tua vita."

"Huh?"

*Che imbecille!*

"Tutto quello che devi fare è passarmi la sua password e domani potrai venire da me... e passare la notte—se capisci cosa intendo."

Andy arrossì leggermente e i suoi occhi brillarono, mentre sul suo volto compariva un sorriso lascivo. "La sua password è Grady200."

Brielle scarabocchiò qualcosa su un pezzo di carta. Si alzò in piedi e si avvicinò a lui. Prima di porgergli il pezzo di carta, si piegò verso di lui. La sua mano scivolò in mezzo alle gambe di

Andy e lo accarezzò. Lui sussultò leggermente, mentre diventava di un rosso intenso. "Solo una piccola anteprima..."

Poi gli porse il pezzo di carta. "Qui c'è il mio indirizzo. Vieni a casa mia per le nove e preparati alla notte più incredibile della tua vita."

Lui afferrò il pezzo di carta dalla sua mano e se lo infilò nel taschino. Esitò per un istante davanti a lei prima di farle scorrere un dito sulla guancia. Lei gli sorrise e si leccò le labbra. Lui arrossì di nuovo prima di battere in veloce ritirata verso la sua scrivania.

*Hmm...Grady200, eh? Piccola, arrogante e furba Megan Davis...è stato bello conoscerti, ma sarà meraviglioso dirti addio per sempre.* Brielle si voltò verso il suo computer e cominciò a battere sui tasti.

# Capitolo Dodici

Megan si adagiò sulla sedia di fronte allo schermo da cui Chaz la guardava a sua volta. "Posso sfogarmi un attimo?"

"Sì, cavolo. Io ho passato gli ultimi quarantacinque minuti a sfogarmi."

"Continuo ad incontrare questi personaggi famosi a cui Harvey è così ansioso di far firmare il contratto e ho la netta sensazione che sto facendo la cosa sbagliata."

"Cosa vuoi dire?"

"Preferirei lavorare per le organizzazioni no-profit, aiutandole con i loro investimenti. L'idea di far fruttare un investimento per, diciamo…l'ASPCA (*Associazione Americana per la Prevenzione della Crudeltà sugli Animali*), è stimolante per me. Avere a che fare con alcune di queste *prime donne* che pensano di essere un dono mandato dal cielo per il mondo…non mi piace. Non mi piacciono loro, e non voglio perdere il mio tempo per far lievitare i loro venti milioni a quaranta. Voglio aiutare le persone…la gente che ha bisogno di aiuto."

"Ne hai parlato con Harvey?"

"Non me la sono sentita. È così eccitato." Abbassò lo sguardo verso le proprie mani.

"Se ci lavori sodo e lo rendi un successo, puoi scrivere il tuo futuro e fare ciò che desideri, no?"

"Forse. Non avevo considerato quest'aspetto. Ci penserò sopra."

"Il duro lavoro è sempre stata la cosa principale che potevo controllare nella mia vita…la mia strada verso il successo."

"Non ho paura di lavorare sodo. Vorrei solo che fosse per una causa meritevole." Il suo sguardo incontrò quello di lui.

"E io?"

"Tu sei una cosa diversa." Megan scrollò le spalle.

"E tu sei troppo vestita." Chaz inarcò un sopracciglio.

Megan si liberò lentamente del vestitino aderente che aveva indosso e rivelò un reggiseno turchese e mutandine abbinate. Chaz, che fino a quel momento era stravaccato sulla sedia, si raddrizzò di colpo. "Santo Cielo, hai intenzione di portare quel completo a Phoenix?"

"Posso...se vuoi." Lo sguardo ardente di lui trapassò lo schermo, scaldandola.

"Oh, lo voglio. Lo voglio veramente tanto. Si, ti prego, portalo con te, indossalo, come vuoi. Wow."

"Ora tocca a te."

Chaz si tolse la maglietta e si sfilò i jeans facendoli cadere sul pavimento. Il sorriso di Megan s'ingrandì, mentre accarezzava con lo sguardo il suo petto nudo.

"Ora non fermarti." Lo sguardo di Chaz si fece ancora più ardente, e un sorriso sexy apparve sul suo volto.

"Niente spogliarelli su internet."

"E di persona?" Lui si raddrizzò nuovamente sulla sedia, l'attenzione rivolta completamente a lei.

"Forse," lo stuzzicò lei, sorridendo con fare malizioso.

"Non vedo l'ora." Le sue sopracciglia si mossero su e giù velocemente.

"Anche io." Megan fece scivolare la sedia in avanti verso la scrivania, vi posò i gomiti e appoggiò il mento tra le mani.

"Megan...Io...Io..." Chaz si fece leggermente avanti.

Lui s'interruppe e Megan rimase seduta immobile, in attesa che lui continuasse. "Te lo dirò quando ci vediamo."

"Devo andare." Megan nascose la sua delusione.

"Buonanotte, pulcino. Sogni d'oro." Chaz le mandò un baciò attraverso lo schermo.

"Buonanotte, Dunc. Ti mando tanti abbracci e baci."

Appoggiarono entrambi le mani sullo schermo e Megan giurò che poteva sentire la mano di Chaz contro la sua.

Poi, lo schermo si oscurò e il sorriso di Meg evaporò in un istante. *Stava per dirlo. L'ho visto nei suoi occhi. Stasera stava finalmente per dirmi "Ti amo." Forse lo farà quando andrò a Phoenix.* Sospirò, si lavò i denti, si tolse la lingerie e scivolò nel letto. *Ormai non manca molto e potrò dormire di nuovo accanto a lui, anche se solo per poco.* Si immaginò nel letto, accoccolata accanto a Chaz, e il sonno la catturò velocemente.

Il lunedì mattina, Brielle arrivò in ufficio molto presto. Riusciva a malapena a contenere l'eccitazione. Dopo aver controllato il computer, e aver trovato conferma alle modifiche da lei apportate, si sfregò le mani con silenziosa soddisfazione. *E ora affonda, piccola Miss "Harvard."*

Brielle controllò l'orologio. *La stronzetta è fuori per tre giorni. Tempismo perfetto.* Rimase seduta per qualche minuto a bere il suo caffè, esercitandosi nell'adottare un'espressione preoccupata. Quando si sentì pronta, posò il caffè e si diresse verso l'ufficio di Harvey Dillon.

Quando bussò alla porta aperta del signor Dillon, lui le fece cenno di entrare. "Sei arrivata presto, Brielle. Cosa posso fare per te, cara?"

"Volevo parlare con lei prima che arrivassero gli altri. Sono molto preoccupata, signor Dillon."

"Entra e parlamene. Chiudi la porta."

Lei entrò e sedette sulla sedia di fronte alla sua scrivania.

"Ogni tanto faccio dei controlli per assicurarmi che tutti i depositi e prelievi siano andati a buon fine...proprio come mi ha chiesto di fare lei..." *Proprio l'avermi scaricato addosso quel lavoro ingrato mi ha dato quest'idea.*

Brielle si dimenò a disagio sulla sedia, assicurandosi che Harvey non staccasse mai gli occhi da lei *Dovrebbero darmi l'Oscar per questa interpretazione!*

"Bè, sa quanto ci tenga alla Dillon and Weed. Non vorrei mai che capitasse qualcosa di brutto all'azienda, quindi ho deciso di venire a parlarle ora."

"Cosa succede, Brielle...sputa il rospo." Harvey si adagiò contro lo schienale della sedia.

"Ho pensato che fosse strano che venticinquemila dollari risultassero svaniti dal saldo del conto di Chaz Duncan, e quando ho controllato il conto di Megan Davis, il saldo era più alto di venticinquemila dollari rispetto alla settimana scorsa."

Harvey Dillon si raddrizzò così velocemente che quasi rovesciò il caffè. "Cosa?"

"Megan ha trasferito venticinquemila dollari dal conto di Chaz Duncan al suo. Ho pensato che fosse strano ed ho voluto metterla al corrente in ogni modo...prima che scoppi un possibile scandalo."

"Sei sicura?" Harvey si mise al computer e aprì i vari registri.

"Sono abbastanza certa," disse lei, cercando di non sorridere.

"Vedo il trasferimento. Deve esserci una qualche spiegazione." Harvey corrugò la fronte.

"Io riesco a vederne solo una. Immagino sia una tentazione troppo forte...gestire sette milioni di dollari. E magari lei ha pensato che lui non avrebbe badato all'ammanco di qualche migliaia di dollari qua e là."

"Oh mio Dio! Meg sta rubando soldi a Chaz Duncan? Pensavo potesse avere una relazione con lui...ma derubarlo? Merda! È terribile. Se questo viene fuori siamo rovinati." Si voltò verso Brielle.

"Non dirlo a nessuno. Rimetterò i soldi al loro posto e faremo finta che questo non sia mai successo."

"E cosa ne sarà di Megan?" Brielle spalancò gli occhioni il più possibile.

"È licenziata, naturalmente. Sono scioccato, completamente scioccato. E pensare che stavo per darle l'accesso ai conti di molti altri clienti abbienti che si stanno rivolgendo alla nostra azienda." Harvey fece un respiro profondo e collassò di nuovo sulla sua sedia.

"Ha la mia parola. Questa storia non uscirà dalle mie labbra." Brielle fece il gesto di chiudersi la bocca.

Lui si voltò a guardarla con un sorriso grato sulle labbra.

"Grazie per aver portato questa faccenda alla mia attenzione. Riceverai un bonus per questo, Brielle. Hai salvato l'azienda. Mi ci metto subito." Si alzò in piedi e le tese la mano. Lei gliela strinse e uscì dall'ufficio.

Una volta rientrata nel suo ufficio, Brielle non riusciva a smettere di sorridere. *E ora, seconda parte.* Si sedette alla scrivania e sorseggiò il suo caffè, mentre cercava un numero di telefono sul computer. Adagiandosi contro lo schienale della sedia, fece un grosso sorriso prima di comporre il numero. "*Celebs R Us*? Vorrei parlare con Tiffany Cowles, per favore."

Brielle si rilassò ancora di più sulla sedia, appoggiando i piedi sul cestino. Si leccò le labbra mentre aspettava che la chiamata fosse trasferita. "Tiffany Cowles? Ho alcune informazioni per lei..."

L'aereo atterrò puntuale all'aeroporto Mesa Gateway di Phoenix. Megan aveva con sé solo il bagaglio a mano e rimase in piedi ad aspettare, battendo il piede a terra, che gli altri passeggeri cominciassero a muoversi per scendere dall'aereo. I suoi occhi scrutarono la folla mentre si dirigeva verso l'uscita, ma non vide Chaz.

Un giovane uomo coi baffi e un cappellino in testa le si avvicinò. "Un taxi, signora?" chiese il giovane con un forte accento italiano.

Megan lo guardò appena, mentre i suoi occhi continuavano a scandagliare la folla. "No, grazie. Sto aspettando qualcuno."

"Me, forse?" L'accento dell'uomo era scomparso.

Megan si girò e vide un paio di occhi scuri che brillavano nella sua direzione. "Chaz?"

"Al tuo servizio. Da questa parte." Le prese la valigia e, prendendola per mano, la guidò verso l'uscita.

Mentre le porte che davano all'esterno si aprivano, s'imbatterono in un muro di aria calda e secca. Chaz aprì lo sportello di un taxi che li stava aspettando e depose la valigia all'interno. Poi aprì lo sportello posteriore e la fece accomodare sui sedili e subito dopo sedette accanto a lei. Si tolse il cappellino e rimosse attentamente i baffi finti.

Megan rise mentre l'attraente sconosciuto si trasformava nell'uomo meraviglioso che amava.

"Non so mai cosa aspettarmi da te."

"Venire a prendere qualcuno all'aeroporto è un gioco da ragazzi quando mi trasformo in Giuseppe, eh?"

Prima che lei potesse replicare, Chaz la prese tra le sue braccia e le mozzò il respiro con un bacio appassionato. Megan ricambiò il suo ardore, mentre il desiderio s'impadroniva di lei, diffondendo un calore pulsante in tutto il suo corpo.

"Dove andiamo?"

Chaz si staccò da lei per un momento. "Al Ritz Carleton."

"Signorsì, Capitano Spencer." Lui fece il saluto che aveva visto fare in *West of the Sun,* poi mise in moto il taxi.

I due amanti si baciarono per tutto il viaggio verso l'hotel. Lui fece scivolare una mano sopra il seno di Meg, accendendo il fuoco dentro di lei. Si staccarono quando il portiere dell'hotel aprì la porta e si schiarì la voce. Luccicanti di desiderio, i loro occhi s'incontrarono quando Chaz le prese la mano, scortandola attraverso le porte automatiche.

Si fermò alla reception per prendere un'altra chiave per Megan.

"Signorina Davis? Credo ci sia un fax per lei." L'impiegato della reception andò sul retro.

"Un fax? Di già?" Chaz la guardò.

"Ho lasciato detto ad Harvey dove avrei alloggiato...giusto in caso di emergenza. Inoltre, penso che faccia parte della politica dell'azienda. Devi fornirgli un posto in cui possano trovarti."

"E se fossi a fare campeggio in mezzo ai boschi?" Chaz sollevò un sopracciglio.

"Ottima domanda. Non lo so."

La loro conversazione fu interrotta dall'impiegato della reception, che tentò di mantenere un'espressione imperscrutabile. Quando Megan notò il corrugarsi delle sue sopracciglia, capì che aveva letto il fax ed era a disagio. Fissò prima l'impiegato e poi Chaz.

"Forse è meglio che lo legga."

S'incamminarono verso l'ascensore mentre lei apriva la busta e ne estraeva il foglio.

*Gentile sig.na Davis,*

> *Il suo impiego presso la Dillon & Weed ha termine con effetto immediato. I suoi effetti personali sono stati imballati e consegnati presso il suo appartamento, quindi non vi è alcuna necessità che lei faccia ritorno presso i nostri uffici.*

> *Distinti saluti,*

> *Harvey Dillon*

> *Presidente*

Le lacrime offuscarono la vista di Meg mentre sollevava gli occhi a guardare Chaz.

"Che cos'è?" chiese lui, strappandole il foglio dalle mani. "Ma che...possono farlo?"

Lei annuì, il nodo che aveva in gola le impediva di parlare. La porta dell'ascensore si aprì e Chaz la prese per il braccio, conducendola lungo il corridoio che portava alla sua suite. Una volta entrati, Megan s'appoggiò alla porta e s'accasciò lentamente sul pavimento, le lacrime che scendevano come un fiume in piena sulle sue guance.

Chaz mise le mani sulle sue braccia e la fece alzare. L'avvolse nelle sue forti braccia, mentre lei continuava a piangere contro il suo petto.

"Cos'è successo, Meg?"

Lei scosse la testa e scrollò le spalle.

"Non lo sai?"

Meg inspirò profondamente e lasciò andare l'aria lentamente, ma la voce le tremò comunque quando rispose.

"Non ne ho idea. Stava andando tutto così bene. Avevo anche un paio di persone pronte a firmare."

"Chiama Harvey. Magari riesci a mettere a posto le cose." Chaz raggiunse il bar e preparò a Megan un vodka e tonic. Lei si sedette e compose il numero dell'ufficio. La segretaria le comunicò di rivolgersi all'ufficio legale della Dillon & Weed. "Harvey non vuole parlare con me. Mi ha indirizzata al suo avvocato."

Megan si coprì il volto con le mani. Chaz la fece sedere sulle sue ginocchia e le massaggiò la schiena.

"Arriveremo in fondo a questa storia. Usciamo a mangiare qualcosa. Hai fame?"

"Non proprio, però questo drink è buono."

"Possiamo andare in un ristorante carino, cenare in tranquillità e mettere a punto un piano d'attacco...okay, pulcino? La stampa è stata buona e mi ha lasciato in pace qui, quindi dovremmo andare sul sicuro."

La baciò con dolcezza. Meg si alzò e si spruzzò un po' d'acqua fresca sul viso. Si tennero per mano mentre scendevano con l'ascensore. Quando le porte si aprirono, Megan pensò di aver visto un flash di luce.

Una volta entrati nella hall, si trovarono bloccati da un reporter e un fotografo che scattava foto così velocemente che per un istante il flash li accecò. Il reporter piantò un microfono in faccia a Megan.

"A quanto si dice è stata licenziata dalla Dillon & Weed per furto, signorina Davis. Vuole lasciare un commento?"

"Cosa?"

"Furto. L'ha fatto davvero?"

"No!" Strinse la mano di Chaz ancora più forte.

"Infatti, secondo la mia fonte, avrebbe rubato proprio a quest'uomo...Chaz Duncan. Venticinquemila per l'esattezza."

"Cosa? Di cosa sta parlando?" Megan corrugò la fronte quando guardò il reporter.

"Allora, l'ha fatto? Ha rubato al signor Duncan, Megan? Avanti, può dirmelo."

"Non ho rubato niente a nessuno." Meg sollevò il mento, nonostante sentisse le lacrime pungerle gli occhi.

"Non è forse stata licenziata di recente?" Il reporter insistette, nonostante Chaz lo avesse scostato con un braccio, trascinando Megan con sé.

"Non sono affari tuoi," sibilò Chaz al reporter.

"Lei chi è? Perché è interessato alla mia vita?" chiese Megan al reporter.

"Mi ha mandato Tiffany Cowles. Lavoro per *Celebs R Us* e finché stai mano nella mano con questo tipo, fai notizia, piccola."

Chaz fece un dietro front improvviso, trascinando Meg con sé verso l'ascensore. Il reporter continuava a sparare domande a raffica, mentre il fotografo continuò a fare foto anche mentre loro scomparivano nell'ascensore. Megan si allontanò da Chaz.

"Non ti ho rubato niente...lo giuro. Non lo farei mai. Devi credermi."

"Ti credo, Meg. Entriamo. C'è qualcosa che ti devo spiegare."

L'espressione di vergogna sul suo voltò stuzzicò la curiosità di Megan. Una volta che furono entrati, Meg si lasciò cadere sul divano. "Forse per stasera dovremmo ordinare il servizio in camera." Chaz chiuse la porta a doppia mandata.

"Cosa volevi dirmi?"

"Tutto questo potrebbe essere colpa mia...forse. Ho contattato Brielle..."

"Brielle? E per cosa?" Meg saltò in piedi.

Chaz le fece cenno di rimettersi a sedere. "Non per quello che stai pensando. Calmati. Ho ottenuto la parte nel musical di Broadway..."

"Davvero? È meraviglioso!"

Megan fece per alzarsi, ma Chaz sollevò una mano per fermarla. "C'è dell'altro...tu sei stata una parte così importante nell'ottenimento della parte...provando con me, dandomi consigli, incoraggiandomi. Era dai tempi della mia vita con i Gold che non avevo tutte queste cose. Ha significato tanto per me. Mi hai aiutato a realizzare uno dei miei sogni...recitare a Broadway... e in un musical, per giunta. Quindi volevo ringraziarti. Volevo aiutarti a realizzare anche tu il tuo sogno...di aiutare le persone, facendo consulenze finanziarie per le no-profit...insomma, le cose di cui abbiamo parlato..."

"E quindi hai fatto...cosa?" Megan strinse gli occhi.

"Allora ho contattato Brielle e le ho chiesto di trasferire venticinquemila dollari dal mio conto al tuo...come regalo. Qualcosa per aiutarti ad iniziare, in proprio, se avessi voluto. Era solo un modo per dirti 'grazie.'"

"Oh mio Dio! Brielle ha spostato i soldi e l'ha fatto in modo che sembrasse che li avessi rubati. Deve aver avuto la mia password...ma come? Andy! Lui è l'unico. Probabilmente c'è anche andata a letto per ottenerla. Mi hai dato tutti quei soldi per ringraziarmi?"

Lui annuì.

"Ma un *grazie* sarebbe stato sufficiente. Non dovevi *pagarmi*."

Le lacrime cominciarono a scorrere, e Megan le asciugò con la mano. "Non tutto nella vita è questione di dare e avere. Io ti ho aiutato perché desideravo farlo. Ora tu mi hai pagato, insudiciando questa cosa. Non riesci ad accettare semplicemente l'aiuto...l'amore di qualcuno?"

"Non intendevo creare dei problemi. Volevo solo aiutarti come tu hai aiutato me."

"Non sempre bisogna dare qualcosa in cambio. Dio, non sai un granché sull'amore, vero?"

"Non intendevo..."

"Vero?" gli urlò con le mani ben piantate sui fianchi.

Lui abbassò il capo. "Immagino di no."

"Quando ami qualcuno, non fai qualcosa per quella persona perché sai che *sarà in debito con te* o ti ripagherà. Lo fai perché la ami. Punto. Non mi è mai passato neanche per l'anticamera del cervello che tu potessi fare qualcosa di così...così...generoso, così estremo per ripagarmi di qualcosa che io ho fatto per amore."

"Amore? Tu mi ami?"

"Certo, sciocco! Non riesco a credere che tu non l'abbia ancora capito. Lo so, lo so, tu non provi la stessa cosa. Scopamici, con una sorta d'impegno nei confronti l'uno dell'altra...bla, bla, bla...e tutta quella roba là. Vado a disfare le valigie."

Megan fece per raggiungere la sua valigia, ma Chaz la raggiunse e l'afferrò per un braccio, attirandola a sé e avvolgendola in un abbraccio.

"Ti amo anch'io. È un po' che cerco il coraggio di dirtelo."

"Davvero?" Lei s'ammorbidì un po' tra le sue braccia.

Chaz abbassò le labbra ad incontrare le sue in un bacio gentile, che presto divenne più profondo. Meg gli circondò il collo con le braccia e premette il corpo contro di lui. Il calore emanato dal suo petto e il ruvido leggero della sua barba incolta le fecero accelerare i battiti del cuore. Chaz si avvolse i capelli di lei in una mano, mentre con l'altra le accarezzava la schiena, le dita che premevano delicatamente nella sua carne. Abbassando la mano fino a raggiungere il suo sedere, Chaz lo strinse e l'attirò ancora più vicino a sé.

Poi si staccò da lei improvvisamente. "Ti ho messo io in questo casino, quindi lo risolverò. Chiamerò Dillon, ma prima voglio indire una conferenza stampa per spiegare cos'è successo."

"Sei sicuro, Dunc?" Meg gli posò la mano sul petto.

"Assolutamente. Una volta che la gente avrà saputo la verità, quell'idiota di Dillon ti riassumerà e tu non sarai più braccata dai media. Chiamerò il mio agente e lei organizzerà tutto."

Meg piegò la testa e aggrottò la fronte.

"È colpa mia." Chaz le lisciò i capelli con la mano. "Lascia che ripari al danno causato."

"È colpa di Brielle. È lei che ha ingegnato tutto questo per farmi licenziare. E Andy, quel piccolo Benedict Arnold, faceva parte del suo piano."

"Ci occuperemo di lei," Chaz sorrise, mentre prendeva il telefono e digitava sui tasti.

# Capitolo Tredici

"Lascia che ti sorprenda." Chaz prese il telefono per ordinare il servizio in camera.

Meg annuì. La stanchezza e lo stress per il viaggio, per l'aver perso il lavoro e per il faccia a faccia avuto con *Celebs R Us* erano evidenti sul suo volto. Si sdraiò sul divano e si appisolò prima ancora che Chaz mettesse giù il telefono. Lui prese una coperta dalla camera da letto e la stese sopra di lei. *Mi ama!* Un sorriso colorò i suoi bellissimi lineamenti, mentre la guardava dormire.

Lei si agitò leggermente nel sonno e mormorò qualcosa che lui non riuscì a capire. Avvicinando la sedia a lei, riuscì ad allungarsi per accarezzarle i capelli dolcemente. I suoi gesti sembrarono calmarla e finalmente trovò una posizione in cui si sistemò. Lo squillo del telefono lo costrinse ad allontanarsi. Chaz lo prese e si spostò nella camera da letto per non svegliare Meg.

"Esatto, una conferenza stampa."

"Sei sicuro?"

"Perché tutti continuate a chiedermi se sono sicuro? Voglio tirarla fuori da quest'impiccio. È stata licenziata senza motivo ed è colpa mia. Chiamerò anche Dillon subito dopo la conferenza."

"Perché ti lasci coinvolgere così tanto? È solo la tua consulente finanziaria, no? Se ne trovano a bizzeffe."

La voce di Chaz assunse un tono arrabbiato. "È molto più che una semplice consulente finanziaria. È la donna che amo."

"Sto solo cercando di dirti di stare attento a non danneggiare la tua carriera per lei. Tutto qua."

"Non ci arrivi? Io l'ho fatta licenziare...senza volere. E la sua reputazione è a pezzi ed è tutta colpa mia. Ho intenzione di mettere a posto le cose. Per favore, organizza la conferenza stampa, ok, okay?"

"Lo farò. Buona fortuna...ehi, e congratulazioni per esserti innamorato."

Chaz si calmò. "Si, grazie. Lei è fantastica."

Si rimise il telefono in tasca, ritornò in soggiorno e si accomodò su una sedia di fianco al divano. Mentre osservava Meg, pensò a cosa avrebbe detto durante la conferenza stampa. Risistemandosi sulla sedia, le posò la mano sui capelli e chiuse gli occhi. Un'ora dopo, Chaz sobbalzò quando bussarono alla porta. Meg si stirò, aprendo gli occhi.

"È arrivata la cena." Chaz si sfilò il portafoglio dalla tasca posteriore e raggiunse la porta. Quando la aprì, un cameriere vestito in maniera impeccabile entrò spingendo un tavolo con le ruote. Il tavolo era apparecchiato elegantemente, con fine porcellana dalla fantasia a piccoli fiori rosa e blu su una tovaglia bianca. Chaz lasciò la mancia al cameriere prima di accompagnarlo alla porta. Meg si avvicinò al tavolo e sollevò un coltello. Riusciva a vedere il proprio riflesso sulla lama. La cristalleria brillava. Un profumo invitante riempiva l'aria. Lo stomaco di Chaz brontolò, seguito da quello di Meg.

"Sto morendo di fame," disse lei, sbirciando sotto il coperchio di uno dei piatti sul tavolo.

"Ah! Non si sbircia. Siediti prima. Hanno preparato tutto questo appositamente per noi."

Meg si sedette e si posizionò un tovagliolo rosa in grembo. Chaz la seguì. Sollevò il coperchio di uno dei vassoi più grandi, rivelando delle fette di manzo Wellington. La pirofila accanto conteneva uno sformato di patate, mentre il terzo piatto era colmo di asparagi e funghi.

"Oh mio Dio, un banchetto!" Gli occhi di Megan si spalancarono e un grande sorriso le si dipinse in volto.

"Degno di una regina, la mia regina." Lui le prese la mano, la baciò e poi mise un piatto davanti a lei. "Permetti?"

Lei annuì.

Chaz scelse il pezzo di carne più succulento e lo catturò abilmente tra due forchettoni per trasferirlo nel piatto di Megan. Dopo averle servito due porzioni abbondanti di entrambi i contorni, procedette a riempire il proprio piatto. Quando ebbe finito, il suo sguardo cominciò a vagare sul corpo di lei, mentre tagliava col coltello il primo pezzo di carne.

"Soddisfiamo un appetito alla volta." Il suo sorriso si fece malizioso, mentre lei arrossiva e giocherellava con l'orlo del vestito.

"È favoloso. Non mi aspettavo nulla di così...sontuoso." Meg si concentrò sul suo cibo, prendendo un morso. "Questo è il miglior manzo che abbia mai assaggiato. È incredibile," disse, masticando lentamente.

"Niente è troppo buono per te." Chaz prese una grossa forchettata di patate.

Mangiarono in silenzio per un momento. "Mi dispiace tirar fuori un argomento spiacevole ora, ma ho parlato con Allie e..."

"Chi è Allie?"

"Scusa. La mia agente. Sta organizzando una conferenza stampa." Chaz infilzò un pezzetto di asparago con la forchetta.

"Una telefonata al signor Dillon dovrebbe bastare...Non voglio causare problemi," disse Meg prima di mettersi in bocca un pezzo di patata.

"Questo è un casino che ho fatto io, lascia che rimedi."

Lei gli sorrise prima d'infilarsi in bocca una bella forchettata di asparagi. "Mi dispiace anche di aver ripagato la tua gentilezza...il tuo amore...con il denaro." La parola "amore" allappava un po' sulla sua lingua. *Non è una parola che ho usato spesso.*

"Ho capito. Va tutto bene." Meg allungò una mano e strinse quella di Chaz.

Quando finirono di cenare, Chaz spinse il tavolo nell'ingresso e tornò nel soggiorno.

"E ora il dolce," sospirò Meg, prendendolo per mano e portandolo in camera da letto.

Dopo aver fatto l'amore, Meg si spostò più vicina a Chaz. Lui la circondò con un braccio, posando la mano sul suo didietro. Lei leccò il suo collo con piccoli colpi di lingua, mentre le sue dita disegnavano piccoli cerchi intorno ai suoi bicipiti.

"Se continui così, sarò costretto a prenderti ancora." Le baciò i capelli.

Megan si lasciò andare a una risatina, poi appoggiò il viso sul petto nudo di lui. Una nuvola scura incupì il suo umore, mentre i suoi pensieri tornavano a tutto il casino successo col suo lavoro. "Ti prego, tienimi stretta," sussurrò.

Chaz la strinse il più forte possibile senza farle male e appoggiò il mento sulla sua testa. "Pulcino...andrà tutto bene. Vedrai," le disse, baciandole di nuovo i capelli.

"Ti amo, Dunc." Fece un piccolo sorriso, sperando che lui avesse ragione, ma temendo che non sarebbe stato così.

"Ho sognato tante volte la giornata di oggi...essere con te, toccarti." Chaz fece scorrere le dita lungo la sua schiena e il suo fianco. Sentendo il rigonfiamento del suo seno sotto il braccio, le dita di Chaz lo accarezzarono. Lei abbassò il braccio, dandogli pieno accesso a quel punto sensibile e lui chiuse le dita intorno alla sua carne.

"I tuoi seni sono...perfetti," mormorò tra i suoi capelli.

Lei chiuse gli occhi, assaporando la sensazione che le dava la sua mano e si lasciò sfuggire un piccolo gemito. *Vorrei poter restare così per sempre. Il suo tocco...non ha eguali.*

Le dita di lui le accarezzarono il seno e stuzzicarono il capezzolo, stringendolo dolcemente e sfiorandolo con piccoli cerchi del pollice, finché non s'irrigidì. Lui abbassò la testa per posarvi un bacio prima di prenderlo in bocca. Meg gemette sommessamente, mentre il fuoco del desiderio la consumava.

Quando lui sollevò la testa, lei lo attirò a sé e catturò le sue labbra in un bacio. Le loro lingue presero a danzare. Chaz si fece strada con la bocca lungo il seno di Meg e poi più giù, sul suo ventre. Le sue mani le afferrarono le cosce, mentre lui scompariva con la testa tra le sue gambe. Quando la sua lingua entrò in contatto con il centro del suo piacere, Megan ansimò.

Meg alzò una gamba e la portò sopra il fianco di Chaz, concedendosi completamente a lui. "Oddio, Chaz!" Chiuse gli occhi, mentre il desiderio la inondava, ormai incontrollabile.

Improvvisamente la bocca di Chaz fu sulla sua, reclamandola. Lei avvolse le dita intorno alla sua erezione, stupendosi di quanto fosse duro. Lo spinse più in sù e premette sulle sue spalle, inchiodandolo contro il letto prima di chiudere le labbra intorno a lui.

"Meg...Dio..." mormorò lui.

Dopo qualche momento, la fece rialzare, tirandola sopra di sé. Meg si mise a cavalcioni su di lui e sentì la sua dura erezione premere contro di lei prima che la penetrasse con facilità. Con le mani stese sul suo petto, Meg dimenò i fianchi su e giù, creando un proprio ritmo. Un orgasmo intenso esplose dentro di lei, diffondendo il piacere in tutto il suo corpo, fino alla punta delle dita. Megan gemette con ardore.

Chaz la strinse contro il suo petto, prima di farla girare. Torreggiò sopra di lei, posizionandosi tra le sue gambe e spingendole le ginocchia verso il petto. "Dio, come ti voglio," le sussurrò tra i capelli. "Lascia che ti ami, pulcino."

Lei gli accarezzò la guancia col palmo della mano e lo baciò. "Fallo," sospirò.

Chaz scivolò di nuovo dentro di lei, le sue dita le afferravano le braccia, tenendola ferma mentre si muoveva dentro di lei. Un'ondata di eccitazione l'attraversò, continuando a crescere ad ogni spinta. Le dita di Meg sfiorarono la sottile patina di sudore sulla sua schiena, mentre si aggrappava a lui, sospirando il suo nome. Gli leccò la spalla e gli baciò il collo. Suoni dolci uscivano dalle sue labbra mentre la sua passione s'intensificava, spingendola in un vortice che si muoveva sempre più velocemente.

"Piccola...piccola...piccola..." le sussurrò Chaz nell'orecchio.

Il suo ritmo deciso crebbe mentre affondava dentro di lei. Incapace di trattenersi ancora, il corpo di Megan si lasciò andare ancora una volta all'estasi, i muscoli che si contraevano e rilasciavano un piacere pieno, che la percorse da capo a piedi. Le dita di Meg gli strinsero le spalle ancora più forte, poi si rilassarono mentre lei gli strofinava il naso sul collo.

"Oddio...Dunc."

"Meg...pulcino..." La tensione nella sua voce aumentò. L'urgenza che avvertiva nel corpo lo fece muovere più velocemente. Le sollevò la gamba più in alto e la penetrò diverse volte con alcune spinte energiche. Nascose la faccia nel suo collo e urlò il suo nome. Il suo corpo tremò e poi cessò di muoversi. I due amanti si distesero in silenzio, abbracciati stretti. Quando il suo respiro ridivenne regolare, Chaz sollevò la testa per guardarla negli occhi. Meg gli spostò di lato i capelli che gli erano caduti sulla fronte e sorrise, incontrando il suo sguardo.

"Sei incredibile," mormorò lei.

"Ti amo...sei la mia ispirazione." La baciò teneramente sulle labbra.

Chaz rotolò su un fianco e prese Megan tra le braccia. Lei chiuse gli occhi, perdendosi in quel momento, sentendosi al sicuro mentre si accoccolava contro di lui.

"Dobbiamo uscire oggi?" Meg fece scorrere la mano sul suo petto.

"Oggi non dobbiamo fare nulla che tu non voglia fare. È il nostro giorno insieme. Devo tornare al lavoro domani, ma puoi venire con me. Potresti annoiarti però..."

Megan sollevò la testa. "Davvero? Posso venire? Mi piacerebbe un sacco. Non sono mai stata sul set di un film prima d'ora."

Chaz sorrise.

"Non è così eccitante come pensi, credimi. Portati un libro. Tutti vogliono conoscerti. Stanno insistendo da tempo."

"È sicuro?" Meg si alzò a sedere

"Nessuno lì parlerà coi media." Le sue dita si chiusero su un suo seno. Lei si riadagiò sul letto, abbracciandosi a lui. "Possiamo passare la giornata a letto, se lo desideri." Un sorriso sexy comparve sul suo volto e i suoi occhi scuri brillarono di desiderio.

"Perfetto. Ma prima...Ho una leggera fame."

"È per questo che hanno inventato il servizio in camera."

Chaz allungò un braccio e afferrando il menù dal comodino, glielo porse.

Dopo essere andati alla scoperta della piscina sul tetto e averla trovata vuota, Chaz e Megan decisero di fare una nuotata. Si spruzzarono l'acqua e giocarono come bambini, facendo a gara a chi facesse più vasche. Megan vinse. Aggrappati alla scaletta nella parte più profonda della piscina, Chaz si passò una mano tra i capelli e Meg si stropicciò gli occhi.

"Sei una nuotatrice formidabile," disse Chaz mentre riprendeva fiato.

"Merito di tutti i campi estivi a cui ho partecipato."

"Nuoti come un pesce."

"Anche tu te la cavi. Dove hai imparato?"

"Facendo la stagione estiva a Pine Grove. Un membro del cast mi ha insegnato."

"Un membro femmina, per caso?" Meg accennò un sorriso.

"E con ciò?"

Meg si lanciò fuori dall'acqua, premendo le mani sulla sua spalla e costringendolo ad andare sott'acqua. Lui l'afferrò per le gambe, trascinandola giù con lui, e le stampò un bacio sulle labbra prima di tornare in superficie. Quando riemersero, ansimavano entrambi per prendere aria.

"Bacio subacqueo. Hai imparato anche questo da lei?" Meg inarcò un sopracciglio.

"Sei gelosa! Non riesco a credere che tu sia gelosa di qualcuno che conoscevo anni fa."

"Di solito non sono gelosa...è solo che...che...non lo so." Indietreggiò e nuotò nuovamente verso la scaletta.

Chaz la raggiunse da dietro e le circondò la vita con un braccio. Si piegò per sussurrarle all'orecchio, "Gelosa perché mi ami così tanto?"

L'emozione le inondò il petto, serrandole la gola. Incapace di pronunciare una sola parola, si limitò ad annuire. Chaz l'attirò ancora più vicino a sé e si piegò per strofinare il naso contro il suo collo. "Anche io ti amo così tanto. E neanche io voglio sentir parlare di altri uomini nel tuo passato. Sono un uomo molto geloso."

La sensazione di calore pervase il suo corpo mentre riappoggiava la testa sulla sua spalla e chiudeva gli occhi. *Come fa a sapere sempre la cosa giusta da dire?* Le dita di Chaz accarezzarono la pelle lasciata nuda dal suo bikini. Lei s'aggrappò alla scaletta e rilassò il corpo contro di lui finché una ventata gelida attirò la loro attenzione. Si voltarono per vedere la porta che si spalancava e udirono le risatine e le urla di alcuni bambini che si catapultavano nella piscina. Chaz e Megan si arrampicarono velocemente sulla scaletta, recuperando i loro asciugamani e dirigendosi verso la porta.

Uno dei bambini più grandi fissò attentamente Chaz. "Guardate! È Grady Spencer!" Lo indicò col dito e due degli altri bambini si voltarono e rimasero a guardare a bocca aperta. Megan raccolse i loro vestiti dalla sedia, si avvolse nell'asciugamano e prese Chaz per mano. Scattarono verso la porta e scapparono nell'ascensore prima che i bambini potessero seguirli. Lui controllò che l'ascensore fosse vuoto prima di salirvi. Meg udì le loro risatine, di riflesso, rise per tutto il tragitto verso la loro stanza. Chaz gettò i vestiti secchi su una sedia e si voltò verso il bagno. "Doccia calda?"

Meg stava tremando. "Ottima idea."

Lui aprì l'acqua calda e il bagno si riempì velocemente di vapore. Prima che Meg potesse sfilarsi il costume da bagno, lui la spinse nell'enorme box doccia di marmo.

"Prima ti riscaldiamo."

La diresse verso l'acqua calda e lei sorrise quando questa cominciò a scorrere sul suo corpo.

"Permettimi." Chaz cominciò a toglierle il costume mentre l'acqua li accarezzava.


Avvolta in un morbidissimo accappatoio di spugna bianco, Megan raggiunse il piccolo terrazzo. Un colpo alla porta richiamò l'attenzione di Chaz, che la aprì e lasciò entrare il cameriere con il loro sontuoso pranzo. Il tavolo fu spinto fin sopra il terrazzo. Chaz diede la mancia all'uomo e lui e Megan si ritrovarono di nuovo soli.

Meg aggiustò il colletto dell'accappatoio, portandolo fin sul mento e sorrise. Chaz le tirò in fuori la sedia. Lei si sedette con grazia, mentre lui sollevava il coperchio dal vassoio, scoprendo un'enorme e deliziosa insalata di gamberetti freschissimi, accompagnata da uova sode, cuori di carciofo, mini pannocchie e altre verdure in pinzimonio.

"Per soddisfare l'altro mio appetito." I suoi occhi luccicarono, quando le rivolse un sorriso pieno d'amore.

"Questa giornata non potrebbe essere migliore di così nemmeno se l'avessi programmata."

"Mi è costata una fortuna farti licenziare e riempire la hall di reporter ostili, ma ne è valsa la pena per averti intrappolata qui con me, nel mio letto, nella doccia...nella piscina." Non riuscì a nascondere un sorriso e Megan scoppiò a ridere.

"Molto divertente," lo rimproverò, prendendo una piccola pannocchia con le dita.

"Non mi sono mai divertito tanto nel tentare di prendere il meglio da una brutta situazione. Meg...sei così coraggiosa...sempre pronta a tutto. Una vera sopravvissuta."

"Sei tu il vero sopravvissuto. Dopo tutto quello che hai dovuto affrontare..."

"Ora quello fa parte del passato." Infilzò un gamberetto con la forchetta.

"Quindi quali sono i tuoi sogni, Dunc?"

"I miei sogni? Recitare a Broadway e trovare l'amore...ora ho entrambi."

Lo sguardo di Megan cadde sul suo piatto. Guardò attentamente il cibo che vi era sopra prima di prendere un panino dal cestino del pane, spezzarlo a metà e imburrarlo.

"Parli di me?" Non aveva ancora il coraggio di guardarlo in faccia.

"Certo che parlo di te. Di chi altri?"

Lei prese un boccone di pane e burro, grata di avere qualcosa con cui occupare la bocca, così da non dover parlare. Finalmente incrociò il suo sguardo e ciò che vide brillare nei suoi occhi scuri era amore.

"E il tuo sogno qual è?" Prese anche lui un panino e lo spezzò.

"Devo averne solo uno?"

"Comincia con uno."

"Vorrei lavorare con le organizzazioni no-profit...invece che con le celebrità piene di soldi."

"E allora perché fai quel lavoro?" Lui diede un morso al panino.

"Ho ricevuto quest'offerta di lavoro ed era così prestigiosa...e finalmente mia madre era colpita da qualcosa che avevo fatto.

Quindi l'ho accettata. Ma non mi sono mai sentita a mio agio in quel posto."

"Che lavoro faresti con le organizzazioni no-profit?" Si mise in bocca una forchettata d'insalata di cavolo.

"Mi occuperei di pianificazione finanziaria, investendo per piccole aziende no-profit e magari...per insegnanti e infermiere...persone che fanno cose buone, ma che non dispongono di molto denaro. Sono le persone che hanno davvero bisogno d'aiuto. Sono quelle che devono mettere da parte qualcosa per la pensione, imparare a gestire il denaro, e così via"

"Questo è il tuo unico sogno?"

Meg giocherellò col suo tovagliolo, prima pulendosi le labbra delicatamente e ripiegandolo in grembo, poi mettendo in ordine l'argenteria sul tavolo. Chaz allungò una mano per fermare le sue. "Okay, parlami dell'altro sogno che stai nascondendo."

Lei si rilassò sulla sedia e lo guardò in faccia. Chaz tolse la mano e prese un pezzo di pane.

"Non lo sto nascondendo...ma devo proprio confessarti tutto?" Inforcò un gamberetto e un cuore di carciofo.

"Io l'ho fatto. Ora tocca a te." Lui si distese sulla sedia, masticando pigramente il suo pane. I suoi occhi non lasciarono mai quelli di lei.

"Come la maggior parte delle donne, credo che vorrei sposarmi...avere una famiglia..."

"Quanti bambini?" Lui ingoiò il pane.

"Due, credo." Megan tenne sospesa la forchetta con un pezzo d'uovo sodo a mezz'aria.

"Perfetto! Anche io...Voglio dire, due bambini. Ho sempre voluto far parte di una famiglia. Fare il papà va bene per me. Capito?" Chaz rise nervosamente.

Meg gli sorrise. Lui appoggiò la mano sopra le sue e lei avvolse le dita intorno al suo pollice. Poi staccarono le mani e continuarono a mangiare in silenzio. Meg si concentrò sul cibo, lanciando di tanto in tanto un'occhiata furtiva a Chaz. Si aspettava di vederlo nervoso dopo tutto quel parlare di matrimonio e bambini, ma lui sembrava calmo. Un sorriso gli colorò le labbra sensuali quando i suoi occhi incontrarono quelli di lei. Meg sentì i battiti del cuore accelerare. Poteva sentire il cuore pulsarle in gola. *Oh Signore, è davvero amore...e ora cosa faccio?*

"Pronta per il dolce?" La voce di Chaz interruppe i suoi pensieri.

Megan annuì.

Lui sollevò il secondo coperchio d'argento e rivelò due piatti di shortcake alla fragola, fatta con vera pasta frolla e—dopo un veloce assaggio di Chaz—vera panna montata. Entrambi rimasero senza fiato.

"Dovremmo tenere da parte un po' di questa panna per portarla a letto."

"Due volte stamattina...poi nella doccia...non sei...sazio?" Lei sollevò la forchetta.

"Dubito che sarò mai sazio finché ci sei tu." Il desiderio baluginò nei pozzi neri dei suoi occhi e Meg sorrise nel vedere il suo sguardo scendere verso la scollatura a V del suo accappatoio. Si era leggermente aperto, offrendogli uno scorcio provocante dei suoi seni. L'intensità del suo sguardò sembrò lasciare una scia di fuoco sulla pelle di Meg, come se la sua mano scorresse sul suo seno. Prese un grosso pezzo di shortcake, poi il telefono di Chaz squillò. Lui si pulì le labbra e rispose. Dopo qualche minuto, mise giù il telefono e si voltò verso di lei.

"La conferenza stampa è fissata per dopodomani, nella sala dell'hotel."

"È il giorno della mia partenza."

"Lo so. Avremo ancora un po' di tempo dopo la conferenza."

Il sorriso di Meg si trasformò in un'espressione corrucciata mentre pensava alla conferenza stampa.

"Non ti preoccupare. Andrà bene. Diremo la verità, cosa può andar male?"

Chaz fece scivolare la mano sopra le sue e sorrise. Eppure, Meg sentì la tensione annidarsi nella bocca dello stomaco.

# Capitolo Quattordici

Meg si trascinò giù dal letto alle quattro in punto per accompagnare Chaz agli studi di registrazione. Doveva essere lì alle cinque e lei aveva promesso che sarebbero andati insieme. Sbadigliando nella limousine, Meg guardò disgustata il suo sandwich con le uova. *Troppo presto per mangiare. Datemi del caffè.*

Chaz sembrò leggerle nel pensiero "C'è ancora del caffè nella macchinetta, pulcino."

"Grazie a Dio. Ce ne vorrebbe un litro, per come mi sento."

Arrivarono a destinazione alle cinque meno un quarto e Chaz la prese per mano, guidandola all'interno degli studi di registrazione fino alla sala trucco. Lei rimase incollata a lui finché Chaz non dovette cominciare a girare. Allora trovò una sedia libera e si sedette a guardarlo serenamente.

*Sono stati tutti così carini. Stimano Chaz...oppure sono molto bravi a fingere. Immagino che lui sia importante, dato che è il grande personaggio.*

Megan rimase molto colpita dalla stima che la maggior parte del cast aveva nei suoi confronti e dal rispetto che gli mostrava il regista. Chaz scherzava con i cameramen, girava una scena e poi ancora e ancora, senza mai lamentarsi. *È così professionale! Non sembra affatto il tipo giocherellone che giocava a spruzzarmi l'acqua in piscina.*

Scoprì che guardare Chaz in azione l'affascinava, così mise da parte il libro e rimase seduta tranquillamente, come ipnotizzata da tutto quello che succedeva intorno a lei. Le riprese terminarono alle otto e un Chaz esausto la raggiunse nella limousine. Si scambiarono un bacio, poi Megan parlò. "Mi è piaciuto tantissimo guardarti sul set, ma ho un milione di domande."

Chaz aprì il minibar della macchina e si verso del vodka e tonic.

"Beviamo qualcosa prima. Ne vuoi anche tu?"

Lei annuì e lui le porse il bicchiere che aveva già riempito, poi ne preparò un altro per sé.

"Possiamo rimandare le domande a domattina? Sono sfinito."

"Certo."

Una volta tornati all'hotel, si ritirarono subito dopo cena, che fu portata ancora una volta dal servizio in camera. Megan si spogliò e si coricò nel letto di fianco a Chaz. Lui la cercò con la mano e la prese ancora più vicina a sé. La sua mano vagò lungo la schiena di lei per accarezzarle il fondoschiena.

"Non sei troppo stanco? Io sono esausta," disse Megan, lottando contro la spossatezza.

"Si, sono stanco. Devo svegliarmi alle quattro anche domani." Nonostante le sue parole, Chaz continuò ad accarezzarle il sedere.

"Magari dovremmo saltare stanotte?"

"Ma tu parti domani...e non so quando ti rivedrò."

"Sarai di ritorno a New York il mese prossimo, giusto?" Megan posò la mano sul suo fianco.

Chaz annuì. "Dovrei aver finito entro la fine di Agosto...quattro settimane o giù di lì."

"Possiamo farcela."

Chaz la baciò, poi la baciò di nuovo con maggiore passione. Un piccolo fuoco si accese dentro Meg. Gli premette i seni contro il petto.

"Se continui così, avrò una nuova esplosione di energie," sospirò lui.

Chaz si spostò in modo da essere ancora più vicino a lei, i loro fianchi si accarezzavano. Meg poteva sentire il suo desiderio crescente e questo la fece eccitare. Lui abbassò la mano, facendola scorrere lungo la coscia di Meg, finché non trovò il centro del suo piacere. Le sue dita l'accarezzarono, cercando e trovando i suoi punti più sensibili.

"Oddio, Chaz." Megan inspirò e chiuse gli occhi.

"Forse dovremmo aspettare..." la stuzzicò lui, togliendo la mano.

"Non pensarci neanche a fermarti adesso!" Lei posò le mani sulle sue spalle e lo avvicinò a sé.

Lui percorse il suo corpo con la bocca. Le aprì le gambe e abbassò la testa.

"Ancora esausta?" La sua lingua guizzò sul centro pulsante di Meg.

"Stai scherzando?"

Lui rise, le baciò il collo e cominciò a darsi da fare in grande stile.


Il giorno seguente fu del tutto simile a quello appena trascorso, tranne che per il fatto che sarebbero usciti prima per la conferenza stampa. Megan si ritrovò ancora una volta affascinata dall'arte e dalla tecnologia che venivano utilizzate nella produzione di un film e gioì dell'atmosfera piacevole che si respirava sul set. Alle due e mezza, risalirono sulla limousine, diretti alla volta dell'hotel.

"Non sarai nervosa, vero?" Lui si voltò a guardarla, posando la mano sulla sua coscia.

"Un po'. Forse...più di un po'." Meg prese a mangiucchiarsi un'unghia. "Non ho mai tenuto una conferenza stampa prima d'ora. Non saprò cosa dire."

"Non preoccuparti. Ti bombarderanno di domande. Non devi far altro che rispondere onestamente."

"Se è così semplice, perché così tanti cadono nella trappola dei reporter che li fanno apparire come serial killer?"

Lui rise amaramente. "Sono tosti. Ma tu sei innocente e più intelligente di loro. Non lasciare che t'innervosiscano."

"Vorrei poter scomparire. Non sono brava in questo...nello stare...sotto i riflettori." Meg corrugò la fronte.

"Non preoccuparti, pulcino, non sei sola. Io sarò lì con te." Le prese la mano e la strinse.

"Grazie a Dio."

"Tu non hai fatto niente di male. Finita la conferenza, chiamerò quell'idiota di Harvey Dillon."

Meg gli posò la mano sul braccio. "Non chiamarlo."

"Devo mettere a posto le cose. Non posso lasciare che continui a pensare che tu sia una ladra quando non lo sei."

Lei rimase seduta in silenzio. *Ha ragione. Harvey deve sapere che non ho rubato quei soldi. Ma non rivoglio quel lavoro. Può prendere quel lavoro e ficcarselo....* "Hai ragione. Ho bisogno di riabilitare il mio nome. Ma non rivoglio quel lavoro."

"Immagino che qualunque capo creda ad una cosa del genere senza nemmeno prima parlare con te...stronzo è la parola che mi viene in mente."

Lo disse con fare talmente solenne che Megan scoppiò a ridere. "È perfetto, Chaz."

Fecero il loro ingresso nell'hotel e il cuore di Megan accelerò i battiti. Il direttore li indirizzò verso un ascensore vuoto e risalirono i due piani verso la sala riunioni. Allie li accolse davanti all'ascensore. Chaz la presentò a Megan. "Sono tutti pronti. Spero che lo siate anche voi. Semplicemente non buttare all'aria la tua carriera per l'amore, okay, Chaz?"

Lui le sorrise e lasciò andare la mano di Megan. Quando lei lo seguì dentro la stanza, una dozzina di giornalisti e cameraman sciamarono verso di loro. Il cuore di Megan batteva fortissimo e il sudore cominciava a comparirle sui palmi e sul labbro superiore.

"Ehi Chaz…" lo salutò con la mano Barney Collier dell'*Associated Press*.

Chaz ricambiò il saluto.

"Hai indetto questa conferenza stampa. Che succede?"

Chaz alzò la mano. "Questa è Megan Davis, la mia consulente finanziaria. Di recente è stata accusata di aver rubato soldi dal mio conto presso la Dillon & Weed. Niente potrebbe essere più lontano dalla verità."

"Oh?"

"Si, Barney. I soldi, venticinquemila dollari, erano un regalo. Ho dato io quei soldi a Megan."

"Ma davvero? E come mai?" L'inviato di *Celebs R Us* intervenne.

"Megan mi ha fatto un grosso favore…aiutandomi a prepararmi per un'audizione…e…"

"Vuoi che crediamo che hai dato venticinquemila bigliettoni alla ragazza per averti aiutato con un'audizione? Che stronzata! Avanti, Chaz, puoi fare di meglio."

"È la verità…"

"Oh, sono sicuro che sia stato un *regalo*…ma per un favore diverso…un favore sessuale, magari?"

"Chi sei?" chiese Chaz in tono arrabbiato.

"Tom Beale, *Celebs R Us*."

"Si, dai, guardala. È un bel bocconcino," esclamò un altro reporter.

Un fotografo fece alcuni scatti ad una Megan inorridita di fianco a Chaz.

"Questa è un'enorme bugia! Non l'ho mai pagata per favori sessuali…" gridò Chaz.

"Vuoi negare che vai a letto con lei?" Tom continuò con le domande.

"La mia vita privata non vi riguarda…"

"Quindi *vai* a letto con lei. La paghi?"

Chaz perse completamente le staffe e colpì il reporter con un pugno. Inorridita, Allie si mise in mezzo e afferrò il braccio di Chaz mentre lui si preparava a colpire ancora. Tom Beale tirò fuori un fazzoletto e se lo premette sul naso sanguinante.

"Ti farò contattare dal mio avvocato."

Il rapido ticchettio delle macchine fotografiche e la miriade di flash furono sufficienti ad accecare Megan. Rimase a bocca aperta e cominciò a guardarsi intorno in cerca di un posto in cui scappare.

Un reporter prese la parola, "Non abbiamo ancora sentito la ragazza..."

"La Meretrice di Harvard," sputò Tom Beale, la voce camuffata dal fazzoletto.

Quell'appellativo offensivo fece uscire Megan dal suo stato di trance, "Aspettate un attimo...quello che ha detto Chaz è vero. Io suonavo il piano..."

"Ci scommetto, dolcezza. Sapevi bene quali tasti toccare, eh?" Il reporter sogghignò.

"Sporco bastardo," ruggì Chaz, facendo un passo in avanti con fare minaccioso verso il giornalista.

Lottando per tenere fermo Chaz, Allie sibilò a Megan, "Esca di qua!"

"Perché si trova a Phoenix, signorina Davis? È un caso che lei sia qui in visita o dorme nella stessa stanza con Chaz Duncan? L'ha pagata per venire qui?"

"Certo che no." Megan s'irrigidì.

"Non rispondere, Meg," disse Chaz a denti stretti.

"La Meretrice di Harvard...ha una tariffa aerea, viaggia...eh?" Tom Beale scarabocchiò qualcosa sul suo taccuino mentre il suo fotografo scattava foto a più non posso.

"La consulente finanziaria che consegna...fino a Phoenix," scherzò un altro giornalista.

Le lacrime si formarono nella gola di Meg e si coprì la bocca con la mano. Il volto di Chaz era viola dalla rabbia. Strappò via il braccio dalla presa di Allie, afferrò la mano di Megan e la trascinò fuori dalla stanza. I reporter e i cameramen li seguirono mentre raggiungevano velocemente l'ascensore. Quando furono al sicuro nel piccolo spazio, Allie rimase di guardia, aspettando che le porte si chiudessero. Prima che l'ascensore si chiudesse, sospirò, "Spero tu sia contento. La tua carriera è finita nel cesso solo per un bel culo."

Quando le porte finalmente si chiusero, Meg si lasciò andare alle lacrime. Nascondendo la faccia contro la parete dell'ascensore, continuò a piangere sommessamente.

"Mi dispiace. Non avevo idea che le cose sarebbero degenerate in un...un...gettare fango su di te. Io...io...non so cosa dire."

Meg si raddrizzò e si asciugò gli occhi col dorso della mano. Si voltò a guardarlo. Lui le spostò i capelli dal viso, portandole alcune ciocche dietro le orecchie.

"La Meretrice di Harvard?" Ripeté lei con voce tremante.

"Vieni qui, pulcino," Chaz si avvicinò e lei si rifugiò tra le sue braccia.

Quando chiuse gli occhi, Meg vide davanti a sé i titoli dei giornali del giorno dopo e le lacrime tornarono ad inondarle il viso, bagnando la maglia di Chaz. Si sciolse contro il petto di lui e pianse. Quando le porte dell'ascensore si aprirono, lui la scortò lungo il corridoio e poi nella sua stanza. Una volta entrati in camera, Meg si calmò. Lui si lasciò cadere su una sedia, la fece sedere sulle sue ginocchia e l'avvolse in un abbraccio. Un brivido la percorse quando un sospirò le sfuggì dalle labbra.

"Aspetta qui." Chaz la fece alzare dalle sue gambe e la fece accomodare sulla sedia, mentre lui tirava fuori il cellulare. Compose un numero e Meg lo ascoltò distrattamente mentre chiedeva di parlare con Harvey Dillon.

"Signor Dillon, sono Chaz Duncan."

Chaz si fermò.

"So tutto, signor Dillon e la sua versione dei fatti è completamente sbagliata. Si. Si, è quello che ho detto. No...mi stia a sentire, per favore! Bene. Si sieda e lasci che le esponga i fatti. La signorina Davis mi ha fatto un favore personale, che mi ha aiutato a passare un'audizione e ad ottenere un ruolo di prestigio a Broadway. Si, esatto. Così ho contattato Brielle e le ho chiesto di trasferire i soldi. Volevo fare una sorpresa alla signorina Davis, dirle *grazie* con un regalo in denaro. Cosa? No...no, assolutamente no. Ha ricevuto istruzioni precise. Esatto. Cosa? Oh, capisco."

Chaz si dilungò ancora un minuto o due prima di riattaccare il telefono. Meg sollevò lo sguardo quando lui si sedette sul divano e lo raggiunse. "Quando ha realizzato di averti licenziata per sbaglio è rimasto sconcertato. Spera che se si umilierà davanti a te, tornerai a lavorare per lui. Nel frattempo, farà una *chiacchierata* con Brielle. Non sarei sorpreso se la licenziasse."

"Non tornerò mai lì. Hanno tradito la mia fiducia...mi hanno licenziata senza nemmeno chiedermi conto di quanto gli avevano detto. Come posso lavorarci ancora? Oltretutto, odiavo quel lavoro. A parte la gestione del tuo conto e di quello di Mark. Oddio, Mark! Presto, passami il telefono. Devo parlargli prima che legga i titoli dei giornali o andrà fuori di testa!"

Ci vollero ben cinque chiamate prima di rintracciare Mark. Era nello spogliatoio e aveva appena finito allenamento.

"Che succede? Un'emergenza?"

"Una specie." Megan spiegò la situazione al suo gemello, che sclerò all'altro capo del telefono.

"Se pubblicano quei titoli, prenderò a pugni qualcuno! E se rivedo Chaz Duncan ...*Pow!*" Fece il suono di un pugno a contatto con la pelle.

"Aspetta, Mark. Non è colpa sua."

"No? e allora di chi è la colpa? Di sicuro non tua. Quel rompicoglioni che ha messo le mani su mia sorella, l'ha fatta licenziare...mandando all'aria la sua vita. Nessuno ti darà un lavoro dopo questa storia. Quel bastardo. Aspetta che ce l'abbia tra le mani."

La voce dell'allenatore di Mark urlò in sottofondo, "Davis, vieni qui!"

"Devo andare, mocciosa. Ci sentiamo dopo. Ti voglio bene." Mark riattaccò.

"È arrabbiato, eh?"

Lei annuì.

"È arrabbiato con *me* vero?"

"Si sbaglia su di te...non è colpa tua."

"Davvero? Io penso di sì."

"Hai cercato di dir loro la verità, ma non hanno voluto ascoltare. Non volevano sapere che si era trattato di una cosa innocente. Cercavano la malizia...e l'hanno inventata laddove non ce n'era."

"Quando questa storia uscirà sui giornali, il vecchio Harvey potrebbe non essere più così tanto ansioso di riprenderti al lavoro."

"Bene. Non ci voglio tornare comunque."

"Che cosa farai?"

"Non lo so. Magari aprirò un ufficio tutto mio cosi non dovrò mai più avere a che fare con gli stronzi come Harvey Dillon." Meg trasse un profondo respiro.

"Mi piacerebbe aiutarti." Chaz le circondò le spalle con un braccio.

"Potresti essere il mio primo cliente."

"Naturalmente, ma se avessi bisogno dei soldi per l'affitto o altro..."

"Il tuo darmi dei soldi ci ha già causato abbastanza guai, non credi?"

Meg gli posò la mano sul petto e lo spinse via. La testa di Chaz scattò all'indietro, come se fosse appena stato schiaffeggiato. Si allontanò da lei, lasciando cadere le braccia lungo i fianchi.

"Oddio, Chaz, mi dispiace, mi dispiace così tanto. Non intendevo dirlo. La tua generosità è... è favolosa. Ti amo per questo. Non è colpa tua se le persone scelgono di non capire."

Le lacrime le annebbiarono di nuovo la vista e Chaz fece scorrere il pollice sul suo labbro inferiore. Le baciò i capelli. "Non preoccuparti, pulcino. Supereremo questa tempesta. Sono sopravvissuto a molto peggio."

Ordinarono la cena con il servizio in camera e mangiarono di nuovo in terrazza, con le luci sfavillanti di Phoenix di notte a far loro da sfondo. "Vuoi anche la casetta con la staccionata bianca insieme al tuo marito perfetto e due figli?" Chaz sorrise mentre sorseggiava il caffè.

"Penso che mi piacerebbe rimanere in città, ma una casa in campagna dove trascorrere i week end o le vacanze estive sarebbe carina."

"Mi sono innamorato di Pine Grove quando Quinn ed io recitavamo lì. Ma è stato anni fa. Magari è cambiata da allora."

"E che mi dici di te? Due figli...e una moglie?"

"Il sogno completo. Voglio tutto. Voglio il Ringraziamento perfetto col tacchino più grande che si possa comprare, e il Natale perfetto con un albero gigante. Amo le festività e sono stanco stare col naso schiacciato contro il vetro a guardare le vite degli altri. Voglio vivere le mie festività con la mia famiglia. Voglio qualcuno che senta la mia mancanza, che mi accolga quando torno a casa. Sono stanco di tornare in una casa vuota...senza nessuno con cui condividere preoccupazioni e risate."

"Pronto per il matrimonio?" Meg lo guardò con un sopracciglio inarcato.

"Forse." Chaz le rivolse un sorriso timido.

Chaz spostò il tavolino della cena nell'ingresso, così da non essere disturbati. Decisero di non fare l'amore, dato che era tardi e Chaz doveva alzarsi presto. Meg aveva comunque un volo alle otto, quindi rimasero semplicemente abbracciati a coccolarsi. Lei passò una notte agitata, girandosi e rigirandosi nel letto, incapace di laciarsi alle spalle le preoccupazioni della giornata. Ad un certo punto, si svegliò di soprassalto dopo un incubo. Si drizzò a sedere con un verso strozzato. Chaz si voltò e le posò una mano sulla schiena.

"Stai bene?"

Lei fece un respiro profondo. "Penso di si."

"Vieni qui," le ordinò, prendendola dolcemente tra le sue braccia.

Una volta che l'ebbe abbracciata, lei si rilassò contro di lui, chiudendo gli occhi. Rimase ad ascoltare il ritmo regolare del suo cuore, mentre il calore lieve del suo respiro le solleticava la guancia. Come una ninnananna o una sedia a dondolo, la presenza di Chaz la calmò e si riaddormentò in pochi minuti.

Lo strillare della sveglia li svegliò il mattino seguente alle quattro. Un leggero colpetto alla porta segnalò l'arrivo del loro caffè mattutino. Chaz si sfregò la faccia ispida, s'infilò una vestaglia e raggiunse la porta. Sul tavolino della colazione, una copia del *Phoenix Observer News* era accuratamente piegata insieme a caffè e cornetti. Lui preparò due tazze e si sedette ad una delle sedie intorno al tavolo.

Megan lo raggiunse qualche minuto dopo, avvolta in un morbido accappatoio. Chaz aprì il giornale e sfogliò le pagine fino alla sezione dedicata allo spettacolo, poi lo piegò così a poter vedere solo le notizie relative all'intrattenimento. Gli diede una rapida occhiata, cercando di sorridere quando il suo sguardo incontrò quello di Megan dall'altra parte del tavolo.

"Cosa c'è? Cosa dice?" Corrugando la fronte, lo guardò negli occhi.

"Bevi il tuo caffè, prenditi un momento. Rilassati."

Meg si alzò in piedi e gli strappò il giornale dalle mani. I suoi occhi scorsero velocemente le pagine finché lo vide... lì, in prima pagina, c'era una foto di loro due. Il titolo diceva "Consigli Finanziari Con Privilegi."

Poi il sottotitolo, in grassetto, "Bambolina di Harvard Sta Con Chaz Duncan per Amore o Soldi?" Megan lesse il titolo ad alta voce, mentre si lasciava cadere nuovamente sulla sedia.

# Capitolo Quindici

Meg sedeva rigidamente di fianco a Chaz nella limousine. Lui le avvolse le mani con la sua e lei gli sorrise timidamente, ma rimase in silenzio. Lui guardava fuori dal finestrino, osservando l'oscurità spezzata dalle prime deboli luci dell'alba. Il silenzio fu interrotto dalle note di "If I Loved You," nella versione del cast originale del *Carosello,* che provenivano dal telefono di Chaz. Stupita, Meg alzò lo sguardo su di lui.

"È una canzone che mi ha portato fortuna," le spiegò mentre prendeva il telefono. Lesse il nome di Allie sul display e lasciò partire la segreteria telefonica. *So benissimo cosa vuole dirmi. Non voglio parlarle.*

Il telefono continuò a suonare. Infine, si udì il *ding* dell'arrivo di un messaggio. Chaz cercò di resistere e non leggere, ma la speranza ebbe la meglio sulla paura e aprì i messaggi.

*Ho visto i giornali. Stai rovinando la tua carriera. Scaricala.*

Il messaggio era di Allie. Lui si acciglò, la rabbia gli ribolliva nel petto. Prima che potesse cancellare il messaggio, Meg gli strappò il telefono di mano. "Fammi vedere."

"No, davvero, non è niente. Dammelo." Chaz cercò di riprendere il telefono, ma Meg riuscì a tenere il telefono davanti agli occhi abbastanza a lungo da leggere il breve messaggio, prima che lui glielo sfilasse di mano. Un verso strozzato le sfuggì dalle labbra e Chaz le disse, "Non ascoltarla. Non ho nessuna intenzione di farlo. Andrà tutto bene con la mia carriera. È solo un titolone sensazionale oggi. La cosa si smorzerà da sola."

"Non voglio rovinare la tua carriera...hai lavorato così duramente, ti sei sacrificato così tanto per arrivare dove sei, Chaz..."

"Dov'è finito 'Dunc'?" Le prese la mano tra le sue.

"L'ho lasciato in camera." Gli occhi di Meg brillarono per un attimo e gli strinse la mano.

Si rilassarono contro i sedili di pelle uno vicino all'altra, mani nelle mani, finché l'autista non prese l'ultima curva, a soli due chilometri dal set di registrazione.

Quando la limousine si fermò di fronte agli studi, Chaz si voltò verso di lei e la prese tra le braccia.

"Andrà tutto bene," sospirò.

Meg si aggrappò a lui e lui sentì un piccolo tremito risalirle lungo la schiena. *È spaventata e non vuole ammetterlo. Dannazione.*

"Vorrei poter essere con te...ad affrontare questa cosa. Non parlare con i giornalisti. Non farebbero altro che rigirare qualunque cosa tu dica."

"Forse non dovremmo vederci per un po'. Voglio dire...non voglio che la stampa ti danneggi."

"Decido io chi frequentare, non il mio agente o la stampa. E io voglio stare con te, Meg. Io sono...siamo...stiamo bene."

Lei annuì, ma lui scorse comunque le lacrime nei suoi occhi. "Niente più viaggi a Phoenix."

Chaz rimase in silenzio.

"Sarai qui ancora per quanto...un altro mese?" Meg sollevò le sopracciglia.

"Probabilmente. Forse meno." Le accarezzò una guancia.

"Quindi per un mese...non verrò a trovarti. Finché le acque non si calmeranno."

"Possiamo parlare al telefono o via computer, giusto?" L'ansia di perderla gli attanagliava il cuore.

"Giusto. Dopodiché...chi lo sa." Meg cercò di sorridere, senza successo.

Chaz la baciò e le accarezzò i capelli. L'emozione gli strinse il petto, impedendogli di respirare. *Non ho mai avuto problemi a salutare una ragazza prima d'ora.* All'improvviso, anche i suoi occhi s'inumidirono, quindi nascose il volto nel collo di lei. Le sue braccia lo strinsero più forte e capì di non averla ingannata. *Perché amarla dev'essere così bello e così brutto allo stesso tempo?*

"Starò bene. Sono forte. Ci sono Mark e Penny...e Grady mi sta aspettando."

"Grady? Oh, si, il carlino cicciottello." Chaz rise al ricordo di quel muso simpatico.

"Non è cicciottello. Sta dimagrendo adesso che fa lunghe passeggiate tutti. i giorni."

"È carino...sono geloso. Lui può dormire con te tutte le notti."

Meg gli diede uno schiaffetto sul braccio e sorrise.

"Sono contento che ci sia lui a farti compagnia," disse Chaz, accarezzandole i capelli.

"Mark ha gli allenamenti e la stagione comincerà presto, quindi non li vedrò più per un po'."

"Ti sentirai sola. Chiamami tutti i giorni. Non innamorarti di nessun altro...d'accordo?" Chaz corrugò la fronte.

Gli occhi di Megan si fecero grandi e una lacrima le corse lungo la guancia.

"Come potrei? Sono innamorata di te."

Allungò una mano scostandogli i capelli dalla fronte e dagli occhi.

"Presto staremo insieme, pulcino," disse lui, mentre l'autista apriva lo sportello.

Unirono le mani in un ultimo tocco mentre lui scendeva lentamente dalla macchina. Quando si voltò a lanciarle un'ultima occhiata, vide Meg che lo osservava mentre camminava verso la porta degli studi. Si fermò a salutarla con la mano. Sentì un enorme peso scendere sul suo cuore mentre si apprestava ad entrare.

Nessuno menzionò i titoli sui giornali con lui. *Probabilmente non li hanno ancora visti. Sono solo le cinque.* Cominciò la sua routine in sala trucco, poi ripassò il copione e si preparò a girare le scene. Felice di potersi distrarre con il lavoro, recuperò la concentrazione e fece ciò per cui si trovava lì.

Durante la pausa pranzo, notò qualche occhiata di sottecchi da parte di un altro attore o di un cameraman. *La voce si è sparsa. Merda.* Gli sguardi che riceveva erano più carichi di comprensione che di giudizio, anche perché molti dei presenti avevano vissuto la stessa paura di vedere la propria privacy invasa dai media.

Dopo essersi riempito il piatto al tavolo del buffet, Chaz si sedette in un angolino a mangiare per conto suo e controllare il telefono. C'erano un sacco di messaggi. Sette erano di Allie, due di Quinn, due di Bobby e uno di Meg.

Sapendo che Meg era sull'aereo e non avrebbe potuto parlare con lui al telefono, decise di chiamare prima Quinn. "Ho visto i giornali, amico. Come stai?"

"La vita fa schifo." Chaz diede un morso al suo sandwich.

"Cos'è successo?"

"Pensavo di poter dire la verità, ma la stampa ha rigirato le cose, facendo apparire Meg come una squillo."

"Sì, quella è l'impressione che ho avuto. Un vero peccato. Sembra carina. Stavo per congratularmi con te per aver finalmente scelto una vincente nata."

"Sì ed è mia. Quindi giù le mani...e tutto il resto. Mi ha detto che sei uscito con lei." Prese la sua coca e si adagiò sulla sedia.

"Un caffè, amico. Un semplice caffè. Per darle un'occhiata. Volevo assicurarmi che non ti stesse prendendo in giro."

"E?"

"È una persona autentica"

"Lo so." Chaz diede un morso ad un cetriolino.

"Hai intenzione di tornare a New York?"

"È nei miei piani," disse Chaz, prendendo una forchettata di insalata di patate.

"Partirò per raggiungere una location in Sud Africa tra due settimane. Comunque hai le chiavi. Ci vediamo in Ottobre, eh?"

"Si."

Chaz chiuse la comunicazione e finì il suo panino. Le note di *If I Loved You* attirarono la sua attenzione e vide un'altra chiamata di Allie. Sospirò prima di rispondere.

"È da un po' che cerco di mettermi in contatto con te..."

"Ho le riprese oggi, ricordi?" Nonostante cercasse di nasconderla, gli sfuggì comunque una nota di rabbiosa impazienza.

"Non fai una pausa? Lascia perdere. Hai scaricato quella...quella...piantagrane?"

"Non è una piantagrane. Ti pago per gestire la mia carriera, non la mia vita privata," disse, alzando la voce.

"Non ci sarà più alcuna carriera, se stai con lei. Spero che i produttori di Broadway non abbiano visto quella testata."

"Perché?" Chaz si calmò.

"Perché quello è il tipo di scandalo che può far crollare le vendite di biglietti...potrebbero scaricarti."

"Dov'è il contratto?" Chaz si stravaccò sulla poltrona.

"Uh...Non avevo ancora finito di controllarlo. Te lo invierò per corriere espresso stasera."

"Allie! Che cosa stai aspettando?" Chaz si raddrizzò a sedere di scatto.

"Ehi, non mi urlare in faccia! È c'è comunque una clausola sul comportamento e la stampa negativa."

"Cosa significa?" I suoi occhi si spalancarono.

"Significa che possono scaricarti, sostituirti in ogni momento. Quindi è meglio che tu stia lontano da quella donna, Chaz, se vuoi andare a Broadway."

"Mi stanno chiamando. Devo andare," mentì lui.

Chaz riattaccò il telefono e trangugiò il resto della sua coca. *Forse Meg aveva ragione. Forse sarebbe meglio raffreddare le cose...per un po'.* Il pensiero di non vederla o non parlare con lei gli provocò una fitta di dolore al cuore. *Broadway...Devo scegliere...Meg o Broadway? Dio, spero di no.*

Rimase seduto, assorto nei suoi pensieri, e non sentì quando chiamarono il suo nome. Il regista lo raggiunse e gli diede una pacca sulla spalla. "Dunc, siamo pronti. Ci sei?"

"Uh?"

Chaz trasalì, sollevò lo sguardo e sorrise a Marly Griffin, il regista e si alzò in piedi. "Certo, Marly. Pronto."

Raccolse il suo piatto, la lattina vuota e il tovagliolo e buttò tutto nel cestino lì vicino. Marly gli mise un braccio intorno alle spalle mentre ritornavano sul set.

"Ho ricevuto una chiamata convulsa di Allie stamattina..."

Quelle parole fecero fermare Chaz di colpo. Marly lo guardò dritto negli occhi e proseguì, "Si, ha detto qualcosa sul fatto che ti stai rovinando la vita. Sei abbastanza grande per conoscere la differenza tra una ragazza e la tua carriera, Dunc. Al momento abbiamo altri due copioni di *West of the Sun* in revisione...vorrei tanto tenerti come Grady Spencer...capisci cosa voglio dire?"

"Non preoccuparti per me, Marly. Ci sarò."

Marly lasciò andare Chaz per andare a parlare col cameraman, mentre Chaz prendeva posizione. *Meg. ...Meg...cosa devo fare? Io ti amo ma...la pressione è tantissima.* Chaz lesse il messaggio di Meg.

*Ciao. Atterrata e sulla via di casa. Mi manchi già. Sarà più dura di quanto pensassi. Almeno avrò Grady. Ma tu avrai un set pieno di persone. Per favore non innamorarti di una qualche attrice sexy. Ti amo. Devo andare, sto per entrare nel Midtown Tunnel.*

Tutta la tensione defluì dalle sue spalle, mentre un sorriso appariva sul suo volto. *Meg...ti amo anch'io, pulcino. Ti amo anch'io.*

Una settimana dopo, la stanchezza costrinse Chaz a rallentare. Le lunghe ore di lavoro e lo stress lo consumavano. Tutti i giorni riceveva una chiamata o un messaggio di Allie che premeva affinché lasciasse Meg. Tutte le sere, chiamava il suo pulcino, riuscendo a malapena a darle la buonanotte prima di collassare a letto. Non era riuscito a sentirsi con Bobby, perché non erano riusciti a far coincidere i loro orari. Voleva spiegare al suo vecchio amico cosa fosse successo, ma nel suo cuore sapeva che Bobby lo capiva. *Ringrazio Dio per Bobby e Quinn.*

La tensione sul set aumentò, poiché il film minacciava di sforare il budget. Alcune rotture nelle attrezzature e le malattie di alcuni attori avevano causato dei ritardi imprevisti nelle riprese, rendendo i produttori nervosi e il regista scontroso. Chaz lottava per mantenersi concentrato sul film. L'atmosfera piacevole era scomparsa, sostituita dal turbamento e dal nervosismo. Chaz passava le pause pranzo a ripetere il copione più e più volte e ad evitare le chiamate di Allie.

I membri del cast e della crew, che in precedenza si erano mostrati carini con lui, avevano rivolto la loro attenzione al proprio lavoro. Lo scherzare, il prendersi in giro e il divertimento avevano lasciato il posto alle critiche e alle lamentele. Ancora una volta, Chaz si isolò dagli altri. *Questo è lavoro e queste persone non sono miei amici.* Dopo l'articolo apparso sul giornale, molte attrici che avevano mostrato interesse nei suoi confronti, si fecero da parte. Lui ne era sollevato, ma allo stesso tempo irritato, anche se non nutriva alcun interesse per loro.

Una notte, dopo essersi trascinato all'hotel, si svestì e s'infilò a letto. Troppo stanco per parlare, si allungò per spegnere la lampada sul suo comodino, quando il telefono squillò. La canzone lo fece sorridere, mentre ricordava i momenti in cui l'aveva cantata con Meg. Supponendo che fosse lei, rispose senza nemmeno controllare.

"Ciao, pulcino," mormorò.

"Pulcino? Sono Allie. Chi ti aspettavi?"

Chaz chiuse gli occhi e sprofondò nel cuscino. "Allie, sono troppo stanco per litigare."

"Sono giorni che cerco di parlarti." Poteva sentire l'esasperazione nella sua voce e non gl'importava.

"Non voglio parlare di Meg."

"Allora limitati ad ascoltare." Il suo tono divenne freddo e questo lo spinse ad aprire gli occhi e a mettersi seduto.

"Sto ascoltando."

"Hai perso Broadway."

"Cosa?" Si raddrizzò di scatto, gli occhi spalancati.

"Proprio così. È quello che ho cercato di dirti per tutta la settimana...ma tu non hai mai risposto al telefono." L'atteggiamento spavaldo di lei gli fece venir voglia di prenderla a schiaffi.

"Ho perso Broadway...cosa significa?"

"Significa che ti hanno sostituito. Troppo scandalo. I produttori hanno staccato la spina."

"Oh mio Dio." Chaz si raccolse le ginocchia al petto e vi appoggiò la fronte.

"Esatto, Tesoro. Hai barattato il tuo sogno per un paio di notti con...come l'hai chiamata? Oh, si, 'pulcino.' Spero ne sia valsa la pena. Spero tu sia contento." La comunicazione fu interrotta.

Chaz si strofinò il viso con la mano e poi scaraventò il cuscino contro al muro. *Merda! Che cosa ho fatto?* Prese il telefono e chiamò Bobby.

"Ehi, amico, che succede?"

Chaz gli spiegò cos'era successo, mentre tentava di ricacciare indietro le lacrime.

"Hai perso Broadway per la ragazza? Un brutto colpo, Dunc. Davvero brutto. Ma io ti conosco. Questa è la prima ragazza importante nella tua vita. Questa non è la tua ultima chance per Broadway, o no?"

"Non lo so. Forse, o forse no."

"Diamine, per prima cosa—trovati un nuovo agente. Quella Allie è una stronza. Questa ragazza ti piace davvero, giusto?"

"Si."

"È speciale?"

"Si e quindi?"

"Quindi trovati un altro agente, trova un altro spettacolo di Broadway e tieniti la ragazza. A proposito, spero che quell'altro spettacolo faccia un fiasco grosso come una casa. Devo andare, il bebè piange. Resisti, Dunc."

Bobby riattaccò il telefono. Chaz si sedette e pensò per un attimo a quanto gli aveva detto Bobby. Troppo agitato per dormire, si alzò e andò nel piccolo cucinotto per prendere un bicchiere d'acqua. Poi si gettò addosso una vestaglia e andò a sedersi in terrazzo, restando a guardare le luci luminose, finché il suo telefono non squillò di nuovo. *Allie, vuole girare un altro po' il coltello nella piaga?* Rispose bruscamente, "Giri il coltello nella piaga, Allie?"

"Chaz?" La voce di Meg era incerta.

"Meg! Oh, Meg, mi dispiace tanto. Pensavo fosse Allie."

"Quale coltello nella piaga?"

Lui rimase in silenzio.

"Cos'è successo? È successo qualcosa. Lo sento."

"Ho perso Broadway." La sua voce era poco più che un sospiro.

"Cosa?"

"Sono stato sostituito. Non reciterò a Broadway." Si schiarì la voce.

Ora fu il turno di Meg di rimanere in silenzio.

"Meg? Meg, sei lì?"

La sua voce tremò dall'altro capo del telefono. "Sono qui. Mi dispiace...mi dispiace così tanto. Hai perso il tuo sogno...ed è colpa mia."

"Non è colpa di nessuno," disse lui a denti stretti.

"Dovrei uscire dalla tua vita...la sto distruggendo."

"No!" Chaz chiuse la mano a pugno e la sbatté sul tavolo.

"È la verità...noi...non sta funzionando."

"Per me si, invece. Io ti amo." *Non posso perderti.*

"Ancora? Dopo tutto questo?"

"Queste cose succedono in questo lavoro. Non sai quante volte non ho ottenuto una parte, prima di essere scelto per *West of the Sun*. Ti ci abitui...forse è un'esagerazione, ma ogni volta fa un po' meno male..."

"Ma questo era il tuo sogno...un musical a Broadway ...ed ora è svanito per causa mia."

"Ehi, ho iniziato io questa cosa stupida col mio regalo a sorpresa...non avevo idea. Questo non è l'unico musical di Broadway a cui posso aspirare per il resto della vita. E a parte questo, nessuno mi dice chi amare...con chi stare."

Come risposta, ricevette silenzio.

"Se tu volessi prenderti una pausa da noi...giusto finché non le acque non si calmino...andrebbe bene." Chaz notò la nota di tristezza nella sua voce.

Ancora silenzio. Chaz non sapeva cosa dire. Infine, rispose, "Sarò comunque qui per altre tre settimane. Poi dovremmo aver finito."

"D'accordo. Niente più contatti per tre settimane."

"Giusto per vedere come...stiamo l'uno senza l'altra?" chiese lui.

"Esatto. Bene. Okay. Si comincia da ora. Buonanotte, Chaz..." le tremò la voce.

"Buonanotte, pulcino..." Prima che potesse dirle che l'amava, Meg riagganciò il telefono. Lui sospirò, i dubbi gli riempivano la mente. Anche se il suo corpo era stanco, la sua mente era ben sveglia. Spostò una poltrona sul terrazzo, prese una coperta di lana e rimase seduto a guardare la notte.

*Amo Meg, ma amo anche recitare. È la mia vita. Dannazione, voglio entrambe le cose.* Si sentiva lacerato, mentre compilava una lista mentale delle ragioni per cui dovevano stare insieme e quelle per cui dovevano rompere. Ora che Broadway non era più all'orizzonte, sarebbe dovuto tornare nella sua casa modesta di Los Angeles. *Perché? Perché non posso stare da Quinn? Lui sarà fuori città.* Megan sarebbe uscita con lui? Avrebbero continuato ad essere braccati dai giornalisti e dai paparazzi intenti a scattar loro delle foto? E questo avrebbe finito per dividerli?

*Chiedile di sposarti. No...non sono pronto. Sono stato scapolo troppo a lungo per cambiare così velocemente. Forse potremmo convivere. No, i giornalisti ci andrebbero a nozze con una cosa del genere... non sarebbe giusto per Meg. Inoltre, non ho nemmeno un posto mio a Manhattan. Non posso certo chiederle di trasferirsi nella stanza degli ospiti di Quinn con me.*

Proprio quando giunse alla conclusione che lasciarsi sarebbe stata la scelta migliore per entrambi, immagini di Meg cominciarono a danzare nella sua mente...e in mezzo alle sue gambe. *Quegli occhi verdi...i suoi capelli...come seta. È così intelligente...e divertente. La sua pelle è così...morbida. Il suo sedere...bellissimo e sodo, perfetto per me.* Il suo cuore accelerò i battiti, mentre immaginava il corpo nudo di lei sdraiato sul suo letto, in attesa che lui facesse l'amore con lei.

Sentì le dita formicolare nell'anticipazione di scorrere lungo la sua pelle levigata e disegnare cerchi intorno ai suoi seni. Chiuse gli occhi e quasi riuscì a sentire la curva del suo fianco, e il suo sedere così bello da stringere sotto le sue mani. Le sue labbra s'incresparono leggermente al pensiero del suo bacio, così tenero e allo stesso tempo eccitante. Il suo sapore, un incrocio tra un vino raffinato e la dolce asprezza della frutta fresca, stuzzicò la sua lingua, mentre il ricordo del suo profumo gli solleticò il naso. Sentì una fitta di desiderio al basso ventre mentre riportava alla mente la sua pelle bagnata, calda e accogliente...l'estasi di essere dentro di lei, i loro corpi che danzavano insieme, aggrovigliati nella passione...baciandosi, divorandosi e mordicchiandosi l'un l'altra in preda ad un desiderio fervente. Chaz cominciò ad ansimare leggermente, le sue pulsazioni accelerarono, mentre la voglia si fondeva col bisogno nel suo sangue.

Si rilassò di nuovo sulla poltrona, tirandosi la coperta fino al mento. Per un secondo, giurò di aver captato una zaffata di polpettone. Gli venne l'acquolina in bocca al ricordo di quel piatto saporito e si sentì affamato. *Nessuno aveva mai cucinato per me. Lei è l'unica.* Si leccò le labbra, come se vi fosse ancora un avanzo di quella cena, ma le sue papille gustative rimasero deluse. Girandosi su un fianco, Chaz strinse a sé un cuscino nel tentativo di ricreare un frammento del dolce calore che aveva provato dormendo abbracciato a Meg. Chiuse gli occhi, mentre la sua mente si placava e finalmente la stanchezza prendeva il sopravvento.

*Lei mi ama. Ed è mia. Non rinuncerò a lei. Troveremo una soluzione...in qualche modo. Devo averla...sempre, ogni giorno.* Un sorriso gli increspò le labbra mentre scivolava nel sonno.

# Capitolo Sedici

Megan non fu sorpresa quando trovò un gruppo di reporter e cameramen che bloccavano l'ingresso davanti al suo complesso residenziale. Si fece strada in mezzo all'orda di giornalisti, dirigendosi verso il portone. Urlarono domande—allusive e cattive—rivolti a lei, non fermandosi neppure quando lei si chiuse dietro ad un "no comment." I fotografi la catturarono in vari scatti. Era stanca e aveva gli occhi gonfi per il viaggio e perché aveva pianto. I suoi capelli erano un disastro, ma non gliene importava nulla. *Non sembro certo una squillo ora. Forse è un bene.*

Briny uscì dall'edificio, le tenne aperto il portone, e respinse due giornalisti col braccio robusto, così da farla passare. Meg intravide Grady dietro la postazione del portiere, raggomitolato su un tappetino. Il cane si alzò di scatto e s'incamminò verso Meg scodinzolando furiosamente, felicissimo di vederla dopo qualche giorno trascorso sotto la custodia di Briny.

Meg si chinò per grattare il carlino dietro le orecchie, incurante degli scatti delle fotocamere all'esterno dell'edificio. *Forse Grady diventerà famoso.* Prese il guinzaglio dalla mano di Briny. "Quanto ti devo per aver tenuto Grady, Briny?"

"Offre la casa, signorina."

"Non è necessario..." Ma lui alzò una mano, interrompendola.

"Grazie." Gli sorrise.

Un giornalista s'intrufolò all'interno, mentre Briny parlava con Meg. "Signorina Davis, quanto l'ha pagata Duncan per volare a Phoenix e fare sesso con lui?"

Arrivata al limite della sopportazione, Meg si girò su sé stessa. "Non penserà davvero che un uomo attraente come Chaz Duncan debba pagare una donna per andarci a letto, vero?"

"Oh? Quindi l'ha fatto gratis?" Il giornalista scribacchiò qualcosa sul suo taccuino.

Meg avvampò mentre sentiva la rabbia crescere nel suo petto. "Crepa!" Sibilò in faccia al reporter, lanciandogli un'occhiata infuriata. Prima che potesse fermare il cane, Grady aveva già alzato la zampa e fatto la pipì sui pantaloni del giornalista.

Lui balzò all'indietro e urlò. "Controlli il suo cane, signora!"

"Mi dispiace," borbottò lei senza la minima traccia di dispiacere nella voce. Poi, le sue guance riassunsero il loro colore normale e il suo volto pietrificato si aprì in un largo sorriso. Briny sogghignò. Meg agguantò il guinzaglio, allontanando il cane dall'uomo e scappando verso l'ascensore prima che il giornalista potesse seguirla. Briny afferrò l'intruso per il braccio e lo scortò fuori dalla porta.

Una volta entrata nel suo appartamento, Megan preparò dell'acqua fresca per Grady e fece un pò di caffè. Qualche minuto dopo, caffè alla mano, controllò la posta si raggomitolò sul divano. Il cagnolino riuscì a saltare sul divano e si accoccolò nella piega delle sue ginocchia, posando la testa sulla sua gamba. Poco dopo, Meg si era già addormentata, con Grady che russava di fianco a lei.

Il tempo passava lentamente per Meg. Senza un lavoro a cui recarsi, si trascinava tutto il giorno nell'appartamento vuoto come una singola monetina in un salvadanaio. Era costretta ad affrontare il mondo tre volte al giorno, quando portava a spasso Grady. Al mattino s'intrufolava a Central Park, spesso senza essere notata dai media grazie al fatto che usciva molto presto.

Ma la passeggiata pomeridiana si trasformava a volte in un'operazione segreta, se c'erano reporter o fotografi in giro.

Spesso non riusciva a passare inosservata e loro le davano la caccia, bombardandola di domande e scattando foto, mentre lei teneva il capo chino e la bocca chiusa.

"Ha sprecato la sua istruzione per diventare una squillo?"

"Duncan le fa delle richieste speciali, signorina Davis?"

"Ha qualche altro cliente famoso?"

Era dura per Megan non rispondere, quando avrebbe voluto urlare loro di andare all'inferno, ma si costringeva a non replicare. Dopo la sua iniziale esternazione della settimana prima, quando le sue parole erano state riportate in maniera del tutto sbagliata su un quotidiano, cedere ai giornalisti le sembrava una cosa da pazzi. Si rifiutava di lasciare che le provocazioni di quei giornalisti la facessero sembrare fuori controllo. "Bambolina Di Harvard Dice Che La Darebbe A Chaz Duncan Gratis" era il titolo che venne fuori da quel suo passo falso. Da quel momento, il suo telefono non aveva mai smesso di squillare.

*Se non trovo qualcosa da fare, impazzirò a rimanere prigioniera nella mia stessa casa.* Finalmente, la risposta giunse mentre se ne stava seduta a guardare fuori dalla finestra, bevendo caffè e coccolando Grady. *Devo avviare la mia nuova impresa. E tutte le nuove imprese cominciano con un piano aziendale!*

Mancavano ancora tre settimane prima che Chaz finesse con le riprese. Seduta al suo computer, Megan cominciò a elaborare il piano aziendale per avviare la sua impresa di servizi di consulenza finanziaria. Erano passati alcuni giorni e il suo telefono aveva smesso di squillare in continuazione, così lei aveva smesso di controllare chi la stava chiamando. Distratta dal lavoro e vagamente irritata quando lo squillo del telefono spezzò la sua concentrazione, prese la chiamata senza pensare.

"Megan Davis?"

"Non parlo coi giornalisti..." Stava per riattaccare, quando la voce femminile dall'altro capo del filo attirò la sua attenzione.

"Non sono una giornalista...Sono Allie, l'agente di Chaz Duncan."

"Oh. Cosa posso fare per lei?" Meg posò la sua tazza di caffè.

"Può lasciare in pace Chaz."

La testa di Meg scattò all'indietro come se avesse ricevuto uno schiaffo. "Non ci parliamo da una settimana, sempre che questi siano affari suoi."

"È determinato a rimanere con lei...indipendentemente da quanto potrebbe costare alla sua carriera."

"Non vedo come questo la riguardi..."

"Mi riguarda...almeno per il dieci percento mi riguarda. Ho parlato coi produttori di *West of the Sun* e non sono contenti di tutta questa pubblicità negativa. Quei film sono indirizzati ad un pubblico di bambini, signorina Davis. E i genitori non vogliono che i loro bambini seguano i film di un depravato che paga le prostitute."

"Io non sono una prostituta! Ha un bel coraggio!" Meg fece per riattaccare il telefono.

"Aspetti! Aspetti. Mi dispiace. Non intendevo insinuare che lo fosse. So che lei è la sua ragazza e mi creda, sarei felice per Chaz se avesse trovato qualcuno, se quel qualcuno non fosse lei."

Megan quasi si strozzò.

"Quello che voglio dire...non mi sto spiegando bene. Se lo ama, signorina Davis, lo lascerà. Per Chaz, la sua carriera è tutto quello che ha. Se lei rimane, potrebbe distruggere tutto quello per cui lui ha lavorato così duramente. La produzione di Broadway l'ha già mollato. Se perde anche questa serie, sarà la fine della sua carriera di attore."

Megan trasse un respiro profondo.

"Pronto? Pronto? È ancora lì, signorina Davis?"

"Sono qui." Meg cercò di frenare il tremito nella sua voce.

"Dev'essere davvero una donna speciale, se Chaz ha perso la testa in questo modo per lei. Voglio dire, non credo sia soltanto sesso...quindi...la prego. Si sacrifichi per lui. Se lo ama davvero, s'intende."

"È così," rispose Megan, e la sua voce fu quasi un sospiro.

"Bene. Grazie...in anticipo. So che farà la cosa giusta."

Quando Allie riagganciò, Megan si alzò in piedi, impietrita. Fissò il telefono per un istante, prima che il dolore le attraversasse il corpo. *Ha ragione. Se lo amo, devo rinunciare a lui.*

Si adagiò su una sedia e guardò fuori dalla finestra. *Dio, fa male. Riesco a malapena a respirare.* Grady la raggiunse e si accoccolò ai suoi piedi. Lei lo guardò, mentre gli occhi le si riempivano di lacrime.

"È ora di uscire, piccolo. Grazie di avermelo ricordato." Si alzò in piedi.

Come un automa, raggiunse la porta e afferrò il guinzaglio, prima d'incamminarsi verso l'ascensore. Fuori c'era un solo giornalista. *Grazie a Dio. Ora. Devo farlo ora. È come quando ti togli un cerotto...farà male, ma solo per un momento.*

Alzò lo sguardo, mentre l'uomo si avvicinava. "Qualche novità oggi, signorina Davis?"

Lei si fermò mentre Grady faceva i suoi bisogni attaccato a un lampione. "È il suo giorno fortunato. Sì. La novità è che il signor Duncan ed io non stiamo più insieme."

"Cosa?"

"È così. Ognuno per la sua strada. Infatti, partirò per il Delaware per fare visita a mio fratello e rivedere una vecchia fiamma."

"Uno dei suoi compagni di squadra?"

"Le piacerebbe saperlo," Meg sorrise al giornalista con fare civettuolo mentre lui scriveva alla velocità della luce.

"Aspetti! Signorina Davis!" Il reporter la chiamò mentre lei si allontanava.

Ma Megan si limitò a salutarlo con la mano e proseguì per la sua strada. Ricondusse Grady nell'edificio e corse verso l'ascensore. Quando le porte si chiusero, scoppiò in lacrime. Una volta al sicuro nell'appartamento, compose il numero di suo fratello con dita tremanti. Appena lui rispose, lei esclamò, "Ho intenzione di venire nel Delaware, Mark."

"Buona idea."

"Dì a Harley Brennan, quel favore che mi deve? Sto venendo a riscuotere."

Riattaccò il telefono e si lasciò sprofondare sul divano, singhiozzando. Grady si raggomitolò di fianco a lei e appoggiò la testa sulla sua gamba.


La mattina dopo, subito dopo la pubblicazione della notizia sul giornale, Megan cominciò a fare i bagagli. Preparandosi a prendere il treno di mezzogiorno per il Delaware, cercò di concentrarsi sull'organizzare i vestiti per il suo viaggio, ma Chaz era nei suoi pensieri. *Se devo uscire con Harley, avrò bisogno di qualcosa di sexy. Ugh. Non ho voglia di essere sexy con Harley. Dunc...*

La parte più difficile della giornata fu tenere spento il telefono. Dopo aver ignorato la prima dozzina di messaggi di Chaz, aveva spento il telefono del tutto. Lo squillare incessante le faceva saltare i nervi, rendendola ansiosa e distratta. *Preservativi? No. E nel caso cambi idea, sono sicura che, Harley ne avrà in abbondanza.* Il pensiero di andare a letto con Harley le fece accapponare la pelle.

Alle dieci e mezza aveva finito. Mise il cibo di Grady in un sacchetto di plastica e raggiunse l'ingresso. Briny la salutò. "Mi sto abituando ad avere con me questo piccolino," disse mentre Grady gli saltava in braccio per essere accarezzato. "Via libera?"

"Sì. Penso gliel'abbia fatta, signorina. Una volta scoperto che lei e il Capitano Spencer—voglio dire, il signor Duncan—non stavate più insieme, se ne sono andati."

"Bene."

"È una bugia però, vero? Non ha rotto col signor Duncan, vero?"

"È la prima cosa vera che abbiano pubblicato, Briny."

"Che peccato. Un bravo ragazzo." Briny le prese il guinzaglio.

"Sì, lo so." Megan sospirò. Si piegò per dare un bacio a Grady, prima di prendere la sua valigia. Briny le tenne aperta la porta, poi si spostò sulla strada per chiamarle un taxi. Megan salì in macchina e guardò il cielo. Si stavano formando alcune nuvole che sarebbero sfociate in un temporale di tarda estate. Si addensavano e diventavano più scure, riflettendo il suo umore.

Cominciò a piovere mentre il treno lasciava Penn Station. Megan prese posto sul morbido sedile, mentre le gocce di pioggia cominciavano a scorrere sul finestrino sempre più veloce, mentre il treno prendeva velocità. *Sembrano lacrime.* Gli occhi di Megan erano asciutti, senza lacrime. Non poteva più piangere. *Dovrò affrontarlo, ad un certo punto. Dovrò dirgli la verità. Non amerò mai nessun'altro come amo lui.*

Si rilassò e chiuse gli occhi, lasciando che le immagini del tempo trascorso con Chaz le invadessero la mente. Si accoccolò nel sedile, ricordando la sensazione meravigliosa di essere abbracciata a lui nel letto. Quando Chaz l'avvolgeva nelle sue braccia, niente di brutto poteva accaderle. Era al sicuro dalle preoccupazioni, dall'ansia, dal mondo. Scacciò dalla mente i pensieri che riguardavano la perdita di quella sensazione e si concentrò sull'amore che avevano condiviso. Un sorriso si affacciò sulle sue labbra, mentre scivolava in un sonno leggero, in una sorta di dormiveglia, dove sognava dei suoi giorni felici con Chaz.

Megan si svegliò di soprassalto quando il treno fece il proprio ingresso nella stazione d'arrivo. Balzò in piedi per recuperare il proprio bagaglio, ma un giovane uomo di bell'aspetto glielo stava già tirando giù dallo scomparto. Le rivolse una lunga occhiata. "Ma lei non è quella di Harvard—"

"No. Le somiglio soltanto. Grazie per l'aiuto." Gli prese la valigia dalle mani e s'incamminò velocemente per il corridoio. *Oh, Signore. Ora sono famosa...famigerata. Una celebrità. Accidenti.* Una volta entrata nella stazione, fece un lungo sospiro di sollievo. *Per un pelo.* Meg si guardò intorno finché non li vide—Il suo alto e bellissimo fratello con il braccio intorno alle spalle di Penny, le venne incontro.

Quando vide Mark, le lacrime cominciarono a pungerle gli occhi e l'emozione le serrò la gola. C'era sempre stato per lei, la sua roccia. All'improvviso, non riuscì più a far finta che andasse tutto bene. Lui la vide, aprì le braccia e lei vi si fiondò, sbattendo contro di lui. Lui l'avvolse nel suo abbraccio, mentre lei singhiozzava sul suo petto.

Alcune persone lo riconobbero, ma si fermarono prima di avvicinarsi per chiedergli un autografo per rispettare la sua privacy. Infine Megan si staccò da lui, accettò i fazzolettini che Penny le porse e si soffiò il naso. Mark prese la valigia, mentre Penny le circondò le spalle con un braccio e s'incamminarono verso il parcheggio.

Mentre Megan era in viaggio per trovare conforto in suo fratello e sua moglie, Chaz lavorava e affrontava la situazione da solo a Phoenix. Camminava avanti e indietro nella sua stanza d'albergo. Il silenzio di Meg lo faceva impazzire. Aveva già lanciato contro la parete tutto ciò che d'infrangibile aveva trovato, ma la sua frustrazione continuava ad aumentare, finché arrivò al punto che gli sembrò di esplodere. *Che cosa sta facendo? È innamorata di me, se l'è dimenticata? Forse non mi ama più? Diamine io la amo ancora e questo sentimento non ha alcuna intenzione di sparire.*

Quel giorno, durante le riprese, aveva perso la concentrazione per ben tre volte e il regista si stava irritando. Aveva letto il giornale ma se l'era tenuto per sé. Eppure, sia il cast che i membri della crew continuavano ad inviargli sguardi di compassione. *Meg, torna da me. Ho bisogno di te. Che cos'ho fatto? Cos'è successo?*

Le note di "If I Loved You" interruppero i suoi pensieri. *Meg!* Si precipitò a prendere il telefono dal divano e rispose velocemente.

"Meg?" Era senza fiato.

"Chi? No, Allie."

"Oh. Allie. Cosa vuoi?" Le spalle di Chaz si abbassarono mentre si stravaccava sul divano e si toglieva le scarpe, calciandole lontano.

"Bel modo di salutare la donna che ha lanciato la tua carriera."

"Quante volte devo dirtelo, Allie? Io ho lanciato la mia carriera."

"Lo so, lo so...stavo solo scherzando."

"Ho incontrato il produttore dopo la stagione teatrale a Pine Grove, Allie. Devo ricordartelo?" L'irritazione era ben evidente nella voce di Chaz. *Accidenti! Smetterà mai di prendersi il merito?*

"Vero, vero. Però io ho negoziato il tuo contratto."

"Sì, lo so. Cosa vuoi? Questo non è un buon momento per le chiacchiere."

"Hai avuto qualche problema sul set oggi. Ho parlato col tuo produttore. Chiamavo per sapere se stavi bene."

"Hai letto il giornale oggi?" Chaz si sfilò le calze.

"Sì? Quindi?"

"Quindi? Megan mi ha scaricato e non vuole dirmi perché. Non risponde alle mie chiamate..." Chaz si passò le mani tra i capelli.

"Pensavo che saresti stato meglio ora che si è finalmente tolta di mezzo. Diamine...pensa...tutte quelle testate giornalistiche e tutta la stampa negativa? Ora sei al sicuro. I produttori non parlano più di sostituirti. *Fiù.* Abbiamo schivato quella bomba...grazie a me."

"Grazie a...*te*?" Chaz si raddrizzò.

"Si, ho avuto una piccola conversazione con lei qualche giorno fa. Stavo solo proteggendo i tuoi interessi."

"Una conversazione? Che cosa le hai detto?" Chaz si alzò in piedi, mentre la tensione gli risaliva dalla schiena fino al collo.

"La verità. Le ho detto la verità."

"Che verità?"

"Che staresti meglio senza di lei. Stava distruggendo la tua carriera."

"Che cos'hai detto?"

"Le ho detto che se ti amava davvero, sarebbe uscita dalla tua vita."

"Oh mio Dio! Sei tu la responsabile di questo...questo...disastro?" Urlò nel telefono, mentre cominciava a camminare avanti e indietro per la stanza.

"Quale disastro? La tua partecipazione in *West of the Sun* è salva. Dovresti ringraziarmi."

"Avevo già parlato coi produttori. Erano tranquilli e avevano capito. Non ci sarebbero stati più titoli sui giornali. E comunque ci vorrà molto tempo prima che il film venga lanciato. Li ho rassicurati, ho detto loro la verità...e a loro andava bene. Che cos'hai fatto? Hai distrutto la mia vita." Chaz si coprì gli occhi con la mano, mentre le lacrime cominciavano a formarsi.

"Bè, non lo sapevo...comunque, ora sei al sicuro...ed io—"

"Sei licenziata." Il suo tono era calmo e freddo.

"Cosa?" Allie sussultò dall'altro capo del telefono.

"Sei licenziata." Chaz contrasse la mascella.

"Non puoi farlo."

"Controlla il nostro contratto. Posso. E lo faccio. L'ho già fatto. Esci dalla mia vita, Allie. Dico sul serio. Esci dalla mia vita immediatamente."

Chaz riattaccò il telefono. La rabbia gli ribolliva nel petto mentre componeva nuovamente il numero di Meg, ma trovava la voce registrata che lo informava che il suo telefono era spento. Si sentì sopraffare dalla tristezza e si prese la testa fra le mani.

*Ancora due settimane. Ho ancora due settimane...poi potrò tornare a New York e cercare di riconquistarla...sempre che non si sia innamorata di uno di quei Neanderthal giocatori di football.* Prese in mano il telefono e ricompose il numero. *Dio, spero che non vada a letto con lui...che non s'innamori di lui. Meg...Oddio, Spero di non essere arrivato troppo tardi...ti prego, pulcino, rispondi al telefono.*

# Capitolo Diciassette

Dopo qualche giorno trascorso con Mark e Penny, Meg ricominciò a sorridere. Uscì a cena una volta con Harley Brennan. Lui era un uomo gentile e permise ai media di fotografarli insieme anche se la reputazione di Meg aveva toccato il fondo. Risero insieme ricordando i vecchi tempi alla Kensington State. E Meg era contenta che, nonostante Harley la guardasse ancora con una luce speciale negli occhi, non ci avesse provato con lei. Il pensiero che un altro uomo che non fosse Chaz potesse toccarla le faceva accapponare la pelle. *O è Dunc, oppure sarà l'astinenza.*

Dopo cinque giorni, fece i bagagli e ripartì per New York. Durante il viaggio in treno, fece una lista delle cose che avrebbe dovuto fare per creare la sua nuova attività e farla partire. *Avrò comunque il conto di Mark. Dubito che Chaz vorrà farmi seguire il suo...probabilmente non vuole nemmeno parlarmi. Scaricato...pubblicamente.* Un brivido le percorse il corpo. *Mi dispiace così tanto, tesoro.* Un peso enorme le attanagliò il cuore e il suo respiro rallentò. Ripose la penna, si rilassò nel sedile e chiuse gli occhi. *Dio, Dunc...mi manchi così tanto.*

L'immagine del suo volto sorridente—gli occhi luccicanti di desiderio, le labbra perfette incurvate in un sorriso affascinante—balenò nella sua mente. Le venne da sorridere. *Quando Chaz sorride, tu devi rispondergli con un sorriso.* Sentì le dita formicolare, immaginando la pressione di quelle di lui, quando la prendeva per mano. Qualcuno aprì la porta. La brezza leggera che la raggiunse le solleticò il collo, come facevano le labbra di Chaz.

*Ti prego non odiarmi.* La penna le scivolò dalla mano mentre cadeva in un sonno leggero e agitato, svegliandosi poi mentre il treno entrava nella stazione di Penn Station.

Megan sospirò di sollievo quando vide che non c'erano giornalisti o fotografi a farle la posta sotto casa sua. Briny aprì lo sportello del taxi e lei scese con un sorriso, gli occhi che scrutavano l'ingresso alla ricerca di una qualche traccia di Grady. Quando la vide, il cagnolino grassoccio abbaiò e cominciò a scodinzolare e guaire. Lei s'inginocchiò per accarezzargli il pelo morbido, mentre lui le leccava la faccia con gioia incontenibile.

"Come si è comportato, Briny?"

"Nessun problema, signorina. Come sempre."

Megan fece scivolare sessanta dollari nella mano di Briny e prese il guinzaglio. Quando fu nel suo appartamento, rovistò nel freezer per cercare qualcosa da scongelare per cena. Trovò un pacchetto arrotolato nella carta d'alluminio, poi preparò la pappa a Grady. Una volta sistemato il cane, che mangiava allegramente il suo cibo, Meg scartò il pacchetto congelato. All'interno c'era un pezzettino del polpettone che aveva preparato per Chaz. Trattenne il respiro e le lacrime comparvero nei suoi occhi prima che potesse fermarle. Si strinse quel fagottino al petto, poi lo staccò da sé mentre il ghiaccio le faceva dolere la pelle. *In onore di Chaz.* Si asciugò gli occhi con una mano e lasciò il polpettone sul bancone a scongelare.

Megan lavorò al suo piano aziendale fin dopo cena. Anche se doveva ancora inserire molti numeri, terminò di preparare la struttura del suo progetto alle otto e mezza. "Vieni, Grady. È ora di fare una bella passeggiata."

Allacciò la pettorina al cagnolino, notando che aveva perso nuovamente peso, poi s'incamminarono verso l'ascensore. Una volta fuori, Meg si ritrovò a camminare verso Central Park. *Ho bisogno di una buona stella...ho già avuto tanta sfortuna da bastarmi per una vita intera.* Si diresse verso il Ramble, mentre il cielo cominciava a farsi buio. Grady abbaiò un paio di volte ad alcune ombre, ma stette al suo passo, saltellando con l'andatura tipica dei carlini. La paura del Ramble che aveva avuto in passato svanì e non vedeva l'ora di rivedere di nuovo l'arco di pietra.

Mentre si avvicinavano all'insolita struttura, il cielo si fece ancora più scuro. Si sentì invadere dal calore quando ricordò le parole con cui Chaz le aveva presentato quel posto tranquillo. Grady abbaiò e Meg s'irrigidì quando notò una figura muoversi nell'ombra. Si fermò di colpo al centro del sentiero. *Oh-oh. Direi che è ora di togliersi di qui.* Prima che riuscisse a dileguarsi, un uomo uscì dall'ombra.

"Vieni qui per esprimere un desiderio?" L'uomo si spostò in mezzo al sentiero. Era Chaz.

Il cuore le balzò in gola, impedendole di parlare, così si limitò semplicemente ad annuire.

"Anch'io. Il mio desiderio s'è avverato l'ultima volta che sono stato qui," disse, avvicinandosi a lei lentamente. "Ho ottenuto la parte a Broadway e l'amore della mia donna...ma ora li ho persi entrambi."

"Non entrambi," rispose lei con voce roca e si schiarì la voce.

Lui sollevò un sopracciglio.

"Non me." Gli occhi di Megan si ubriacarono della vista di lui nei suoi jeans aderenti e nella stretta maglietta che portava sotto una camicia di flanella rossa aperta. Gli occhi di lui brillarono di desiderio, come facevano tutte le volte che la guardava. Il cuore di Meg cominciò a battere più forte e le sue labbra formicolarono.

"Non secondo quello che dice il giornale." Chaz rimase ad una distanza di cortesia da lei.

"I giornali mentono, dovresti saperlo." Un piccolo sorriso le increspò le labbra.

Lui rise. "Oh sì, lo fanno, lo fanno eccome."

"Tu non mi hai persa." Meg si strinse le braccia intorno al corpo.

"Harley Brennan non sarebbe d'accordo."

Lei fece un passo verso di lui. "Harley ed io siamo vecchi amici..."

"Ti aspetti che creda che lui non vorrebbe venire a letto con te?" Chaz si avvicinò.

"Harley ha sempre voluto venire a letto con me. Harley andrebbe a letto con qualunque cosa indossi una gonna...eccetto forse uno scozzese." Meg rise e lo guardò negli occhi.

"Mi stai dicendo che non sei stata con lui?" Chaz sollevò le sopracciglia.

"Certo che no. Tu mi hai rovinata..."

"Non eri vergine quando noi..." I suoi occhi cercarono il volto di lei.

"Voglio dire, mi hai rovinata per gli altri uomini. Non voglio andare a letto con nessun altro che non sia tu." Meg lo raggiunse e posò le mani sulle sue braccia.

"Io provo lo stesso. Allora perché non possiamo stare insieme?"

Mentre lui si avvicinava ancora di più, quasi sfiorandole i seni col petto, Megan poteva sentire il profumo di pino del suo dopobarba mischiato al suo odore virile. "Mi rifiuto di rovinare la tua carriera e quando Allie mi ha chiamata..."

"Allie! So che ti ha chiamata. L'ho licenziata." Le spostò una ciocca di capelli dal volto e gliela sistemò dietro l'orecchio.

"Davvero?" Meg spalancò gli occhi.

"Ti ha allontanata. Ho parlato coi produttori...quando ho assicurato loro che non ci sarebbero più stati titoloni sui giornali, non mi hanno fatto problemi."

"Sono felice." Meg sollevò il mento e Chaz le sfiorò le labbra con le sue.

"Ho assunto un'altra agente." Chaz fece un passo indietro.

"Oh?"

"Un'amica di Quinn. Fran. Mi ha procurato un'audizione per un altro musical a Broadway, che aprirà la stagione tra dieci mesi.

Non ci sarà un compositore famoso, ma è comunque una chance a Broadway."

"Quand'è l'audizione?"

"Domani."

"È per questo che sei qui?" Grady tirò il guinzaglio e Meg si chino per accarezzarlo.

Lui annuì.

"Sei preparato? Cosa canterai?"

"'If I Loved You'...che altro?"

"Fammela sentire." Meg trovò un masso piano e si sedette. Grady si accasciò ai suoi piedi.

Chaz si schiarì la voce, poi si riscaldò un po'. "Non sono sicuro di ricordare tutte le parole."

"Tutte scuse...forza." Meg appoggiò il mento sulle mani, i suoi occhi fissavano il bellissimo volto di lui.

Lui continuò a guardarla mentre cantava. La sua voce uscì limpida e cristallina. Quella versione della canzone aveva qualcosa in più dell'ultima volta. *La sta cantando a me.* Un brivido le corse giù per la schiena, mentre osservava lo sguardo dell'amore danzare nei suoi occhi scuri. Quando lui finì la canzone, Meg applaudì e Grady abbaiò.

"Va bene?" Lo sguardo interrogativo nei suoi occhi la fece sorridere. *Immagina Chaz Duncan insicuro. Difficile da credere.*

"È bellissima. Perfetta. Sarà un gioco da ragazzi per te."

"Niente in questo ambiente è una passeggiata." Infilò le mani nelle tasche dei jeans.

"Io credo in te." Si avvicinò a lui.

"E tu perché sei qui?"

"Sto per lanciare la mia attività e mi chiedevo se magari la magia che hai trovato qui potesse funzionare anche per me."

"Tu non hai bisogno di fortuna...tu hai cervello. Sono sicuro che ce la farai."

"Dopo tutta quella pubblicità? Daresti la gestione del tuo conto in mano ad una presunta prostituta?"

"In effetti, si. Ho già informato il caro vecchio Harv che ho deciso di trasferire il conto dalla Dillon & Weed. Mi prenderesti tu?" Si avvicinò a lei e le posò le mani sulle spalle.

"Con piacere." Meg gli circondò la vita con le braccia e l'attirò più vicino a sé.

Il silenzio tra di loro fu interrotto solo dal leggero russare di Grady, che si era addormentato su un piccolo cespuglio a lato del sentiero.

Chaz aumentò la stretta su di lei e abbassò la testa. Il bacio, incerto all'inizio, divenne appassionato quando lei schiuse le labbra. Le mani di lui esplorarono la sua schiena, tenendola vicina a sé, con i seni premuti contro il suo petto duro. Un fuoco si accese nei lombi di Megan, facendole bollire il sangue nelle vene. Lo voleva e da quello che poteva sentire contro i suoi fianchi, anche lui la voleva.

"Dunc...Oddio, mi sei mancato così tanto," sospirò.

Lui le baciò il collo, mentre la sua mano risaliva lungo il suo addome e le afferrava un seno. Meg cominciò ad ansimare mentre lui la massaggiava dolcemente. All'improvviso, i due amanti furono sorpresi dal suono di qualcuno che si schiariva la gola e si separarono con un balzo. Meg si sistemò la maglietta, mentre i suoi occhi cercavano di decifrare la figura che si celava dietro la luce della torcia. Il russare di Grady si trasformò in un abbaio d'avvertimento quando la luce interruppe il suo sonno.

"Ragazzi, questa non è una zona molto sicura di notte." Un poliziotto in borghese di pattuglia al parco, con il distintivo appeso ad una cordicella intorno al suo collo, spostò la luce della torcia per illuminare il sentiero.

"Grazie, agente." Chaz annuì e prese Megan per il gomito, guidandola su un sentiero che portava fuori dal parco.

La riaccompagnò davanti al suo palazzo e si trattennero davanti all'entrata. Sam era di turno e cercò qualcosa di cui occuparsi all'interno dell'edificio così da lasciar loro qualche momento d'intimità sulla strada buia e vuota.

"Vuoi salire?"

"Ho l'audizione domattina presto...accidenti!"

Il desiderio baluginò nei suoi occhi e lei capì che le stava dicendo la verità. "È un vero peccato."

"Tornerò...se l'offerta è ancora valida."

Invece di rispondergli, lo tirò verso di sé per baciarlo profondamente. Grady abbaiò, facendoli ridere.

Chaz le diede la buonanotte e s'incamminò lentamente lungo la Avenue verso l'appartamento di Quinn. Meg si ritirò nel suo, con un sorriso sulla faccia. Diede a Grady il biscottino serale prima di svestirsi per andare a letto. Il canticchiare "Se Ti Amassi" la guidò fino al panchetto del pianoforte. Si sedette e suonò la canzone molte volte, cantando sopra le note. Il suo entusiasmo cresceva sempre di più, ogni volta che ripeteva la canzone. L'ultima cosa che si aspettava era una visita della polizia.

Quando il campanello suonò, Megan s'infilò una vestaglia sopra la corta camicia da notte e camminò scalza fino alla porta. Grady, risvegliatosi da un sonno profondo, si fiondò verso la porta e cominciò ad abbaiare vigorosamente. Meg si piegò per accarezzarlo. *Sam non mi ha citofonato. Chi potrebbe essere?* Il suo cuore si risollevò per un istante al pensiero che forse Chaz aveva cambiato idea. Si fermò per ripassarsi il rossetto sulla labbra prima di aprire la porta, proprio mentre il campanello suonava una seconda volta.

"Megan Davis?" La domanda proveniva da un uomo alto in uniforme. Lei annuì. Grady ricominciò ad abbaiare e Meg cercò di calmarlo.

"Agente Stark e questo è l'Agente Malloy."

"Di che cosa si tratta?" Il cuore prese a batterle forte, mentre l'adrenalina cominciava a pomparle nelle vene.

"Lei è la figlia di Arlen P. Davis?" domandò il poliziotto più basso.

Meg cercò di mantenere l'equilibrio aggrappandosi all'angolo della credenza. "Si." Il suo sospiro fu appena percettibile, mentre sentiva il colore defluirle dal viso.

"Sono spiacente d'informarla, signorina Davis, che i resti di suo padre sono stati rinvenuti in fondo alla Gola di Hope a Sandstone, in Colorado."

Un'ondata di nausea le attanagliò lo stomaco e il sangue defluì dalla sua testa. Sentendosi improvvisamente debole, barcollò verso la porta. L'Agente Malloy l'afferrò prima che cadesse a terra. Con l'aiuto dell'Agente Stark, portarono una Megan semi-svenuta sul divano, seguiti da Grady che abbaiava furiosamente.

"Non è che morde?" Malloy chiese a Stark.

"E io come diavolo faccio a saperlo? Signorina Davis," disse Stark, massaggiandole la mano.

Malloy cercò la cucina per prendere un bicchiere d'acqua. Megan si mise a sedere. "Cos'è successo?"

"Ha avuto una sorta di svenimento, signora." Malloy le porse il bicchiere d'acqua.

"Perché?" Megan prese un sorso.

L'agente Stark ripeté la notizia che le aveva dato e Megan impallidì nuovamente. "Ha intenzione di svenire di nuovo?" chiese Malloy. Il sudore cominciò ad imperlargli la fronte.

Lei scosse la testa. Grady balzò sul divano e s'appollaiò di fianco a lei, guardando i due poliziotti con sospetto. Meg prese un altro sorso d'acqua. L'agente Stark si schiarì la gola.

"Siamo stati allertati dal dipartimento di polizia di Sandstone del ritrovamento, in fondo alla gola, di resti tra cui vi era anche la sua patente. Quei resti sembrano appartenere a suo padre. Mi sembra di capire che fosse scomparso, giusto?"

Megan annuì e spostò due sedie. I due agenti si sedettero e continuarono, "È scomparso da molto tempo, vero? La polizia di

Sandstone vorrebbe che lei si recasse là e reclamasse il corpo appena possibile."

"Qui ci sono i contatti," Malloy le porse un foglio di carta. "Possiamo avvisarli che si metterà in contatto con loro?"

"Li chiamerò domattina."

"Bene. Grazie, signora," disse Malloy, alzandosi in piedi.

"Si sente bene? C'è nessuno che vuole che avvisiamo?" chiese Stark, osservando Megan lottare per rimettersi in piedi.

"Nessuno. Grazie. Ho solo mia madre e mio fratello."

"Abbiamo cercato di metterci in contatto con sua madre, ma nessuno è venuto ad aprire la porta."

"Martedì sera? Di solito va al cinema. Glielo dirò."

"Grazie, signora, molto gentile," disse Malloy.

Megan li accompagnò alla porta, poi tornò sul divano. Stranamente, si sentiva calma. *Ho sempre pensato che fossi morto, papà. Non saresti mai mancato alla mia laurea altrimenti.* Un sorriso mesto le si dipinse sulle labbra, mentre una tristezza pesante le riempì il cuore. *Ho sempre sperato che tu fossi ancora qui, da qualche parte, e avessi i tuoi buoni motivi.*

Si alzò dal divano e andò in cucina. Una volta lì, si versò un potente vodka e tonic e prese il telefono con mano tremante.


Dall'altra parte della città, mentre Tiffany si apprestava a chiudere l'ultimo numero di *Celebs R Us*, uno dei tuttofare della redazione entrò correndo nel suo ufficio. Era senza fiato. "Ha chiamato Joe dalla stazione di polizia. Due agenti sono appena stati nel palazzo in cui abita Megan Davis. Dovremmo richiamarlo?"

"Assolutamente. Scopri cosa sono andati a fare. E se la cosa riguarda quella stronza della Davis, offrigli il doppio per i dettagli. Fallo *adesso,* perché se la notizia è succulenta, la userò per la prima pagina."

Nel giro di quindici minuti, il tuttofare ebbe lo scoop per Tiffany. Le porse diverse pagine di appunti scritti in fretta. Lei glieli strappò dalle mani e li scorse velocemente, soffermandosi sui fatti salienti. Un sorriso cattivo comparve sul suo volto. "Scriverò questo pezzo io stessa," poi chiamo il suo assistente editor. "Dì ad Hal di aspettare con la stampa, solo per altri venti minuti."

"Se lo dici tu," rispose l'editor, scrollando le spalle.

"Ora prendi questo, stronza," sibilò Tiffany a denti stretti, mentre le sue dita volavano sulla tastiera.

Quando ebbe finito, rilesse accuratamente il suo lavoro e poi cliccò *Invia*.

"Okay, Hal," disse Tiffany nell'interfono. "Quando lo ricevi, lancia la bomba."

L'assistente editor entrò nel suo ufficio.

"Ora puoi andare a casa," disse Tiffany.

"Vediamo." Girò lo schermo del computer verso di sé e lesse la storia.

Il fischio che gli uscì dalla bocca le disse tutto ciò che doveva sapere. Il titolo diceva, "Padre della Bambolina di Harvard Trovato Morto. Omicidio o Incidente?"

# Capitolo Diciotto

"Signorina Davis, abbiamo completato tutte le analisi. Può venire a recuperare i resti di suo padre."

Due settimane dopo essere stata informata dalla polizia, Megan pianificò il viaggio in Colorado. Il turbinio di giornalisti che ronzava intorno al suo palazzo teneva lontano Chaz. Dopo aver promesso ai produttori che non ci sarebbe più stata stampa scandalistica, era riluttante a gettarsi nuovamente sotto i riflettori con Megan. Lei lo capiva perfettamente, ma le mancava comunque. Si parlavano al telefono e qualche volta si vedevano su *Skype*, ma Megan era molto impegnata con la sistemazione del suo nuovo ufficio e Chaz stava lavorando al doppiaggio del film. Raramente avevano tempo di vedersi.

La madre di Meg si lavò completamente le mani della situazione. Dal momento in cui Meg le aveva dato la notizia, Helen Davis era caduta in depressione e si rifiutava di lasciare la propria casa. Meg aveva portato la madre dal medico, che le aveva prescritto degli anti-depressivi. Questi si erano rivelati d'aiuto, ma Helen si rifiutò comunque di accompagnare la figlia in Colorado...e segretamente, Megan ne era sollevata.

Mark era nel mezzo della stagione sportiva e non poteva mollare tutto per andare in Colorado. Quando Meg l'aveva informato, si era sentito devastato ed era stato costretto a saltare la prima metà della partita successiva per il dolore che provava. Dopo aver passato anni ad odiare il padre per ciò che aveva creduto essere un abbandono, ora Mark doveva perdonarlo e piangerlo allo stesso tempo. Megan soffriva per lui. Dovette comunque affrontare il viaggio in Colorado da sola.

Quel mercoledì mattina, fece un bel respiro profondo e trascinò il piccolo trolley verso l'ascensore, con Grady che la seguiva. La tristezza le riempiva il cuore. Appoggiò la fronte al muro, mentre un'ondata di debolezza l'investiva improvvisamente. *Non pensavo che saresti tornato, papi. Cielo, non ho mai pensato che ti avrei riportato indietro...in questo modo.* Dopo un brivido e un respiro profondo, Meg si raddrizzò contro il muro, raccogliendo ogni briciolo di forza che avesse. Deglutì, nonostante il nodo che le serrava la gola, entrò nell'ascensore e premette il pulsante per raggiungere il piano terra.

Briny le sorrise mentre lei gli porgeva il guinzaglio di Grady. "Grazie ancora di tenerlo, Briny."

"Non mi da alcun disturbo e apprezzo la compagnia."

Meg cercò di sorridergli, ma non ci riuscì. Sentiva le lacrime pungere in fondo agli occhi e un freddo senso di solitudine attraversarle il corpo, facendola rabbrividire nonostante fosse solo Ottobre.

"La sua macchina è qua fuori, signorina."

Meg si fermò.

"Non ho ordinato una macchina."

"È sicura? Ha detto che la stava aspettando."

Le sopracciglia di Meg si corrugarono mentre oltrepassava il portone che Briny tenne aperto per lei. Guardò la macchina e vide il volto sorridente di Bobby. La sua bocca si spalancò, ma non ne uscì alcun suono. Lo sportello del sedile posteriore si aprì e Chaz uscì dalla macchina. "La sua macchina, signora," disse lui, accompagnando le parole con un gesto della mano.

"Cosa ci fai qui?" Meg si avvicinò alla macchina con passo incerto.

"Sono qui per portarti in Colorado."

"Ma i tuoi produttori...la tua promessa...la tua carriera."

"La donna che amo ha bisogno di me. Non c'è nessun altro posto in cui vorrei essere. Capiranno...e se non lo faranno, troverò qualcos'altro. Non posso abbandonarti ora, pulcino. Ho bisogno di esserti vicino." Aprì le braccia e lei volò nel suo abbraccio. Le lacrime che aveva trattenuto fino a quel momento scorsero lungo le sue guance. Lui la strinse forte tra le braccia. "Non posso lasciarti fare questa cosa da sola," le sussurrò.

"Grazie, Dunc. Grazie."

Meg sollevò il viso e lui la baciò profondamente, ancora davanti al suo palazzo. Una piccola folla si stava radunando. Quando si staccarono, i passanti applaudirono. Chaz la guidò velocemente alla macchina e scivolò a sedere accanto a lei. Bobby scese, chiuse lo sportello, prese la valigia e la caricò nel baule, poi ritornò a posto di guida. Una volta in macchina, Bobby percorse la Novantaseiesima Strada per raggiungere l'altro lato della città, attraverso il ponte di Triborough e fino all'aeroporto LaGuardia. Chaz si appoggiò allo schienale e raggiunse il taschino della giacca con la mano. Ne estrasse due biglietti aerei.

"Due posti in prima classe." Le sventolò i biglietti davanti al naso.

"Io di solito viaggio in classe economica."

"Non più," disse Chaz con un sorriso.

"Non ho mai volato in prima classe."

"Visto il tuo stato d'animo...aiuterà...farà la differenza. Il viaggio sarà un po' più facile per te."

"Grazie." La contentezza portò un po' di colore sul suo viso.

Chaz le accarezzò le guancia col pollice. "Mi dispiace tanto per tuo padre."

Lei annuì e appoggiò la testa sulla sua spalla. Chaz passò un braccio intorno a lei e l'attirò più vicina a sé. "E che mi dici della stampa?"

"Affronteremo il problema quando e se si presenterà. Per ora, godiamoci il nostro essere semplicemente noi."

Molto dello stress e della tensione che Meg aveva accumulato sulle spalle e sulla schiena si dissolsero. Si rilassò contro il corpo duro di lui e ben presto sentì che le si chiudevano gli occhi. Chaz la baciò sulla testa, mentre lei scivolava nel sonno.


Bobby accostò davanti al terminal della Delta Airlines, scese dalla macchina e aprì lo sportello per Chaz e Meg. Poi posò il loro bagaglio sul marciapiede. Chaz fu il primo a scendere dall'auto, offrendo la mano a Meg. Bobby girò intorno alla macchina e l'abbracciò. "Andrà tutto bene. Dunc si prenderà buona cura di te," le sussurrò in un orecchio.

La gente cominciava a voltarsi per osservarli ed esclamazioni sussurrate come "Chaz Duncan" e "Grady Spencer" divennero udibili. Chaz si fece strada per raggiungere la fila dei controlli di sicurezza, dove la loro presenza causò un po' di agitazione. Comunque, non c'era ancora alcuna traccia di giornalisti. Meg sospirò di sollievo quando superarono i controlli di sicurezza senza la stampa in vista. Chaz firmò autografi e chiacchierò con i fan, mentre si toglieva le scarpe e la cintura.

"Oohh, magari gli cadono i pantaloni," scherzò una donna.

"Tieni pronta la macchina fotografica, Mabel, non si sa mai," rise un'altra.

Chaz riuscì a dare il meglio di sé, Meg rimase in disparte a guardarlo destreggiarsi con la folla. Silenziosamente. Sembrava che tutti lo adorassero. Si sentiva orgogliosa.

"Ehi, lei è la Bambolina di Harvard?" chiese la prima donna che aveva parlato.

"Chi?" domandò Chaz, facendo finta di guardarsi intorno.

La donna indicò Meg e lui finse sorpresa. "Signora, mi sta seguendo?" Sollevò le sopracciglia verso Meg con un'espressione d'incredulità.

Lei ridacchiò e si coprì la bocca con una mano.

"Ohh...ci sta prendendo in giro. Ha sempre saputo che era lei. Sì, stanno insieme."

"Non è bello, Mabel?"

Le due donne scoppiarono a ridere, mettendosi in fila per il controllo sicurezza, mentre Chaz e Meg s'incamminavano verso la loro uscita. Mentre raggiungevano il gate, Meg gli sospirò all'orecchio, "Niente giornalisti! Grazie a Dio!"

"Non qui. Ma preparati a trovarli a Denver. Noleggeremo una macchina per arrivare a Sandstone."

"Non è lontano da raggiungere in macchina?"

"Faremo il viaggio in due giorni. In questo modo potrò stare in un motel con te," disse lui, muovendo su e giù le sopracciglia e facendola ridere.

Chaz aveva ragione riguardo alla prima classe. I membri dello staff erano molto attenti e del tutto a proprio agio col fatto che Chaz fosse una celebrità. Megan si sentì un po' ansiosa dopo il decollo e Chaz le tenne la mano mentre la hostess le serviva dello champagne. Il ronzio dei motori, unito allo champagne e alla prossimità della spalla di Chaz, la calmò. Lui firmò qualche autografo, poi la hostess si assicurò che nessuno lo disturbasse più, mentre Meg si rilassava contro di lui.

Nonostante il pilota concedette loro, in via del tutto speciale, di scendere per primi dall'aereo, un'orda di giornalisti li aspettava nei grandi corridoi moderni dell'aeroporto di Denver. Chaz strinse Meg a sé mentre camminavano a passo normale, trascinando i loro bagagli. I giornalisti li bloccarono a circa quindici metri dall'uscita.

"Cosa ci fa qui con lui, signorina Davis? Pensavo l'avesse scaricato."

"La Bambolina di Harvard e Chaz Duncan di nuovo insieme?"

"Signorina Davis, suo padre è stato ucciso?" Quella domanda la fece fermare.

Posò la mano sul braccio di Chaz e poi si allontanò leggermente da lui.

"Dirò questo una volta sola e non risponderò a nessuna domanda su mio padre. Mio padre amava arrampicarsi sulla roccia. Era qui con degli amici. Loro sono tornati a New York, mentre mio padre è rimasto qui per scalare il Monte Hope, un sogno di cui parlava da sempre. È caduto accidentalmente nella Gola di Hope e, poiché era solo, non è stato ritrovato che di recente. Nessuno ha ucciso mio padre. La polizia di Sandstone ha rilasciato i suoi resti e anche se non hanno ancora completato le indagini sulla sua morte, sono certi che si sia trattato di un incidente. "Tutta la mia famiglia era a New York quando mio padre è morto..." la sua voce era rotta dall'emozione.

Chaz le circondò le spalle con un braccio. Dopo aver fatto due respiri profondi, Megan proseguì. "È morto qui, da solo. Siamo sollevati di aver scoperto cosa gli sia accaduto e devastati che i nostri peggiori timori siano stati confermati. Questo è tutto ciò che ho da dire."

"E Mark? Cosa ne pensa suo fratello?"

"Si sente esattamente come me."

"Come fa a saperlo?"

"Facile, siamo gemelli." Meg riuscì a sorridere e i giornalisti risero.

"E tu, Chaz? Cosa ci fai qui con la ragazza di Harley Brennan?"

"Meg non è mai stata la ragazza di Harley. È sempre stata la mia ragazza."

"Che cosa ci fai qui?"

"Questa è un'esperienza traumatica per Megan. Dove altro potrei essere, in questo momento così delicato, se non con la donna che amo?"

Le sue parole provocarono fermento tra i giornalisti. Gli obiettivi delle macchine fotografiche si aprivano e chiudevano alla velocità della luce.

Chaz si piegò e le sussurrò all'orecchio, "Diamogli qualcosa..."

La prese tra le braccia e la baciò appassionatamente. All'inizio, Megan s'irrigidì, ma si dimenticò presto delle persone che li stavano guardando, mentre la lingua di lui danzava con la sua. I flash dei fotografi erano accecanti, ma i due amanti non si fermarono.

Infine si staccarono, con gli occhi che luccicavano, e si voltarono ad affrontare nuovamente i giornalisti. Chaz l'attirò più vicina a sé e allungò un braccio per farsi strada tra la folla. "Per favore, lasciateci andare. Ci aspetta un lungo viaggio."

La stampa si aprì come il Mar Rosso e li fece passare. Gli altri passeggeri si fermarono a fissare Chaz con sguardi inebetiti. Raggiunsero praticamente di corsa l'area degli autonoleggi e ben presto si ritrovarono nella loro macchina e sulla strada. Chaz lanciò la cartina stradale a Meg. "Tu fai il navigatore, e io guido."

Una volta giunti sull'autostrada, Chaz riuscì a sfilare il cellulare dalla tasca e allungarlo a Meg. Lei controllò i messaggi. "Ci sono molti messaggi qui, Dunc."

"Leggimeli."

"Sicuro che non ce ne sia qualcuno di qualche donna sexy?" Lo guardò con un sopracciglio inarcato.

"Gelosa?" Lui le lanciò una rapida occhiata.

"Ci puoi scommettere. Sei mio."

Meg sorrise mentre armeggiava col telefono, leggendo ogni messaggio. Un suo sussulto gli fece distogliere l'attenzione dalla strada. "Cosa? Cosa c'è? Brutte notizie?"

"Hai ottenuto la parte."

"Cosa?"

"La parte...Broadway...*Hustle and Dance*."

"Oh mio Dio! Davvero? Non stai scherzando?"

La macchina sbandò, invadendo la corsia opposta. Chaz sterzò bruscamente a sinistra, e la macchina ritornò velocemente nella propria corsia. Meg trattenne il fiato mentre l'automobilista dietro di loro suonava il clacson furiosamente. Chaz abbassò il finestrino e urlò, "Non capita tutti i giorni di entrare nel cast di un musical a Broadway!"

Quando il respiro di Megan tornò regolare, si voltò a guardarlo. Sempre fuori dal comune, in questo momento era raggiante.

"Ora ho entrambi i sogni di una vita," disse lui, il suo sorriso raggiungeva un milione di watt.

"Oh?" Lei sollevò le sopracciglia, cercando di nascondere un sorriso.

"Un musical a Broadway e la donna che amo accanto a me...la vita può essere migliore di cosi?"


Quando tornarono a New York, Chaz rimase con Meg. L'aiutò con l'organizzazione del funerale e conobbe la madre di Meg, che era totalmente affascinata da lui. Mark era talmente grato a Chaz per essere andato con Megan in Colorado che smise di essere un "rompiscatole super possessivo," come lo chiamava Meg, e permise a Chaz di trasferirsi nell'appartamento di Meg.

Le esercitazioni di lettura, canto e danza cominciarono quasi subito dopo il loro ritorno. Tra i funerali del padre e le pratiche per avviare la propria attività, Meg aveva a malapena il tempo di dire "ciao" e "a dopo" a Chaz, mentre entravano ed uscivano costantemente dall'appartamento. Tuttavia, quando calava la notte, trovavano sempre il tempo per amarsi appassionatamente e poi addormentarsi abbracciati.

I programmi per la cena del Ringraziamento avevano subito un ritardo, perché la squadra di Mark doveva giocare una partita proprio in quel giorno. Così, erano in corso grandi progetti per un sontuoso banchetto il sabato.

Una delle rare sere in cui si trovarono insieme prima delle sette, Chaz preparò due drink e sedettero vicini sul divano.

"Ho una sorpresa," disse lui, piegandosi in avanti.

"Oh?" Meg prese un sorso della sua vodka e tonic.

Chaz gettò una busta sul tavolino. "Una vacanza di una settimana sull'isola di San Timoteo nei Caraibi. Tu ed io, un bungalow sulla spiaggia e un buon ristorante raggiungibile a piedi. Ho implorato che mi concedessero una settimana di ferie. Partiamo tra due giorni." Un sorriso gli increspò le labbra.

"Oh mio Dio! Dunc!"

"Voglio passare un po' di tempo da solo con te al sole, sulla spiaggia. Non abbiamo mai fatto l'amore sulla sabbia." Si avvicinò ancora di più.

"Mi sembra meraviglioso." Gli occhi verdi di lei danzavano nei suoi.

Chaz abbassò la testa e le catturò la bocca con la sua. Il desiderio s'impossessò di lui, mentre le spingeva la giacca del completo giù dalle spalle. Poi le sfilò il vestito in jersey da sopra la testa. *Reggiseno rosa di pizzo...il sotto sarà dello stesso colore?* I suoi occhi famelici divorarono la vista dei suoi seni che premevano contro il reggiseno. Lei gli tirò la cravatta mentre lui le mordicchiava il collo e con una mano le slacciava il reggiseno-
"Molto meglio," disse lui, osservandola.

"Ora tu."

Si alzarono in piedi e si sbarazzarono del resto dei loro vestiti velocemente. Meg intrecciò le dita a quelle di lui e lo condusse di nuovo in camera. Chaz la prese in braccio e la gettò sul letto, buttandovisi a sua volta dopo di lei.

Il volo verso i Caraibi fu un po' più turbolento di quanto Meg fosse abituata. Ad un certo punto, il piccolo aereo incontrò un vuoto d'aria e fu sballottato di qua e di là per qualche minuto. Lei afferrò la mano di Chaz, stringendola forte.

"Hai paura, pulcino?"

Lei annuì.

"Andrà tutto bene. È tutto okay." Lui posò l'altra mano su quella di lei, cosa che l'aiutò a calmarsi.

Meg sospirò di sollievo quando l'aereo atterrò e si diresse verso il gate. Una macchina li stava aspettando e in quindici minuti, si ritrovarono in un affascinante bungalow sulla spiaggia a disfare le valigie. Il piccolo edificio comprendeva una veranda sulla parte anteriore, un piccolo soggiorno con cucinotto e un'ampia camera da letto. I colori del mobilio e delle pareti riprendevano quelli dell'isola—turchese trasparente, verde pastello, giallo oro e bianco perla sui mobili. Alcuni scalini portavano dalla veranda alla spiaggia, ad una distanza di circa venti metri dal mare dei Caraibi.

Meg era incantata. "Come hai trovato questo posto?"

"Quinn."

"Non pensavo fosse il tipo da venire in posti come questo."

"È molto più romantico di quanto credi. Penso di essere contento che tu non abbia visto quel lato di lui."

Si misero velocemente in costume da bagno e corsero nel mare caldo e tranquillo. Le nuotate, i giochi a spruzzarsi l'acqua e a spingersi l'un l'altra sott'acqua li stancarono velocemente. Chaz stese il loro telo sulla spiaggia e si sdraiarono ad asciugarsi al sole.

"Questo è il paradiso." Meg si alzò a sedere e gli porse un tubetto di crema solare.

Chaz si versò un po' di crema sulla mano e si spostò dietro di lei. Gliela spalmò sulle spalle e sulla schiena con le mani. Poi le abbassò le spalline del costume e le mise la crema anche sul petto, le dita che scivolavano lentamente verso il basso fino a trovare i suoi seni. Con le mani, le prese i seni e li tirò fuori dal costume.

Le sue dita le strinsero i capezzoli dolcemente, mentre le sue labbra le mordicchiavano il collo.

"Chaz!"

"Non c'è nessuno qui. Nessuno può vederci"

Lei si adagiò contro la sua spalla e chiuse gli occhi. Il calore del suo massaggio si diffondeva in tutto il suo corpo. Il tocco delle sue mani e delle sue labbra sulla sua carne la eccitava. Lui le spinse il pezzo sopra del costume fino in vita. Lei gemette e aprì un occhio in fessura. Una barca, che prima era molto lontana, sembrava avvicinarsi. Meg allontanò le mani di Chaz, si tirò su il costume e si alzò in piedi.

"Vieni," gli disse, tendendogli la mano. "Portiamolo dentro."

Megan si stava asciugando i capelli con un asciugamano, quando si udì bussare alla porta. Si strinse nell'accappatoio, si sistemò i capelli bagnati con le mani e corse a piedi nudi alla porta.

"Un pacco per lei, signorina," disse un giovane uomo in uniforme.

Meg sorrise e prese il pacco. Lui se ne andò velocemente, prima che potesse dargli la mancia. Lo scrosciare della doccia s'interruppe. Un attimo dopo, Chaz entrò nel soggiorno con un asciugamano legato in vita. Quando alzò lo sguardo, Meg stava aprendo la scatola rettangolare.

"Che cos'è?" Le chiese, tamponandosi i capelli bagnati con un altro asciugamano.

"Non lo so. È appena arrivato."

Tirò fuori dalla scatola un vestitino di sangallo bianco con le spalline strette. "È bellissimo!" Mentre spiegava il vestito, un piccolo pacchetto cadde sul pavimento.

Attaccato al pacchetto c'era un biglietto e decise di leggerlo per primo.

*Abbiamo pensato che avresti voluto avere un vestito nuovo da indossare stasera. Trovi anche la collana di zaffiro di mia nonna. Divertiti!*

*Con affetto,*

*Penny & "Il Testone"*

"Che dolce a mandarmi questo...e anche la collana di sua nonna. Ma che strano..."

C'era un altro oggetto nella scatola, un paio di sandali d'argento. Meg controllò i vestiti e appurò che tutto era della sua taglia.

"Indossalo stasera, pulcino."

Lei annuì. Dopo aver buttato la scatola e l'involucro, s'infilò un paio di slip bianchi di pizzo seguiti dal vestito. Lo scivolare del vestito sul suo corpo le provocò un brivido che la portò a girare lo sguardo verso Chaz. Lui era lì, con indosso solo i boxer, che sceglieva una maglietta da indossare.

"Hmm. C'è un motivo per cui mi fissi?" I suoi occhi scintillavano di desiderio.

"Mi piace guardarti...è un motivo sufficiente?" Si allungò ad accarezzargli la schiena.

Lui sospirò mentre le dita di Meg premevano dolcemente sui suoi muscoli.

"Mi piace toccarti." Si avvicinò a lui e gli sfiorò la schiena con le labbra.

"È una cosa reciproca." La maglietta gli cadde dalle mani e lui chiuse gli occhi.

Meg lo circondò con le braccia e spostò le mani sul suo petto nudo. Lui gemette, mentre le dita di lei esploravano i suoi pettorali, giocando coi suoi muscoli.

Lo stomaco di Meg emise un brontolio.

"La cena." Lentamente, abbassò le mani e le allontanò da lui.

"Oh sì, la cena." Chaz aprì gli occhi. "Le tue mani mi hanno ipnotizzato."

Meg posò un altro bacio sulle sue spalle prima di tirare su le spalline del suo vestito e farselo scivolare sopra la vita. Dopo aver infilato i sandali, passò la spazzola sui capelli mogano. "Mi allacceresti la collana?"

Chaz finì di abbottonarsi la camicia prima di prendere la sottile collana con il pendente di zaffiro dalla sua mano. Lei si voltò di schiena e lui fece scivolare la catenina intorno al suo collo. Armeggiò per qualche istante col piccolo fermaglio. Un brivido le percorse la schiena al tocco lieve delle dita di lui sul suo collo. Meg percepì un piccolo tremito in lui e si chiese per quale motivo fosse così nervoso. Quando finalmente Chaz riuscì a unire le due estremità della collana, lei si girò a guardarlo.

Mentre lui raccoglieva i pantaloni e se li infilava, lei lo guardò negli occhi e vi lesse una luce ansiosa. "Non c'è motivo di essere nervosi. Nessuno ci può trovare. Nessuno sa che siamo qui...tranne Penny e Mark, e loro non parlerebbero mai. Rilassati, Dunc." Lui le sorrise mentre si allacciava i pantaloni.

"Hai ragione. Questa sera è tutta per noi."

Le diede un piccolo bacio sul naso e aprì la porta. Camminarono mano nella mano verso il ristorante all'aperto. Un tavolo per due era stato allestito in un angolo buio all'esterno. Le due candele che brillavano e il piccolo bouquet di fiori bianchi in un vaso rendevano l'atmosfera romantica.

Chaz le spostò la sedia e Meg si sedette, stendendo la gonna del vestito sopra la sedia. Appena si furono seduti, apparì un cameriere con in mano una bottiglia di champagne e due calici.

"Spero non ti dispiaccia, ho già organizzato la cena."

"Hai pensato proprio a tutto."

"Hai lavorato così tanto negli ultimi tempi e hai avuto così tanto stress...Ho pensato che ti avrebbe fatto piacere se mi fossi fatto carico io delle cose per un po'"

"Assolutamente. Il mio cervello è esausto."

Dopo che il cameriere ebbe stappato la bottiglia e riempito i calici, fu sostituito da un altro che portò loro due cocktail di gamberi. Chaz propose un brindisi. "A noi...per sempre."

Meg fece tintinnare il calice con quello di lui, mentre un lieve calore le risaliva alle guance. *Per sempre...sarei così felice di sposarlo...*

Megan si concentrò sul suo cocktail di gamberi per soddisfare lo stomaco affamato e trovò la pietanza così deliziosa che per un po' mangiarono entrambi in silenzio. Notò che Chaz evitava il suo sguardo. Prima, giocava nervosamente con la forchetta, poi piegava e ripiegava il tovagliolo. Meg si accigliò. *Cosa c'era che non andava?*

Quando il cameriere ebbe portato via i piatti vuoti, Chaz alzò la mano a fare un cenno al cameriere all'interno. Poi sollevò lo sguardo verso quello di lei. Le sue sopracciglia si aggrottarono in un'espressione di preoccupazione, mentre raccoglieva il suo tovagliolo e lo posava sul tavolo. Come al rallentatore, Megan notò la mano di lui infilarsi in una tasca dei suoi pantaloni, e lui mettersi in ginocchio di fianco a lei. *Non può essere...è impossibile...o no?*

Chaz le prese la mano e aprì la scatolina a rivelare un anello con un diamante da quattro carati. *Oh mio Dio...sta succedendo...sta succedendo davvero...Non ci credo.*

"Meg, ti amo con tutto il cuore...vuoi sposarmi...per favore?"

Lei abbassò lo sguardo sul bellissimo volto di lui e intravide l'ombra fuggevole di bambino solo con gli occhi pieni ansia. Gli prese il viso tra le mani e lo baciò. "Lo voglio...si...lo voglio...ti amo anch'io."

Con le dita tremanti, Chaz prese l'anello e glielo infilò all'anulare. Con uno scatto, saltò in aria e urlò, sollevando il pugno. Gli altri avventori lo guardarono allibiti.

"Ha detto 'sì!'" gridò.

Uno scroscio di applausi fece arrossire Meg per l'imbarazzo. Il suo sorriso sembrava estendersi da un orecchio all'altro ed aveva eguali solo in quello di lui. Fissò l'anello, incredula. *Le favole non si avverano, giusto?*

Chaz si piegò e la baciò, mentre il cameriere portava piatti con rana pescatrice e verdure fresche grigliate. Passata l'ansia, Chaz si dedicò alla cena con gusto, mentre Megan era troppo eccitata per mangiare. Spiluccò il cibo, finché Chaz non la incoraggiò a mangiare.

"Se hai intenzione di sposarmi, avrai bisogno di tutta la forza possibile."

Il suo caldo sorriso la incoraggiò e scoprì di essere molto più affamata di quanto pensasse. Finirono i piatti e si rilassarono, soddisfatti. Chaz si allungò per prenderle la mano. "Contavo che avresti detto sì, quindi ho fatto una cosa...spero non ti arrabbierai."

Lei lo fissò e strinse gli occhi in due fessure. "Hai quello sguardo colpevole. Che cos'hai fatto?"

"Bè, col fatto che la nostra situazione è...quello che è...diversa, ho pensato che invece di organizzare una qualche festa in grande stile e cercare di nasconderla ai media..." Fece una pausa per prendere un sorso di champagne.

"Vai avanti." Lo sguardo di Meg era fisso sul suo volto.

"Bè...se sei d'accordo...ehm...mi sono preso la libertà...ho pensato che ci saremmo risparmiati un bel po' di grattacapi..."

"Che cos's hai fatto?"

"Ho organizzato tutto per sposarci qui, stanotte, ora, prima del dolce." Sparò a raffica quelle parole tutto d'un fiato.

"Ora?"

"Qui. Ora. Niente media, niente fotografi, nessun bisogno di nascondersi e scappare. Fuggiamo insieme...e ci sposiamo ora. C'è un giudice che ci aspetta, vedi, proprio lì." Chaz indicò un uomo in piedi vicino alla cucina con un libro in mano.

"Oh mio Dio, stai dicendo sul serio!"

"Naturalmente. Non scherzo su queste cose. Avanti, Meg. So che ti sto privando di un lungo fidanzamento, ma pensa allo spettacolo horror che sarebbe cercare di sposarci senza la stampa. Facciamolo ora. E poi, la stampa ci lascerà in pace. Saremo una vecchia coppia sposata: decisamente una notizia sorpassata.”

“Non è che vuoi sposarmi per toglierti la stampa di dosso, vero?”

“Sciocchina! Certo che no! voglio sposarti perché ti adoro e non posso vivere senza di te. E se lo facciamo ora, può essere una cerimonia privata e carica di significato, invece che un circo a tre piste. Ti prego, mio amato pulcino?”

I suoi occhi la supplicavano e il suo ragionamento non faceva una piega. *Questa cerimonia sarà senza dubbio molto più significativa qui ed ora, senza la stampa. Ha ragione. E poi qui è così romantico.*

“Si,” disse lei piano.

Chaz saltò in piedi e fece cenno all’uomo di venire avanti. Prese fuori il piccolo bouquet dal vaso, lo asciugò e lo porse a Meg. Lei prese i fiori, ma poi rimase improvvisamente a bocca aperta.

“Aspetta un attimo!” Alzò una mano e Chaz si paralizzò.

“Che succede?”

“Questo vestito...la collana col zaffiro...qualcosa di vecchio, qualcosa di nuovo, qualcosa di prestato e qualcosa di blu...”

“Già. Penny ha insistito per rispettare la tradizione, o ti avrebbe rivelato tutto.”

“Penny e Mark sapevano?” Meg ricadde sulla sedia.

“Naturalmente. Non avrei potuto farlo senza di loro. Mark mi avrebbe ucciso!”

“Puoi scommetterci!” Meg gli sorrise. “Hai organizzato tutto questo alle mie spalle.”

“Non la metterei così...è una sorpresa. Vieni,” disse lui, tendendole la mano.

“È come una strategia militare.”

“Organizzazione, ecco tutto.”

Meg mise la piccola mano in quella di lui e s'incamminarono verso il punto in cui il giudice li stava aspettando. Chaz intrecciò le dita alle sue e le sorrise.

Quindici minuti dopo, erano marito e moglie.


Non passò molto tempo prima che i media scoprissero la notizia del loro matrimonio e l'isola cominciò a pullulare di giornalisti e fotografi che li seguivano ovunque. Una mattina, Chaz noleggiò una barca e prepararono tutte le cibarie da portare con loro, filandosela all'alba per godersi un giorno di privacy. Chaz localizzò un'isoletta e attraccò sulla piccolo spiaggia. Erano riusciti a farla in barba alla stampa.

"Non abbiamo bisogno del costume qui," disse Chaz, mentre si sfilava la maglietta da sopra la testa. Meg arrossì quando un sorriso malizioso gli illuminò il viso.

"Come hai trovato questo posto?" Sentendosi all'improvviso timida, si accovacciò dietro un cespuglio per spogliarsi.

"Ho dato venti dollari a Martin, il portiere, e lui mi ha disegnato una mappa. I paparazzi non ci troveranno mai qui."

Rimasto solo con i boxer, Chaz offrì una mano a Megan, mentre con l'altra si riparava gli occhi scuri dal sole. Lei emerse da dietro il cespuglio indossando solo le mutandine e un sorriso, i capelli castani che le ricadevano sciolti sulle spalle.

"Soli. Finalmente." Lo sguardo di Chaz si fissò momentaneamente sul petto di lei, poi la sua mano coprì quelle di Meg.

"Andiamo." Si fermarono sulla stretta battigia per sbarazzarsi del resto dei vestiti.

La piccola mano di lei chiusa in quella di lui, corsero verso l'acqua calda e cristallina, e il rumore di spruzzi che produssero fu l'unico udibile per miglia e miglia. Il sole cocente si rifletteva nell'acqua e scaldava la loro pelle. Chaz ricadde all'indietro nel mare caldo e Megan si lasciò cadere sopra di lui. Le sue braccia l'avvolsero, attirandola contro il proprio corpo, e la sua bocca la reclamò con possesso, mentre con una mano le teneva la nuca.

Si staccarono solo quando finirono sotto la superficie dell'acqua e dovettero risalire per prendere aria. Ansimanti, scoppiarono a ridere. Meg gli strinse le gambe in vita e lui li portò al largo, guadando finché l'acqua non gli arrivò alle spalle. Si baciarono ancora e lui le afferrò il sedere, sorreggendola.

"Dovremo sempre cercare un posto in cui nasconderci...non saremo mai soli?" Sospirò lei, circondandogli il collo con le braccia.

"Ti ci abituerai, pulcino," mormorò lui tra un bacio e l'altro.


Fecero l'amore sull'isola prima di pranzare con il cibo che avevano portato e parlarono dei loro progetti, che iniziavano con un posto tutto loro in cui vivere. Meg era certa che non vi fosse campo per i cellulari e fu sorpresa quando Chaz ricevette un messaggio.

Si schermarono gli occhi dalla luce del sole e lessero il messaggio insieme. Era di Quinn Roberts.

*Quando torni? Annemarie mi sta lasciando col suo bambino. Aiuto!*

"Non intende Annemarie Fremont, l'attrice, vero?"
"È esattamente lei che intende."

# *FINE*

# L'Autrice

Jean Joachim è un'autrice di romance di successo e i suoi libri sono nella classifica Top 100 di Amazon dal 2012. Per la maggior parte, scrive libri di romance contemporaneo, che comprendono i generi sport romance e romantic suspense.

*The Renovated Heart* è stato eletto Miglior Romanzo dell'Anno dal Love Romances Café. *Lovers & Liars* è stato finalista di RomCon nel 2013. E *The Marriage List* ha conquistato il terzo posto come Miglior Romance Contemporaneo del Gulf Coast RWA. Nel 2014, To Love or Not to Love si è classificato secondo nel contest Romance Writers of America Reader's Choice della sezione del New England. Nel 2012, Jean Joachim è stata nominata Autore dell'Anno dalla sezione di New York della Romance Writers of America.

Sposata e madre di due figli, Jean vive a New York. La mattina presto, la si può trovare al computer, intenta a scrivere con una tazza di tè e con al suo fianco Homer, il carlino che ha salvato, e la sua scorta segreta di liquerizia nera.

Jean ha pubblicato oltre 30 libri, romanzi e racconti. Li puoi trovare qui: http://www.jeanjoachimbooks.com